中……学丛书／第五辑

看得见的声音

少一／著

作家出版社

目　录

猪 事

第一章

时令进入农历冬月，土家人的年味就在猪们的嚎叫声中渐浓了。

天一冷，猪不再长膘。“喂着，只是白吃饲料，杀了吧。”三妹对男人说，“你看个日子。”

二毛进到歇房，拉开窗台边的抽屉，噼里啪啦一番乱找，寻出本老皇历，拍打几下，一些积尘飘浮上来。二毛闻到了一股陈腐的霉味。他拿指头蘸了涎水，揭开泛黄的书页，如此还不放心，又扳着指节掐算，前后合上了，杀年猪的日子最后敲定下来：冬月初九。

印二毛家的年猪也就是一头普通土猪，白毛，确无什么特别之处。如果不发生后来一连串的事情，完全用不着拿来作篇小说。当初，老婆姜三妹从场上花 200 块钱把它捉回来，只是看中了这头猪崽四蹄生得粗长，把前裆和后裆撑得很开，耳朵张扬得像两把蒲扇，是头长大猪的架子。开年后的 2 月初捉回家，才 10 公斤多点。可蠢猪吹气球似的，喝风长个儿，吃水长膘，只到冬月里，足足就有了 300 斤重。猪长得越快离死期越近，这么简单的道理，它们总是搞不明白。或者是它们记性太差，碰到合口味的饲料吃着吃着就忘了杀身之祸。二毛家的白猪憨头憨脑地吃睡，没心没肺地飙长，它这是找死嘛！真他妈的一头蠢猪！

土家人杀年猪颇多讲究，杀猪佬的技术要挑最好的，刀把式要准，要平稳，要一刀封喉，不能让猪死得太痛苦。猪一痛苦，喂猪的老板就难受。老板一难受，就担心来年不吉利，生活中的幸福指数就有折扣。除了这点，年猪肉还讲究个干净。毛要褪得干净，猪下水也要翻洗干净。年饭的餐桌上有头有尾，自然少不得猪头猪蹄。如果看上去毛碴碴的，肯定吃不出好心情，这个年就过得寡味了。而整个横断山乡，要论杀猪佬的技术，毛屠夫绝对称得上第一。所以，二毛家杀年猪别的杀猪佬都不请，只请毛屠夫。

话说初九，鸡刚叫过三遍，三妹就起床架起柴火烧水。两口老天锅的水烧得开蹦蹦的，毛屠夫和扯腿的劳力也都到齐了。毛屠夫吩咐三妹敞开猪栏门，把猪赶出来准备放血刮毛。三妹不干。三妹说，猪是她一桶食一瓢水喂大的，喂出感情来了，她看着不忍心。二毛捋捋袖子只好亲自动手。他抽开门闩，顺手抄把竹扫帚，嘴内嘘嘘地赶猪。白猪看到摆放在晒场边的腰子盆和搁在腰子盆上的门板，还有放在地上用来接血的饭盆，也看到了栏门两边虎视眈眈的劳力，顿然有了大祸临头的不祥预感。它退到猪栏最内边，屁股抵住猪栏厚厚的木板。二毛的竹扫帚够不着，又从正屋山墙边找来一根长长的竹篙，开始朝白猪身上乱戳，其他人也拍着巴掌呐喊帮助制造威胁气氛。人们都摆开架势，只等着白猪从栏门口逃出来，然后抓耳朵的抓耳朵，揪尾巴的揪尾巴将它擒住。在冬月初九这个严霜皑皑的早晨，被逼得没有退路的白猪只能用尖锐的怒吼表达着愤怒和抗议，它甚至张开拱嘴，露出尖利的獠牙，向夺命者发出严正的警告和恐吓，以求保全自己的性命。可是，一切都是冲它来的，谁会在乎它微不足道的抵抗呢？有人已经绕到背后，拿棍子抄它的后路。腹背受敌的白猪明白了一个残酷的现实：只有从栏门口冲出去，杀开一条血路，才有可能置之死地而后生。有利的是有两个劳力已经被吸引到后面来了，栏门口的当面之敌虽说还有三个，但主人二毛不会对自己下毒手，另外一个扯腿的劳力构不成什么威胁，真正要对付的只有挽袖子、系围裙、手拿放血刀的杀猪佬毛屠夫。

不能耗下去了，生机稍纵即逝。白猪朝后收了收身子，积蓄了一些爆发力，然后发一声吼叫，蹬开四蹄冲出栏门，锋芒直对毛屠夫。二毛见门子不对，早就躲开了，栏门口那个不识趣的劳力企图阻挡白猪，白猪只用脑袋一顶，那家伙就四仰八叉翻倒在地，半天都没爬起来。抓、抓、抓住它。满脸杀机的毛屠夫被白猪狂怒的进逼吓坏了，嘴内打着连把句，手里的刀胡乱挥舞，搅着两条外八字腿往后撤。白猪的冲杀锐不可当，它的拱嘴呈剪刀状一直张开，从毛屠夫身边掠过的时候，照准毛屠夫裆部咬了一口。人们听到了毛屠夫“哎哟”一声悲鸣，再就是一串布帛撕裂的脆响。白猪成功了，它一口气跑到屋后那片茶树林里藏起来，摆脱了人们的夺命追杀。

毛屠夫遭遇了从业以来前所未有的失败。他的英名毁在冬月初九的栗树垭村，毁在印二毛家的一头无名白猪身上。他的三条裤子都被撕开，豁口像剪刀齐斩斩地剪裁过，露在外面的不光是白白的大腿，还有三角裤衩和顺着腿杆子留下的殷红血汁。二毛赶紧拿创可贴帮毛屠夫处理伤口，还把自己的裤子找两条让他换上。这回，毛屠夫的洋相出大了。为挽回面子，他开始把责任推给扯腿的劳力。你们几个人太差火了，连一头猪都捉不住，搞卵。

有一个劳力就开玩笑说，呔，毛屠夫，你杀猪以来，这是第一回遇到硬对手吧。

毛屠夫说，要不是老子还搞得几下，今天就是死症。

另一个劳力分析说，那也是真的。刚才那一口只偏了一点点，倘若咬破你两颗卵子，鸡巴就报废了，你早就翻白了。

印二毛肯定是担心毛屠夫问他要药费，就一分为二地说，有惊无险，是差点搞出大事。他转而问毛屠夫，现在还搞不搞？

谁敢搞？找死啊。毛屠夫一手护住裆部说，二毛，你狗日的喂的什么猪，你他妈的简直养了一头母老虎。

二毛知道没戏了，就冲灶屋内喊，三妹，退火，莫把干柴烧糟蹋了。

聪明的白猪成功击败众人，它抓住了主要矛盾，更抓住了矛盾的主要方面。现在，天不怕地不怕的毛屠夫都投降了，那些帮忙的劳力谁还敢捉它，捉它也没什么用了。

猪暂时是安全的，但年猪不可能不杀。后来，二毛又接连找过几个杀猪佬，人家听说请他杀年猪都摆脑壳。毛屠夫血淋淋的教训早就传到他们耳朵里，年关腊月，图个吉祥，他们都不想和一头咬人的瘟猪过不去，以至弄出什么不测。他们只想过个平安年。

于是，印二毛家的大白猪躲过了一场致命杀戮，得以存活下来。当年，二毛家的年肉是找毛屠夫买的。

俗话说，人怕出名猪怕壮。印二毛家的白猪出名了。它不是壮得出名，而是咬人咬出的名气。二毛两口子人以猪贵，也跟着大白猪成了四邻八乡的名人。

春头腊尾，人们对这件事情的种种传言，成为横断山乡最具新闻色彩的谈资。

“听说没有，栗树垭村印二毛家的猪咬人。毛屠夫杀猪被咬坏下身，差点丢了性命，至今躺在医院下不来床，残废了。”

“天啦！据说那头白猪只喂大半年就长到500多斤。那哪是猪啊，那是神仙下凡，杀不得的。毛屠夫遭了报应。”

“是匹大白马转世投胎到了二毛家，白猪的叫声跟马嘶没两样。二毛家不知是祸是福……”

传言里掺杂着山里人种种虚妄的想象和智慧，事情朝着未可预知的方向发展。

有天吃饭的时候，二毛往碗里夹了一块肉。吃着吃着，他把白猪的事就端上桌面来了。他说，它怎么会咬人呢？

你以为它蠢啊。你要杀它，它还不咬你？没听说兔子急了还咬人呢。糙人！三妹明显是在护着白猪说话。三妹不耐烦的时候最喜欢说两个字：糙人。

我是说我一直都没看出来，猪也不可貌相，你说它真有那么凶恶？

三妹把一口痰从喉咙里恶狠狠地吐出来，拿筷子敲着碗边说，糙人！这样的问题你应该去问猪。

二毛想玩一把幽默，他想说我不是在问吗？可是，三妹都说糙人了，表明她来火了。二毛除了抿着嘴笑，哪敢火上浇油！

第二章

白猪没人敢杀，还得闲养着。它吃了睡，睡了吃，还在可着劲地长，食量也在不断加大。三妹原先每餐给白猪喂一桶半猪食，跨过年又加了半桶的量。混账东西不够吃，连食槽都舔得干干净净，让三妹看了不忍心。西头的猪栏离东头厨房恁远，但只要三妹的木瓢碰得猪桶一响，白猪就像饿鬼投胎，急慌慌地爬起来，哼哼唧唧守在门边，长嘴巴拱着门。即便如此，三妹只要不是很忙，每次喂完猪食后都要看着白猪吃完才离开。这头白猪是三妹看着喂大的，它嘴巴泼皮，不挑食，精饲料、粗饲料都是一个吃法。它吃食的习惯也好，从不把蹄子站在槽内，屎尿拉在离食槽最远的角落。把在娘家喂猪的时间算起，三妹喂猪有了二十几年，脾气这么好的猪她还没遇上几头。再说了，三妹一直真没看出这头猪凶恶的一面。白猪的好脾气并不是天生的。开始上槽的时候，它动不动就想站在槽内吃，还边吃边拉，三妹不会容忍它养成恶习，就拿木瓢打它，下手还有些重，猪虽有不满，但从没表现出过激的反抗，大不了哼哼几声，然后退到一边去。所以，三妹没理由恨自己亲手喂大的猪，更不会因为它咬了人，让自己吃不成年肉，就在它的生活上打折扣。这和养孩子一个理，在父母眼里，孩子的缺点都是可以包容的。

但这头不知饱足的白猪，越吃越长，越长越凶，老这么养下去不行，还得想个办法啊。三妹有时候心里也急。

开春没多久，两个外地猪贩子找上门来。

猪贩子是开车来的。他们把车停在二毛家屋后的公路上，肩上挂着大秤杆和绳子。事先，他们并不知道印二毛家有猪卖，当然也不知道二毛家的猪咬人——连屠夫都敢咬的那么一个怪种。他们是职业猪贩子，他们的信念里没有高山险阻，没有道路崎岖，只有猪和猪带给他们的利润。难怪越是偏远难走的路，他们迈动的腿脚越发坚定有力。

这就要说到猪贩子的职业道德了。猪价是张变脸，倏忽间的涨落常常让人捉摸不定。大坪大坝的人信息灵通。猪贩子往往和老板把价格都说死了，秤也过完了，哪怕就在结账走人的时候，只要有人嘀咕一声，说某某家的猪卖了什么什么高价，这笔生意准定翻盘。栗树垭人可不这样。他们信息闭塞，憨实得跟山里的石头一样，本性里没有生意场上的狡黠，后天斤斤计较的修炼更是缺失，以至于栗树垭村的猪价老是跟不上趟，每斤要比山下便宜五毛钱。这是个不小的利润空间。除了赚在明处的差价，猪贩子们还可以在秤上做点手脚，随便动动手，起码都有20斤的赚头。当然，耍秤是一步险棋，不管他们手段如何高明，猪贩子在坪区是不敢轻易出招的。坪区人户密集，猪叫声就等于是吆喝，好奇的人们围拢来，看人家怎样把添加剂饲料喂出的速成猪变成真金白银的票子。热闹里自然多了份监督。人多眼尖嘴杂，猪贩子一旦露出马脚，不仅赚不到秤，多半还要赔损失、挨家伙。只要到了栗树垭村，贩子们就可以凭“良心”为所欲为了。山里多是独户人家，谁也不会替别人家卖头猪赶老远的路来捧场。在贩子们眼里，栗树垭村的猪老板一个个冥顽不灵，睁着眼使手脚，名堂搞了也就白搞了。所以，他们喜欢大老远地往山旮旯里跑——栗树垭村成了他们耍小聪明、占大便宜的地方。这样的地方让他们不惦记不行！

可是，人算不如天算。这两个背时的猪贩子没想到会在小小山沟里翻船！

他俩都长得粗粝，个子高矮悬殊，高的三角眼，矮的塌鼻梁。三角眼问有猪卖没有，三妹两口子居然都愣怔半天不作回答。猪栏内明明白白喂着一头大白猪，不能说没有。可要说有也是有问题的。一头咬人的猪，三妹两口子断断不敢理直气壮地卖给人家，那么，有跟没有又有什么区别呢？如果白猪把人家咬伤了，卖不出钱不说，只怕还要给人家搭上药费。所以，好长时间里，二毛急得直搓手，没给猪贩子一个明确的答复。

三角眼说，放心，价格好商量。他把三妹两口子的迟疑误解成待价而沽了。

不是价钱问题，我们家的猪脾气不好。姜三妹这样评价自家的白猪。

山里人怎么就这么蠢！三角眼觉得女人的话听起来简直好笑。他们又不是上门娶媳妇，怎么扯到脾气上去了？三角眼说，猪的脾气好不好跟我们一毛钱的关系都没有，我们是买猪，不买它的脾气。你还是带我们先看看猪吧。

两个猪贩子看了栏内的白猪都眉开眼笑。可想而知，他们很满意。塌鼻梁说，老板爽快点，你们的猪你们出价，我们买定了。

是这样的。有一个情况你们可能不清楚，我家这头猪呢，本来是喂的年猪，过年之前要杀掉的，结果，有一个特殊情况，是一个意想不到的情况，说起来情况有点复杂……二毛就这么大点出息，只要三妹在场，他说话的思维就经常短路，很简单的事情让他绕来绕去，说得猪贩子云里雾里。

旁边的三妹跟着急死了。糙人！她把话接过来，直截了当地说，我们家的白猪咬人，相当于一条狗。去年把屠夫都咬伤了，才没杀成。这么个恶物，你们敢不敢买？

猪贩子听了连打哈哈。他们是见过世面的，年轻人固有的好奇心自不待说。他们连赵本山公鸡下蛋的奇闻都在春晚上看过，就是没听说有人对付不了的猪。人如果连猪都对付不了，那还不成了猪的天下？塌鼻梁说，没什么糙人不糙人的，大姐，你只要答应卖猪，其他的事都不用你管。

我们怎么能不管呢？三妹说，你们是在我家买猪，出了事我们摆不脱责任。三妹道出真实的顾虑。三妹就这么个人，别看她在家里有点欺负二毛，有时在些小事上还有点抢风头，但她骨子里不贪人便宜，同情心更是没得说。她想，就算猪贩子吃了雄心豹子胆不怕死，可自己得帮他们过秤吧，不称出猪的轻重，连账都算不出来，买卖怎么做成？所以，三妹说，我们也不想管，可是……

这么死脑筋的人，猪贩子行走江湖还是头遭碰到。他们似乎懂了三妹两口子的意思，猪还是想卖，就是怕卖出麻烦。三角眼干脆来硬的。他从腰包内扯出一沓红票子甩得飒飒响说，这么搞，现在猪的时价是 6 块钱一斤，这头猪我们作 400 斤买下，就是 2400 元的生意。三角眼还做了一个滑稽动作说，钱是你们的，猪是我们的。我们一手粑粑一手糖，成交！

三妹心想，到底干哪行精哪行，猪贩子好毒的眼光。这是年后的农历三月头，猪的重量差不多就是 400 斤吧，多也多不到哪儿去。春头腊尾，家家火炕上都吊着腊肉，价格更没涨起来。按说，行情也就是这样了。猪贩子的提议让二毛觉得满意，再不松口卖猪，自己就真比白猪还猪。但在这么重大的问题上，二毛心急没用，他做不了主，除非他想自找没趣！所以，二毛很顾面子地对贩子说，猪是我家三妹喂大的，她说卖就卖，我没意见。俄顷，见三妹未置可否，他还是冒险地征求三妹意见，我看，卖给这两位师傅算了。

三妹并不傻，她不会和钱过不去。白猪既然杀不掉，不卖给猪贩子留着干什么。她很威严地瞟瞟二毛，用默许表明自己的态度。

从三角眼手里点过现金，三妹只申明一点，我们两口子不帮忙的，弄出事来也不负责，我们先说断后不乱，话要说清楚，你俩注意安全。

猪贩子早就不耐烦了，他们等的就是三妹这句话！三妹的申明还是让猪贩子多了份警惕，不敢贸然行事。塌鼻梁把尼龙绳挽了一个扣，绳头打上活结，用竹竿挑着，把绳扣套进猪的脖子，然后用力拉扯。他们的经验果然很足，白猪一家伙就被套牢了。栏门打开后，猪贩子和白猪之间展开了一场持久的拉锯战。白猪使劲往后蹭着，它张开大嘴，发出抗议的啸叫。可是，脖子上的绳扣越拉越紧，白猪被箍得喘不过气来，叫声渐次削弱下去，蹄子不得不慢慢往前挪。不过，它每前移一步，猪贩子都要付出不小的代价。白猪的体重成了优势，猪贩子的双手和肩胛让尼龙绳割得生疼。三角眼在前面，搭在肩上的绳子深深抠进肉里，像拉船的纤夫佝偻着脊背往前奔。塌鼻梁紧挨着三角眼使劲用力，把憋尿的劲儿都使出来了。他们满头大汗，脸盘子憋得通红。尽管如此，白猪只要站住不动，他们两人就一筹莫展寸步难行。

整整过了40多分钟，猪贩子还只把白猪拉出两丈多远，而且停在屋边上坡的窄路上。到了这里，主动权完全让白猪掌控着。再往前走全是上坡路。猪贩子接连试了好几次，白猪坚如磐石纹丝未动。三角眼打电话给公路上的司机，让他下来援手。没多久，果然下来个年轻人。他的任务是拿一根长棍子在后面驱赶白猪。说起来，这么简单的忙对三妹两口子来说只是举手之劳。但三妹不会动手，她也不会让二毛插手。她有言在先，猪贩子也不好意思开口。

现在，白猪受到前后夹击。情况让它感到不妙。套在脖颈上的绳子勒得它几近窒息，屁股上不停地遭受棍击，疼得有些难受。看来不给来袭击者一点颜色不行。它铆足了劲，回头一声怒吼，喷出的一口唾液飞溅出去，不偏不斜直射到司机脸上。司机丢下棍子用手抹把脸，嘴里骂骂咧咧，再也不敢轻举妄动了。就在白猪用力摆头的同时，前面两个精疲力竭的猪贩子也出了洋相，塌鼻梁后退几步，眼看距离白猪只有一米多远，撒腿跳到旁边。塌鼻梁一松手，绳子两端完全失衡，倾向白猪一边。三角眼一直是这场拔河的主力。他背对着猪，对这样的突发情况毫无防备，被结结实实地带翻在路边茅草丛中，左腿杆硌在尖石上，蹭去一块皮肉，疼得龇牙咧嘴。走出困厄的白猪张开大嘴对着三角眼发出几声凄厉的警告，然后反身回到栏内睡觉——它累了，需要好好休息一下。

从过钱成交算起，前后过去了一个多小时，如果丈量起来，三妹家的白猪只随猪贩子移动了大约 15 米。也就是说刚好走完了猪栏边的坪地，上坡路还一步没走。照这样的速度，猪贩子他们要想把猪赶上公路装车，恐怕比红军走二万五千里长征还难。公路车上的三头猪也不知怎样了，如果车上的猪出点什么状况，就会因小失大。猪贩子看着长长的一段坡路，心里有些泄气。

怎么办呢？三角眼从路边草丛里一瘸一拐爬上来，把绳子丢一边，脸上白刷刷的，语气十分沮丧。他这话乍听是问塌鼻梁，实则是在说给三妹两口子听。

塌鼻梁整理着搞乱的衣服和头发，见三妹两口子没做回应，干脆挑明说，老板，我们认输，这头猪买不起。

三妹说，我说过猪咬人，你不信邪，你以为自己有天大的本事。

三妹这话给猪贩子制造了压力。猪贩子现在只想让老板把 2400 元钱原封不动地退还出来，他俩马上拍屁股走人。可是，这样的要求有悖于土家人做生意的起码原则，叫做男人说话三十六牙。意思是说男人吐口唾沫都是钉子，说话不是放屁，是要算数的。所以，毁约的话猪贩子难以启齿。三角眼踌躇许久，放下调子说，老板，我们是不是商量一下，你家的猪太恶了，我们性命要紧。

猪贩子的意思只差明说，是要三妹两口子退钱。二毛烦死了。他说，我们是一手交钱一手交货，你们弄不走猪不能怪我们。

塌鼻梁补白，猪没少半根毫毛，我们物归原主……买卖不成仁义在。

反正猪是你们的，要不要都是你们的。二毛说不上点子，话听起来有点耍赖的味道。

三角眼脸皮扯了扯，怎么的？欺负我们外地人，想吃黑吗？

三妹正心疼她的白猪。一番折腾，白猪消耗了不少体力，躺在猪栏枕板上，肚子一瘪一鼓地吐气。三妹提半桶猪食到栏门口，舀两瓢倒进食槽内，十分哀怜地唤白猪吃喝，还故意拿木瓢在岩槽内刮出响声。二毛和猪贩子之间的龃龉，早在三妹的预料之中。三妹是个硬气的女人。眼不见为净，耳不听不烦。她巴不得猪贩子早点走，就把钱票子掏出来，对二毛说，你一世没看到过钱吗？人家要命也要钱，你就要钱不要脸？真是糙人！

三妹的话夹枪带棒，听起来有些硌人。三角眼也不发作，只能顾全大局地赔笑。三妹都准备退钱了，猪贩子再大的张狂也只好收敛着，他们不想因小失大功亏一篑。

谁知道，会发生后来的事情呢？

第三章

慢着。哪有这么做生意的？一个粗重的男声从坡上落下来。众人循声望去，屋角坡路边冒出村长许通达那顶藏青色的鸭舌帽。许村长的鸭舌帽是在市里一家报社当记者的女儿给他买的，全栗树垭村独一无二的一顶。

关于这顶帽子，完全可以拿出来说说。许村长的鸭舌帽买回来戴在头上，不仅模样儿好看、周正，戴着的感觉也蛮舒服。许村长在众人面前显摆，吹嘘说这顶帽子老贵，顶女儿半个月工资，引得村里许多上了年纪的人都很羡慕。刚开始人家要戴鸭舌帽试试，村长就摘下帽子给人家戴。后来有人掏钱，要许村长给记者女儿知会一声，帮着买一顶。不知什么原因，答应帮忙的许村长几天后把钱原数退还给人家，说是市场上断了货。可是，阳坡上的吴贵想这种帽子都快想疯了。他不知通过哪条渠道居然买回来一顶，牌子和款式与许村长的一模一样，只是价格不是村长说的那回事，他只花了 25 元。得知消息的许村长当夜就到了吴贵家。吴贵一直申请低保，上面不给批。村长对吴贵说，这回村里多要了一个指标，可以考虑给你。吴贵感激涕零，言称无以报答。村长摘下帽子拍了拍说，报答的话就不讲了。你只明白一个道理就行，命该有的终会有，命里没有不强求。村长这话什么意思？吴贵最后悟出来了。他把那顶鸭舌帽压在箱底，买回来一天都没戴过。

年底，吴贵吃上了低保。

许村长把三妹抓钱的手握在自己大巴掌内，迟迟不松开，好像怕那些钱被猪贩子抢走。他说，这件事我有责任出面处理一下。

煮熟的鸭子难道要飞？三角眼看看来人，你是谁？想管闲事吧？

许通达将三妹拽到身后，两只手叉在腰上，回击说，本人是这里的村长，姓许名通达，栗树垭村的闲事忙事都归我管。不是我想管，我也只是尽职责。我如果一撒手，有些人的阴谋就会得逞，栗树垭村的老百姓难免会上当受骗。

两个猪贩子见许村长的话句句带刺，且是一副指点江山的派头，知道碰上土皇帝了，马上装委屈。三角眼说，既然你是村长，这件事还请你主持公道……

许村长摆摆手，制止三角眼说，你别插话，我先听老板说说情况。

二毛早把椅子挪到许村长屁股下了。许村长听二毛啰里巴唆说了卖猪买猪的过程，也不让猪贩子解释，直接问，是你们自己找上门来要求买猪，还是人家接你们来卖猪？再问你们，老板家的猪咬人，这个情况事先跟你们说清楚没有？

对猪贩子来说，村长的两个问题都是要命的，是下套，是设局，是陷阱，根本用不着回答。

许村长又说，离家四五里，各处一乡俗。土家人做生意有个规矩，叫“买卖不过阳沟”，不知你们听说没有。这规矩在我们栗树垭村不许破坏。

村长的口气很霸道，人家门前三尺硬土。塌鼻梁两手一摊，照你说我们两千多块钱白甩了？

村长的嘴角对猪贩子翘了翘，说，吃菜吃有味的，说话说有理的。我也没说你们的钱白甩了，你们是花钱买猪了，又不是遭了偷或遭了抢。说完，村长朝猪栏指了指。

三角眼顺着村长的指头看到了无助，沮丧着一张脸说，可是——

没有可是。三角眼的话让村长横蛮截断，你在北京接个律师来评评，也是这个理。

猪贩子心知，村长和猪老板简直就是同谋。他们遭了地方保护主义的暗算，再理论下去，也不会有什么好结果。秀才既然遇到兵，认倒霉算了。两人商量一下，让步说，我们不买猪了，自愿赔偿老板一些损失，请村长做主，让老板退我们一些钱。

本村长没有搅乱你们生意的意思，赔损失的话是你们说的，是自愿的，谁也没强迫你们。那好吧，三妹，你给两位师傅退两千元。

村长的话听起来没有余地，弄得身后的三妹不知如何是好。村长一把抓过三妹手里举着的钱，捻出 4 张后递给猪贩子，点点，当面点点。当面数钱，理所当然。三角眼接过钱问，村长，就这样？

村长颇不耐烦地挥挥手，你还想怎样？

多得不如少得，少得不如现得。塌鼻梁唯恐退回来的两千元又让村长收回去，拉上三角眼蔫头巴脑走了。

三妹看着手里凭空得来的 400 元钱，心里有些没底。她说，村长，这钱……

钱怎么的？

我觉得这钱来路不正。

这叫捞钱不费力，费力不捞钱。三妹，你和二毛只管放心，今天这事是村里调解处理的，我是村长。

猪贩子走后，二毛要留村长吃晚饭，喝杯酒。村长说不吃，要走。二毛就吩咐三妹送送村长——这正合村长的心意。二毛在这种时候安排三妹送客，三妹心里很糙人。村长或许看出了猫腻，就说，有些话我还要给三妹单独交代交代，三妹送我一段路也好。村长都说出了这话，三妹再不送他，就显得不近人情，也不合礼数。

山里的早春还只从冬眠中醒来十分之三，坡路两边全是衰败的茅草和荆棘，风吹得萧条的坡面乱动一气，只有头顶窄窄的天空能让人的视线稍稍放远。走前面的村长突然停下来，回头对三妹说，三妹，你走拢来点好不好，为什么隔我这么远？我又不会吃你。

三妹说，村长你有话就讲，我听得见。

村长说，我是喜欢你的，我想和你好一下。村长作报告惯了，开篇破题，话来得跟脚下的坡路一样陡。

三妹说，你是村长……

你还晓得我是村长？村长的脸上起了邪笑。

当然晓得，我和二毛都尊重你。

莫提二毛了。村长脸上有了硬度，说，你跟我好，我不会亏待你，包你发财。还有，只要我当村长，谁都不敢欺负你。

三妹仰头看看天空，那里云层低垂，厚重沉默。她转移话题，村长，明天恐怕要落雨。

落刀也没关系，放心，天塌不下来。村长说完，伸出手要拉三妹，三妹扭身躲开。村长说，我的话你回去好好想想。他左手提放耳边，做一个打电话的姿势，然后整个人顺坡路一高一高地走了。

第四章

这是一场道德层面的讨论。

猪没卖掉，凭空得来400块钱，天上真的掉馅饼了。三妹心里像有只兔子在乱窜，在蹦跶、在扯拽，让她惴惴不安。尤其是许村长最后那句“包你发财”的承诺，她感觉是与这头白猪有关。

这个夜晚，月光水洗一样明亮，透过木窗格子漫进来，歇房内于是有了明暗两种色调。三妹两口子蹲在床头，围绕400元钱的合法性开始掰扯。

这是一条财路！村长的力挺让二毛说话底气很足。他有点按捺不住内心的喜悦了，对三妹说，风水轮流转，今日到我家。真是财运来了，门板都挡不住。

二毛的结论来得突兀了些，也有点生硬。三妹是不能接受的。三妹一直当家，就算她能接受二毛的说法，起码在程序上乱套了。

糙人！你是想用白猪引人上当？骗钱？

一般情况下，三妹在对二毛说糙人，问题就比较严重了，二毛就该把舌头夹紧，把话头掐断。可是，今天他不怕三妹。许村长都给他撑腰了。在栗树垭村许村长的话说一不二，二毛还有什么好怕的！他麻起胆子说，老辈人讲过，马无夜草不肥，人无横财不富。我们最多只算吃了一口夜草，连横财都算不上，横财不止这么一点点。

三妹盯着二毛的眼睛看。二毛眼窝子浅，装不下事，有点秘密，三妹一眼就看透了。其实，二毛又哪里值得责备呢？他的点子虽说有点歪，但无非是想给家里挣钱。说来说去，三妹家还是穷怕了。栗树垭这名字容易让外人迷糊，误以为到处生长栗树。其实，这里只是武陵山脉最贫瘠的一片荒山，除了垭口长着一棵百年老栗树，漫山都是丝茅草和各种知名不知名的蒺藜和藤蔓。如果不是一条公路要修到湖北恩施自治州去，猪贩子打着火把也寻不到这儿来。三妹住在这么苦寒的地方，家里肯定没有好收入。几丘干浜田全是望天收，上天长眼风调雨顺还能割几担毛谷，遇上水旱不匀，牛吃的稻草都收不回几把。地里的作物也一样，苞谷、黄豆、苕、马铃薯，顺着季节轮换种，收得哪样是哪样。靠耕田耘地，一年四季只能混饱肚子。用钱的门路就是挖葛根、采茶叶、摘山胡椒和五倍子。可是，这些路子毛多肉少，来钱都不容易。三妹家用钱只能指望在外打工的一双儿女。印顺和印帆同一年发蒙读书，念完初中一起外出打工，厂里辛辛苦苦上班挣得下几个钱？所以，三妹和二毛削尖脑袋都在找捞钱的门路。可是，世界上哪条路都有，唯独搞钱的门路稀缺。

现在，二毛指望靠家里的白猪做道具，忽悠猪贩子的钱，算不算一条财路呢？三妹心里没底，就拿报纸说话，报纸上说要靠勤劳的双手发财致富。

三妹，你不要张口闭口跟我提报纸，你以为只有你认字看报纸？你把报纸看懂没？报纸上曝光的那些贪官哪个不是在养情妇、发黑财？他们的本事我们学不到，也不敢学。老子就是拿白猪做幌子落几个钱，比他们强多了。

三妹杵了二毛一个倒拐子，你扯贪污腐败干什么？你就说家里的白猪。

那好，我就说白猪。你想想，那么大的猪让一根索子缠在脖颈上，两个劳力板起身子拉，要伤身体的，要费气力的。我可以赌咒，猪经不起这么拉，拉一回至少掉10斤膘。你说，10斤膘是不是钱？

提到膘，三妹就联想到白猪和猪贩子拼死抗争的情景。她想起猪的嚎叫以及猪嘴内吊出的涎水和屁眼里胀出的猪屎。总之，一番折腾下来，猪受到的伤害是不小的，要让它身体恢复到原样，没有半个月精心喂养恐怕不行。二毛从三妹忧郁的表情里看到了她的疼痛，趁热打铁地补充，猪贩子还耽误了我们的工，误工费也是要算进去的。还有白猪受到的伤害，猪贩子应该赔偿精神损失费。

平时，三妹总嫌二毛脑袋有欠灵光，想不到在关键问题上还拿得出这么一堆主见。她扑哧大笑，又给了二毛一个倒拐子说，你越扯越远了，猪又不是人，哪来什么精神损失？

三妹在这么说话，就等于认同了二毛的观点。三妹怎么会轻易让二毛说服呢？如果不是村长的公开支持，不是亲眼见到村长把油嘴滑舌的猪贩子问得哑口无言，三妹对这么发财的可行性与合法性是质疑的，不敢妄为的。二毛就是有一百个道理，就算他能把一根稻草说成金条，三妹也不会相信他。相信他，三妹还不如相信自己一根脚指头。现在，堵在心里的渣渣草草疏通了，三妹脑海里豁亮出一条管道，那条管道内流淌的不是哗哗有声的水，而是花花绿绿的人民币——人民币应该属于人民。以三妹的性格，一件事除非不做，做就做到极致。她说，二毛，以后猪贩子上门来，你脑壳放灵活点，我们要打好和手。

我唱黑脸，你唱白脸。二毛开始讨论怎么打和手。三妹料死二毛不是猪贩子的对手。好男不与女斗，对付那些杀猪不眨眼的屠夫，三妹觉得还是自己唱黑脸才合适。这个深夜，细节性的东西讨论来讨论去，两口子都有点兴奋，睡觉的秩序开始乱套，先是理所当然地做了一次夜课，然后三妹说有点累，兼有一点饿的意思，撒娇让二毛起床下了一碗面条。玩够了，吃饱了，两人沉沉睡去。

这个夏天来得好猛。

横断山乡接连40多天没看到雨星子，这样的大旱实为罕见。植物好像都在装死，一早上就没精打采的样子。栗树垭阳坡上正当西晒，山地里土脚本来就浅，二毛两口子辛辛苦苦耕种的作物早就点得燃火了。他俩热得不敢出门，也没心思料理山地里的庄稼。好在他们还有一个希望，等着猪贩子上门。

三个安乡人看到了公路边的木牌子。猩红的油漆在木板上涂抹出一行字：公路下一百米有猪出售。娘卖×的，如今山巴佬也学会打广告了。猪贩子按照箭头的指向，直奔三妹家，嘴里嚼着痞话。

家常话免不了先要扯几句。几位师傅是哪儿人呢？三妹听不出安乡口音，话头子就这么扯开了。

年纪最大的看起来40多岁，穿戴整齐，抽带嘴儿的纸烟，应该是正头老板。他说，我们是安乡县的，跟张君一个村子。

二毛说，张君是哪个？我们不认得。

贩子说，就是早些年在常德城开枪抢银行的张君，全国都有名的。

三妹听了，心里很糙人。她听儿子说起过常德会战，那是国军跟小日本干过一场恶仗，独独不晓得什么张君李君。她想，张君抢银行，你们几个杂种是不是也准备抢猪行？买猪就买猪，你抬出抢犯来干什么？她回老板说，听说过，他们几个后来好像都吃了枪子儿——嘣，脑壳开了花。

猪贩子想不到这个山里女人说话竟这么刻毒，便剜了三妹一眼，起身去看栏内的猪。

二毛家的猪不用说，猪贩子肯定看得起。贩子说，六块钱一斤，过秤吧。

三妹说，师傅，春上是六块，你也不看看现在到了什么季节。正是长猪的时候，哪个愿意卖？

二毛也帮腔，街上猪肉都涨到十块了，紧俏的时候还卖过十一块。

不能拿街上比。贩子说，你要拿美国比，我们的生意就做不成了。现在是大热天，最好的猪只有八块。我们还要贴上税钱、车费、人工工资，你说我们从哪里赚钱？最后能落到一副猪下水就不错了。

三妹两口子的心思其实不在和猪贩子讨价还价，他们明知道猪最后买不走，无非是要扯些闲篇把真实的意图掩盖一下。三妹说，价格不争了，你们说六块就六块。我提几个条件，你们同意就做买卖。三妹的条件无非还是老一套。

猪贩子心里想，三妹简直笨到家了，这些算什么狗屁条件！不过秤，比眼力，一般人哪是猪贩子的对手？他们吃的就是这碗饭，巴不得不用秤呢。至于说到猪敢咬人，打死他们都不信。

喂了半年，二毛家的白猪至少长了100斤，现在随便用秤摆，500斤雷打不动。可是，猪贩子说，450斤。

师傅，你看走眼了吧。你的眼光比手里的刀子还快，一看就把猪看掉了50斤，至少50斤，怪不得你们发财的。

贩子说，这种猪不搬秤，看起来架子大，是个泡货。

三妹难得跟他们嚼经，说，按你说的算是2700元，要想发，不离八，你给2800元，我们各让一步，你看怎样？

老板明知有大赚头，就爽快答应，成交！

收钱的三妹把钱对着光鉴别完真假，然后特别强调：我们家的猪真咬人，小心点。三个猪贩子先没当回事，看见二毛和三妹拿来竹竿，帮他们把绳子挽圈、打扣，才稍稍引起重视。结果，安乡老板还是挂了彩。两个年轻人往外拉猪的时候，老板用手在猪屁股后面推。猪的一只后腿只轻轻弹了一下，正好弹在老板的下颌，一块肉皮就弹开了。老板捧着下巴，鼻子、嘴巴都疼歪了，嘴里呵呵地吸着气，连鼻涕都呛出来了。

猪贩子来火了，吩咐两个手下说，它的皮肉发痒，赶不动给老子打。他自己带头动手，远远地举着棍子。第一下，棍子落在屁股上，白猪哀嚎一声。第二棍落下去，白猪就发飙了，昂着头朝前冲去，猝不及防的两个年轻人被冲飞了。一个飞下路边的茅草坡，像一片枯叶落入乱石堆里，一个让猪嘴抛起来，先落在猪背上挺了腰，再从猪背滚下来，结实地摔在路面上。两个人都有皮外伤，也都见了血。

三个人都快了。老板说，老子全国到处跑，想不到真有搞不定的猪。他最后用征求意见的口气对三妹两口子说，怎么搞呢？

三妹说，我先把丑话说在了前头，你说怎么搞？反正猪归你们了。

大姐，话不能这么说，我们做生意是讲灵活性的。你现在说你家房子归我了，我能搬得动吗？明显不行嘛！这头猪是老虎托生的，他娘的惹都惹不得，跟它搞，除非想死。这样好不好，我承认给你们补点手续费，我们下回再合作。

人家承认补，我看就把钱退了。二毛按约定装好人。

三妹说，糙人哩。什么手续费？我们是有合同的，没有纸合同，有口头合同。现在是他们违约，按法律应该赔偿。

三妹把法律都搬出来了。她虽然说不到点子上，但大致的意思还是听得出来。她说到了猪的体力消耗、精神摧残，人的误工补助、违约金等等。最后，她把 2000 元钱甩给安乡老板。

老板数了数，脸色顿时变黑拉长，刀子下得太狠了吧。我们猪毛都没捞回一根，800 块呢，不是开玩笑的。

三妹把手掐在腰上，哼！800 块，我是给你面子，你上法院问问，有你们这么做生意的？我家的猪又不是动物园的动物，你想怎么耍就怎么耍？都学你们没事来我家整猪，整成了，你们赚钱，搞不定就白整了，我家还喂不喂猪。道理说到联合国去，我都不怕。

安乡猪贩子基本上明白，碰上三妹这样的泼妇，前八辈子算倒了血霉。再计较下去，不知她还会说出什么不得体的话，纯粹就是花钱买气怄。他提出要村干部来管一下。

三妹想到了许村长在坡路上最后做出的那个姿势，就给老板报出村长的手机，让他们自己打。电话打通后，不知道许村长说了什么。安乡老板收起电话，骂骂咧咧地走了。

第二天，二毛才发现公路边有块木牌子。他看了又看，那字很像是许村长的笔迹。

第五章

二毛去县城免费参加农民实用技术培训期间，许村长趁夜去了三妹家。

栗树垭村印二毛家的猪咬人，成为业内一个传说。猪贩子们都一个德行，就是不信邪。人家说，那猪真咬人嘞。贩子们说，你把老子当猪哄吧？告诉你，老子不是猪脑壳，不会听你闪。尤其是到了交钱的时候，二毛说，我们家的猪咬人嘞，搞出事来我们不负责的。猪贩子对这话更反感，回击二毛的话硬扎扎的，它咬人不关你卵事，你把钱好好收着，只要你不咬人就行。这样，二毛家就隔三岔五地有猪贩子光顾。结果呢，他们都是跟钱过不去，落得同样的下场，信心满满而来，甩几张票子后灰头土脸回去。

大半年时间，三妹家的猪卖过31次。三妹暗中记了账，总共赚了20700元，除了第一次最少，每次都不会低于500元。这等于她家凭空赚了十头猪的价钱。转秋以后，天气凉爽，下半年又到了收猪的旺季，二毛两口子预计生意会更好，年内纯赚五万块钱应该是有把握的。这对栗树垭村那几个靠勤巴苦做发起来的万元户来说，简直是个嘲讽。

许村长对二毛家越来越重视。县劳动局农村实用技能培训全免费，村里只一个名额，许村长批给二毛了。自己不掏钱，可以到县城耍几天，白学几门技术，这样的好事打着灯笼难找，二毛哪有不去的道理！只有三妹心里清楚，村长不会把这样的好事白送给她家二毛。上次送客时，村长就把话挑明了，这次准定没安好心，肚子内在打鬼主意。她劝二毛不去，说那些培训多半是搞形式，学不到什么技术。二毛鼓凸着眼，很占理地说，我又不比别人蠢，人家学得到，我也学得到。你莫以为家里现在养着白猪，隔天有钱进账，不长久的。白猪迟早会老，会死去。它终究斗不过人。

二毛不懂得三妹的真实顾虑，三妹也不可能把许村长打自己主意的事随意告诉二毛。这一点让三妹感到很糙人。她知道二毛的心早飞到县城去了。他也不是真要学技术。二毛打小就是个花花架子，做事缩头哈腰舍不得下力，一心只想到外面疯耍，梦想买彩票中500万,一夜暴富。他每年都要找借口往县城里跑几次。这回天赐良机，又是村长钦点的名，三妹怎么留得住他!

二毛要在县城学习十天。只到第七天夜里，许村长就上三妹家来了。门外堆满了夜，猫头鹰的叫声让人心神不宁。时间已经很晚，三妹洗完澡准备睡觉。就在她开门泼洗澡水的时候，暗夜里窜出条黑影。三妹“呀”的一声，脚盆带水掉在地上。许村长的鸭舌帽矮下去，捡起地上的木盆，裹挟着三妹轰进屋，然后插上门闩。不知道许村长待了多久，他肯定一直在门外等着时机。三妹只穿胸衣和短裤。在突然闯进来的村长面前，这种穿着几乎跟没穿一样，让她无地自容。她赶紧抓过椅子上的外衣，想把自己包严一点。可是，衣服的另一端落在村长手里。

村长开腔说，三妹，我对得住你们两口子了，人要懂得报恩。

村长，我们家欠你的人情可以还，你说个数，我和二毛商量后给你送上门去。

村长说，有些人情是用钱还不了的。你不要这样对我好不好？我的心思你难道一点也不懂?

三妹说，你先把衣服给我，我们有话好好说。

这时候，歇房窗台下面发出一个怪怪的响声……

村长犹豫片刻，抓紧衣服的手松开了。三妹慌忙火急地穿好衣服，然后端坐在椅子上，准备和村长展开一场面对面的交锋。三妹知道，在栗树垭村，许村长是至高无上的。三妹只看得见头顶上这块天，这块天归村长管。她还知道村长是说到做到的人，是睚眦必报的人。栗树垭村每个人的脖颈上都有一只无形的手，这只手就是许村长。村长一紧手，就会让你透不出气来。可是，要三妹出卖身体去投靠这棵大树，她就是死也做不到。她打定主意，今晚上先礼后兵，不管付出多大的代价也决不能让村长得逞。

情况远没有想象的那么糟糕，较长时间里，村长一直坐着没动。看来，他没打算采取暴力。

三妹最先打破沉默，村长，你对我们家的好处我和二毛都知道。

村长打断三妹的话，反问一句，你知道我为什么独独对你家好？你看看全栗树垭村我还对谁家这样关心过、照顾过？

三妹脸上涨得绯红，她把头稍稍扭向一边。我又不是猪，我当然知道，你心里喜欢我。可是，你想过没有，你是村干部，我们之间如果有什么丑话传出去，对你我都没有好处。

三妹的话戳到了村长的痛处。村长说，三妹，对你说句底子话，我是让这张村干部皮子害了。我如果什么都不是，早就把你弄到手了。我甚至可以让你和二毛离婚，带你躲到远处去，躲到一个栗树垭村人谁都不知道的地方过日子。

村长的话让三妹顿然惊悚了一下。她回头朝村长瞥去，看见的是一张皮肉松弛的脸。她回应村长说，你不应该有这样的想法，我爹只比你大三岁。

三妹的话像一根针，一下刺破了村长这只气鼓鼓的皮球。三妹发现村长的两只手很不自然地绞来绞去，嘴唇翕动着，却没有说出半个字来。村长的嘴皮子功夫了得，三妹是见识过的。他开会作报告从来不拿讲稿，肚子内的词儿像泉水往外涌，流也流不完。可他现在哑火了，脑袋勾下去，像一朵雨中的向日葵。三妹暗自想，村长也只是个有色心没色胆的人，他其实是个好人。

村长好像看透了三妹的心思，掏心掏肺说，三妹啊，我把世事看错了。我以为人人都会怕我，对我的要求不敢拒绝。想不到你就是个天不怕地不怕的女人，你的胆子天大。实话对你说，村里不是没有女人想巴结我，但我是个贱骨头，我对看不上眼的人不感兴趣。我心里只装着你一个人，你不愿意，我真的毫无办法，我算输给了你。

三妹幽幽地说，村长，三妹今晚上要是有哪点对不住你的地方，就请你原谅吧。

村长把鸭舌帽揭下来散热。他说，我来之前就想通了，一朵好看的花如果摘不回来，让它开着经常看看也好。

三妹想不到村长会说出这样的话来，她心里涌上一股暖意，然后想了想，起身说，村长，深更半夜的，你一定饿了，我去给你下面吃。

村长说，我吃饱了来的，不饿。

三妹说，你不要讲客气。你一直在帮助我家，却从没端过我家的碗，我都过意不去。再说，我也饿了。

村长顺坡打滚说，那就下碗面吧，放心，吃完面我就走。

液化气烧水很快，面条端上桌来，村长拿筷子挑了挑，发现碗底卧着两只荷包蛋。他看了三妹一眼，再看三妹一眼，然后埋下头去吧唧着嘴，呼呼啦啦很快吃完了。

村长吃完面，起身去开门。就在他快要迈出门槛的刹那，三妹竟然在背后喊出一声，村长！真的对不住啊。

村长车转身，把三妹一双手抓住，轻轻地摩挲着，三妹，你是个好丫头……

第六章

毛屠夫光脚耍手到印二毛家来了。

公正地说，在街上摆肉案的毛屠夫不是个正路人。他样子生得蛮，面相恶，喜欢玩女人，再就是有点阴险。但横断山乡的人都知道，他杀猪的技术是一流的，两手绝活最见真功夫：一是刀法准，一刀封喉。土家人杀猪有讲究，补第二刀是不吉利的。二是他把猪毛刮得干净，下水也翻洗得利索。因为这些，杀猪的人和砍肉的人似乎都不计较他的缺点，故而他的生意一直都好。那些有经验的外地猪贩子乍到横断山，免不了把车停在毛屠夫肉案边，先甩一包廉价烟在案上，然后向他打听当地猪的行情和货源。贩子无非想用一包烟换他们需要的信息，结果多半上当受骗。比如说，他们想知道哪儿有猪买，毛屠夫会告诉他们，住在栗树垭公路边的印二毛家就有。没错，二毛家是有一头白猪，可不是随便买得了的。毛屠夫这么缺德的点子很大程度上成全了二毛两口子，只是二毛和三妹一直蒙在鼓里。

在二毛家买过猪丢过钱的贩子转身回到街上，自然要找毛屠夫诉苦。

安乡的猪贩子就找过毛屠夫。贩子把车停在肉案边，说出这样的话，师傅，感谢你帮我们介绍生意，我们 800 块钱买了一身伤，感谢费一块付了，你找猪老板领去。毛屠夫本来是容不得外地人用这种口气对他说话的，但安乡人的话无意中让他如梦方醒。是啊，我姓毛的给二毛家介绍的猪贩子也不少了，二毛两口子从中赚钱，感谢的话都听不到一句，老子亏大了，不能这么便宜他们，得想个办法把自己应得的中介费要回来。毛屠夫主意已定，就上二毛家来了。

毛屠夫去年腊月帮助印二毛家杀年猪遭了猪咬，印二毛和三妹一直觉得不好意思。见了面，二毛先问毛屠夫的伤情。毛屠夫把裤脚挽起来，指着裆窝子的一块疤说，还好，要是落在脸上，老子就毁容了。

只要枪没报废就是万幸。二毛说，上次真的卵子上荡刀，危险得很。我听说你嫖女人蛮厉害，街上好多女人争得打架。我提醒你，男人的子弹要省着用，特别是上了 40 岁，用一颗就少一颗。

毛屠夫把裤腿放下去，看着三妹说，二毛，你少说骚话。老子的子弹再缺，也不会找你借，再说，三妹是个小气鬼，你两粒子弹她护得紧紧的，谁都借不出来。他突然转了话题。哎，二毛，我说你两口子今年财运好呢。

莫扯鸡巴蛋。印二毛把两手摊开，做出卵都没有的穷酸相，说，毛屠夫，你说点别的好不好。二毛和三妹都揣测到毛屠夫不会平白无故登门，多半与白猪的事情有关。

我说的是真话。毛屠夫果然扯到猪上去了，不过，你们再好的财运也离不开贵人相助。他指着自己的鼻子，你们的贵人是我，晓得啵。

三妹说，毛屠夫，你有话明白点说，我们又不是外人。

那我就打开窗户说亮话了。你家靠那头白猪发财了，这件事现在街上到处在传，瞒也瞒不住。可是，要不是我让你家的猪咬一口，你家的猪就不会出名，你们也找不到这条财路，说句良心话，是我拿性命给你们带来了好财运。这个事实你们两口子总要认账吧。

二毛说，毛屠夫，你是个好人，我们两口子从没忘记你。

我的意思你没听明白。我是说你们赚了钱，不能过河拆桥，一头白猪卖了又卖，结果还在栏内耀武扬威地养着，钱像流水往袋内灌，口袋都快胀破了。你们应该给我提点成，多少都要表示一点才说得过去。

毛屠夫这个无赖，果然上门搞敲诈。三妹不怕他。三妹说，毛屠夫，我姜三妹是程咬金做强盗，明人不做暗事。我们两口子从猪身上是赚了一点钱。但这钱是人家自愿给的，是补给我们的损失，不是我们偷来的、抢来的，别人吓不倒我们。

毛屠夫知道要三妹两口子吐出吃进肚内的钱不是件容易事，就开始亮狠招。毛屠夫说，你们既然不讲情面，我也只好过实话。我到派出所咨询了，你们这种搞法就是标准的诈骗，是要法办的。派出所的人说了，只要有人站出来作证，马上就可以立案。话我只说到这儿，主意你们自己拿。

不管毛屠夫把事情说得再严重，三妹也不买账。三妹知道，这个口子无论如何开不得。一旦让毛屠夫拿到提成，往后谁都可以拿这件事上门敲一杠子。三妹很硬气地说，毛屠夫，你去我娘家姜家湾打听打听，看我姜三妹是不是吓大的。莫在老娘面前提什么诈骗。如果我们诈骗了人家，你不同样也在敲诈我们？还好意思说派出所，算了吧。派出所要抓我们早来了，轮不到你今天来。简直糙人！

我们卖猪，村长都在现场看过。多嘴的二毛凭空抬出了村长。

怪不得三妹说话的口气比钢筋还硬呢。毛屠夫冲女人做个怪样子，原来绑了粗腿。不过，他姓许的马上到点，神气不了几天。你们这架靠山快垮啦。

三妹好像有什么秘密让毛屠夫看穿一样，脸上颇不自在。不过，三妹是有个性的女人。她不会容忍毛屠夫任意拿捏，就算他知道点什么，那也是三妹和村长之间的事，关你毛屠夫鸡巴事啊！更何况她和村长还没有好到那个程度，毛屠夫不会先知先觉，村长也不可能愚蠢到自己无中生有地制造绯闻，让别人揪住把柄把他轰下台去。三妹说，毛屠夫，村长是我们栗树垭村的村长，你如果要说靠山，他是我们大家的靠山，你妈你姐也可以靠一靠，谁愿意都可以靠。

三妹话里带刺，把毛屠夫刺痛了。毛屠夫说，是我们两个在说话，你扯别人干什么！好吧，你们既然一毛不拔，就不怪我不讲情面。毛屠夫做出要走的样子，二毛拉住他，语气软下来说，兄弟，本乡本土几个人，朝不看见晚看见，何必呢？我们落几个钱，都是外地人给的，我们这头猪从来不卖本地人，本地人谁也不敢买。我们得点好处，你总不至于胳膊肘往外拐。来，我们有话坐下商量，何必动不动发那么大火？我们又没结仇。

毛屠夫见二毛蔫了，就说，二毛，一句好话暖人心，我又不是不讲情义的人，三妹的话伤感情，听起来气人。我没别的意思，多少在你给，我要看见岩头过水。

这是明目张胆的敲诈，给现钱是万万不可能的。但看得出来，毛屠夫舌头伸出来不舔点盐不会作罢，三妹就来了计策。三妹说，毛屠夫，我有一个方案，对我们双方都好，你要想得到好处，只能这么搞。拿现钱去，你想偏脑壳带了败相，老娘也横了心，就是派出所来人抓我去坐牢，我也不会给你钱。

毛屠夫说，你快把主意说来听听，我姓毛的好说话。

三妹说，毛兄弟，你在街上信息灵通，有猪贩子你就只管介绍到我们家来。人家不识路，你给开个条子。只要见了你的路条，我们就算你一份，一次 50 元。按条子结账，多劳多得，有财大家发。你看如何？

三妹都改口称毛屠夫“兄弟”了，毛屠夫还有什么好计较的！他觉得这个方案比一次性成交还合算些，一张马脸就收紧了许多。他肯定地说，这主意好。三妹，你脑筋转得好活，没看出来，你还蛮有经济头脑嘞。我们一言为定。

毛屠夫不是想告发吗？三妹是要抓个把柄在手里，让毛屠夫跟着踩浑水。毛屠夫长期跟猪干，脑壳也不管用了，居然连三妹这么浅薄险恶的用心都没有防备。三妹套毛屠夫的话，毛兄弟，派出所真说我们搞诈骗？我猜你是嫌我们老实，扯卵淡吓人的。

毛屠夫涎着脸，一本正经地说，三妹，我也不瞒你说，情况是这样的，我的确到派出所咨询过。派出所的吴警察跟我是兄弟，他每天都到我案上收骨头回去熬汤给他老娘补钙，我们关系铁得很。他说这件事已经有人举报给派出所了，像你们这样卖猪严格地说算得上诈骗。但是——毛屠夫只说到但是，就起身屙尿去了。

但是，毛屠夫屙尿回来又接着讲，吴警察说这案子办起来很麻烦。麻烦在哪里？主要是取证难。买猪的都是外地老板，生意没做成，他们急着赶别家，甩点钱对他们来说九牛一毛，报案的事想都没想。民不告官不理嘛！再说，他们净不是好东西，哪个猪贩子不是靠坑蒙拐骗让腰包鼓起来的？要说骗，他们才是大骗子。所以，他们只要敢报案，我随时抓他们的现场，搞死他们。毛屠夫最后拍着胸脯说，派出所的事我负责摆平。

毛屠夫的牛皮吹跑题了，三妹只关心吴警察的态度。

毛屠夫说，吴警察讲过，就单笔现金来说，几百块钱定诈骗也少了，误工费、猪的补偿也是应该有点的，只是多少的问题。所以，毛屠夫又用"所以"作总结，要想不犯法，今后卖猪要注意三件事。毛屠夫嘴里哇啦哇啦说出了白泡，这才说到要害。二毛，你记住呢，三件事。

毛屠夫说的三件注意事项：一是和猪贩子做生意时，不能有别人在场，别人就是证人；二是千万不能给猪贩子打条子，白纸黑字那是铁证；三是每次收人家的钱不要太多，500块钱是比较合适的，多了就越了红线。

二毛和三妹已经很高兴了。毛屠夫到底是在街上做生意的，见识要比山旮旯里强得多。说底子话，每次吃进猪贩子一点黑钱，三妹心里还是有点虚。一头猪，赶动不过50米，真说起来，哪有什么损失？值得人家掏那么多钱补损？一开始，三妹都没把事情往深里想，但随着账本上的钱数越加越大，她就感到了压力。那个账本就像是修建的一座塔，越往高处修垮塌的危险越大。因为三妹心里清楚，用于建塔的材料是假的，他们这样的建筑师傅也是假的，一切都建立在虚妄之中。但是，人人鼻子朝下长，哪个不爱钱呢？就算是眼看着塔尖歪歪倒，要三妹他们收手刹车，他们也不心甘情愿。

现在好了，就在他们把握不住的时候，毛屠夫让他们吃了颗定心丸。毛屠夫也是个得寸进尺的家伙，见三妹两口子让步妥协，且心有余悸，就发难说，三妹，你先说的每次给我50块，我不会接受。给你交个底，一张条子100块，到时候我们按条子结账。好处你们得大头，我没意见，要想合作愉快，这就是合作方案。

三妹想了想，按你说的办，你满意啵。你要多介绍生意，多劳多得的。

二毛要去坡地边收牛，说过几句客气话走了。屋内只剩下三妹，毛屠夫眼珠子滴溜几转，嬉皮笑脸地说，三妹，我发现你长得蛮好看嘞。

三妹说，你放正经点好不好？

毛屠夫说，我是说的真心话，你的一对奶子好大，把衣服顶起好高，几时也跟老子喂口喝喝。娘卖 × 的，二毛狗杂种有福气嘞。

第七章

这是一个说不清楚的因果循环。

三妹家的白猪因为咬人，所以卖不出去；又因为猪贩子都不惧怕咬人的猪，所以就不断有人上门求购；也因为白猪老是卖不出去，所以它成了三妹家的一棵摇钱树。总之，三妹家的白猪咬人，成了横断山乡公开的秘密，成了栗树埡村人茶余饭后必不可少的谈资，口播新闻中的绝对头条。

刚开始，每次生意“成交”，三妹两口子都有一个良知考量和道德评价的过程。这样的过程对三妹和二毛来说是漫长的、费神的。随着“生意”渐渐做开，他俩再不羞羞答答，再不藏着掖着。贩子上门，三妹头一句话砸过去，我们家猪咬人，听说过没？人家说，当然听说过。三妹语气里有点自豪，还兼有一点炫耀，好像别人家的猪咬人是件怪事，而她家的猪不咬人才不正常。

这是白露后的一天，上门的两个猪贩子显得与众不同。

他俩年龄悬殊，年长的在五十岁左右，年轻人才二十出头。两人看上去都很文静，不像以前那些贩子显得粗相。年长的头发脱得蛮厉害，露出好大块顶子。年轻人清秀俊朗，眯缝着小眼睛，鼻梁上落下绿豆大两个凹点，暗红的颜色。他们带一卷半旧尼龙绳，但没背秤杆子。他们似乎晓得三妹家的猪不用秤称，可能干脆把秤丢车上了。两人也没拿出毛屠夫的路条，肯定是照着路边木牌子寻来的。

进门后，年长的贩子先装烟，带蓝嘴儿的。三妹暗自嘀咕，妈的，现在有钱人过的什么日子！年长的给二毛装烟，也给三妹装，就是不给他的小兄弟装，连句客气话都没说，想必年轻人不抽烟。年长的贩子操着外地口音，听起来像是常德一带的。老贩子说，我做了二十多年猪生意，还是头一次听说猪患猛于虎，人居然还拿它没办法。耳听为虚眼见为实，我就一定要来见识一下，即使买不成都要见识一下。我至少要搞清楚这头猪咬人的来历，现场感受一下它究竟凶恶成什么样子，满足一下自己的好奇心。

你不是诚心来买猪？三妹疑惑地问。

买，肯定要买。但是，猪如果真咬人，我花钱买个见识也值得。老贩子说，世界上所有的见识都是花钱买的。吃一堑长一智，对不对？

接下来，老贩子就把一款高档手机从衣兜内拿出来，摆弄摆弄放在桌面上，然后根根叶叶地问起三妹家白猪咬人的来历，第一次发现它咬人是在什么时候，当时是个什么情况，后来还咬过别的人没有，哪些猪贩子上过当等等。二毛讲得很细，三妹偶尔做点补充。猪贩子听得眼睛鼓鼓的，鼻子耸耸的，嘴巴歪歪的。他俩不断唏嘘、惊讶、沉思、感叹。他们特别喜欢听那些细节性的东西，到了感兴趣的地方，还要做手势让二毛停下来，复述一番。二毛的兴致也被猪贩子调动起来了，嘴巴都说干了，半截舌头像蛇信子时不时伸出来舔嘴唇，有时还要来几个动作搞现场演示，比如说到白猪把毛屠夫拱翻的那一幕，二毛硬是拉着两个贩子到猪栏边的晒场边，绘声绘色地还原了当时的场景，让人有种身临其境的感觉，乐得年长的贩子不停地给二毛装烟。

把外围情况问清楚后，贩子自然就要看猪。二毛领着他们围绕猪栏转了又转。这头年近两岁的白猪，重量最保守的估计也有600斤，嘴长尺余，张合不断，像个尖锐的利器随时都处于战斗态势。蒲扇似的耳朵像探测雷达不停地摇动，捕捉着来自各方的信息。猪贩子不断地评价着猪，赞叹是主流的。他们说，这头猪看上去高大威猛，卓尔不凡，是猪中之王，旷世未有，乃人间稀罕之物，难怪别人轻易不敢动它。

三妹两口子在贩子对白猪的溢美之词中飘浮起来，连起码的戒心都束之高阁。我们家卖猪是有规矩的。交易开始后，三妹刚起头，年长的贩子就说，你先不说，让我说来听听，看我们掌握的情况对不对。结果，贩子就把卖猪不称重、赶猪不帮忙、咬人不负责等约法三章说了出来。三妹听得直点头，白猪的名声在外，人家是有备而来。接下来，贩子和三妹两口子开始谈价。猪的时价到了八块钱一斤，双方对此都没有异议。在估计猪的重量时，三妹说，这头猪真的用秤称，700斤雷打不动。也算你们运气，实话相告，前面有人买过几次，最后猪没买走，给我们补了一点损失。我们现在把好处让给你们，只按650斤算账，5200块，再抹去200块，5000块钱。

年长的贩子说，看得出来，大姐是个爽快人。这么大的赚头，我们没二话可讲。他数完钱，吩咐年轻人赶紧动手，结绳扣，套猪，赶猪。在三妹眼里，这两个贩子纯粹就是草包，他们似乎只象征性地弄了几下就大口喘气，摇头，最后自愿放弃买卖。他们不像以前的客商吃得下苦，他们和白猪的较量刚刚开始就举了白旗，输得有些不可思议。到了最后，在退钱补偿的问题上，这两个小气鬼却计较得比谁都厉害。三妹坚持只退4000块，年长的贩子说，天下没有这样的道理。三妹说，我们是有约定的，你们说话不是放屁，退你4000元算是给你面子，再还啰里巴唆，老娘就没钱退了。二毛也说，我们按合同办事。年轻人说，好的，你把合同拿出来看看。二毛当然拿不出合同，他被戗得没话了。三妹把二毛拨一边去，也学着年轻人的样子，把一只手掌伸给他，另一只手叉在腰上，半截身子扭动几下，老娘是拿不出合同，但我也可以说没收你钱，你把条子拿出来，谁看见你给钱了？我们一不亲二不邻，你凭什么给我钱？几千块，不是开玩笑的。你的条子呢？跟老娘玩法律，天高皇帝远，老娘不怕！

僵持到最后，两个猪贩子反过来给二毛两口子说好话，才把4500元本金收回去。走的时候，贩子对这桩失败的生意没有表现出蛮恼火，尤其是年长的，还意想不到地说了声谢谢。

修养啊！

二毛两口子高兴得太早了。

如果不是儿子印顺从深圳打回电话，三妹两口子还一直蒙在鼓里。印顺谈了个浙江女朋友，女朋友最先从新浪网上搜到那篇报道。那两个家伙果然不是猪贩子，他俩是上门套笼子的记者，采访回去后写了一篇记者调查，题目叫《横断上乡一农户养了头“老虎猪”》，很是抓人眼球。三妹戳在电话边，听儿子一字不漏地读了一遍，内容全是揭秘式的，能让读者跟着记者的文字一步步探询这头白猪的传奇。听完通篇报道，猪主人给人一种昧良心、发黑财的印象，尤其是二毛和三妹在记者面前的拙劣表演活灵活现，三妹听了浑身直起鸡皮疙瘩。当着女朋友的面，印顺在电话里骂三妹，妈，你们是怎么搞的？肯定是把谁得罪了，人家才报复。我们打工又不是捞不到钱，真给我们后人丢脸。儿子还告诉三妹说，我女朋友说过，你和爸再这么丢人现眼，她就跟我吹。印帆很快也知道了这件事，她给三妹打电话说，骗钱要坐牢的，你和爸懂不懂？那头猪再不卖掉，我和哥就不认你们啦！看你们是要猪还是要我们。

三妹撂下电话，气得牙根都痒。逼他娘，我还说呢，那两个杂种一看就像城里人，哪有猪贩子面相生得那么白净！

二毛也是欠揍。他说，我一见面就对他们的身份表示怀疑。那个年轻人鼻梁边的两个窝窝一看就是眼镜脚儿蹬出来的。

二毛这话一说完，头上就挨了三妹一巴掌。三妹说，我还以为他是胎生的败相，你妈个 × 的早说会死吗？不出丑你不快活。糙人！

二毛挨三妹的巴掌成了习惯。他闷声闷气说，让他们炒去，反正我们家的白猪咬人县里有榜州里有名，报纸越炒我家白猪名气越大，名声传得越远，生意只会越来越好。有的人还专门花钱找记者呢，这叫宣传效应，我们连广告费都不拿。

三妹又把巴掌举起来，恨恨地说，好啊，你赚了。你现在还欠人家人情是不是？印顺和印帆都要跟我们断绝关系，问你要猪还是要儿女？

第八章

几个月，毛屠夫给三妹家介绍的生意不少了。三妹把那些条子清了一下，总共有 17 张，就是说，按约定应该付给毛屠夫 1700 元劳务费。

三妹给毛屠夫打电话，让他抽时间到家里把账结了。三妹是个不搞扯皮事的人，钱拿在手里，说不定就挪用了。毛屠夫接到电话，先没听出三妹的声音。等他听出来，他的色劲就上来了。他说，咦，三妹，你说怪不怪，我昨夜做梦都梦见你了。我一梦见你你就打电话来，我们两个蛮有缘分啊。

三妹说，我叫你来拿钱，你嚼什么蛆？毛屠夫，我劝你一句，你差不多天天在杀生，阎王爷要收拾你的。你积点口德，让这世上少一个人咒你好不好。

毛屠夫天生就是贱骨头，女人骂他的话越恶毒他越邪性。他一点也不在意三妹咒他，只说，等二毛那个憨头几时出门不在家，你就告诉我，我给你送坨好肉来吃吃，包你吃了一回想二回……

毛屠夫还在电话里呱唧呱唧，三妹"啪"地挂了。

三妹主意已定，白猪再不能这么"卖"下去。她在心里把大半年来与白猪相关的事情捋了捋，一边是3万多元的家庭"收入"，一边是村长别有用心的"关照"。村长对她的"好"已经挑明了，只是二毛一直蒙在鼓里。等到哪一天，村长得不到应有的"回报"，指不定就会翻脸闹出什么事来，到时候怎么收场？所以，白猪在给三妹家带来财富的同时，也埋下了许多不确定的祸根。儿女都和三妹摊牌了，再这么耗下去，自己赔了名誉不算，还可能会失去一双儿女。钱能买回好多东西，但再多的钱也买不来廉耻和骨肉亲情！

在处理白猪之前，三妹还剩一件事情要做，所以她才打了毛屠夫的电话。

半个月后的一天下午，毛屠夫来了。

毛屠夫一进门就没个正经，三妹，老子这几年走桃花运，我看你就是一朵开得好看的桃花，老子要摘了。

二毛不在家，三妹心里还是有点虚，只想早点给毛屠夫结了账打发他走人。三妹说，二毛耕麦地快回来了，我打电话催一下。三妹掩耳盗铃的把戏在毛屠夫面前纯属多此一举。她用座机电话假装拨号，一个人说了几句话，然后一本正经地说，毛屠夫，你说痞话也要看对象，我三妹不像有些女人不知廉耻。毛屠夫说，三妹，我这种人就是图个嘴巴快活，这叫口邪心正。你放心，我玩女人有两个原则，一是必须人家自愿，强扭的瓜不甜，搞强奸没味；二是不亏待人家，让人家有想头。

那些条子放在卧室窗台边的屉子内。三妹不想听毛屠夫一张臭嘴喷粪，进卧室拿条子准备给他算账。毛屠夫不知什么时候跟进来的，三妹刚把条子清好，感觉光线突然暗了许多，抬头发现毛屠夫就站在身后了。他脸上荡着淫笑，眼珠卡在眶里射出锥子般的光芒。三妹把条子递给毛屠夫说，17 张，你数数，我给你点钱。毛屠夫是把条子接过去了，但他的目光一直没有转动，就好比两束车灯直愣愣地刺在三妹脸上，让她避让不及。然后，毛屠夫竟当着三妹的面把一沓纸条拦腰撕断，再撕碎，然后向上抛掷。零乱的纸屑顿然飘飞在昏暗的光影里，在两人头顶舞动跳跃，最终滑落肩头，地面上落英缤纷。毛屠夫说，三妹，钱算什么东西，老子现在不缺钱。我看中的是你。说话的同时，他抓住了三妹的肩膀。

三妹不从，挣扎说，毛屠夫，你不要霸蛮，二毛马上就回来。

毛屠夫说，蠢货！老子又不白搞。这是 1700 块钱，不是烧纸！ 1700 块呢，你就是镶了金也值得。

三妹骂，毛屠夫，你这个不要脸的畜生，我不稀罕你的钱。你再不放手，我要喊人啦。

毛屠夫不露声色，二毛不是老子的对手，莫说他一个二毛，就是三个二毛我也不在话下。

三妹知道和兽性大发的毛屠夫说什么都是白的，就拼命阻挡着毛屠夫进攻的手。其实，一般情况下，男人如果不采取暴力，一对一的强奸是干不成的。毛屠夫力气再大，也只有一双手，在三妹的抵抗下，他没有任何得逞的机会。可是，毛屠夫的欲火上来了，心里也有些急。僵持下去，女人得不到，还有可能出麻烦。他就把一个笔记本掏出来拍在抽屉上，阴险地说，三妹，实话跟你说吧，老子本没有害人之心，心里又真的喜欢你。你要是不跟我玩，那就怪不得我翻脸无情了。三妹没有完全明白毛屠夫的意思。毛屠夫扬了扬本子说，我就凭这个，让你们两口子去坐牢。以前说你们诈骗没证据，现在，我只要把这个本子往派出所一交，你和二毛会是什么下场你清楚。

三妹说，条子是你写的，和我们没关系，要坐牢你也逃不脱。

原来，毛屠夫每次介绍猪贩子来都记下了他们的姓名地址，白甩了多少钱，一笔一笔记得鱼白水清，派出所找人一查就一清二楚。毛屠夫说，到时候，神仙都救不了你们！

毛屠夫还说，别在老子面前装贞洁女子，村长和你的勾勾搭搭我早就看在眼里了。二毛去县里的那天夜里，我亲眼看见村长进了你的屋。那么个老货你都收下，你就是一双破鞋，路边的一只马桶，哼，你算什么好东西！老子宣传出去，看你两块脸皮往裤裆里放。

三妹的手就是在这一刻软下去的。她想起那天深夜村长在她家时，歇房窗户边发出的那声怪响——自己就是跳进黄河也洗不清了。她本想拉毛屠夫下水，结果遭了毛屠夫这个流氓的算计。三妹平时的强势都来自二毛对她的忍让与呵护，女人的内心其实是很脆弱的。她和二毛有一双儿女，并且都到了成家的年龄。和二毛呢，平素夫妻间吵归吵，但从没记过隔夜仇。她只求多积攒点钱，把山里人的小日子过好，给儿子娶上媳妇，把印帆体面地嫁出去。一个连杀猪都怕见血的女人，不想让家里的平安日子轻易破坏掉，更不敢把自己的命交出去。她就这样屈从了毛屠夫。

完事后，毛屠夫满足地笑一笑，说，三妹，一夜夫妻百日恩。我可是花了大价钱的。

三妹流着泪。她一巴掌掴在毛屠夫脸上，然后把一沓钱扔在枕板上，滚！

毛屠夫嘴巴咧了咧，恬不知耻地说，骂是爱，打是亲，又骂又打感情深。说完，撅着屁股捡起钱走了。

他拿走的是1700元。

第九章

三妹一直纳闷，二毛远行的信息毛屠夫是怎么知道的？

二毛那天去远处走亲戚。路过肉案边时，毛屠夫正好和三个人打麻将。二毛的脚像粘了胶水，贴在麻将桌边扯不动了。正好毛屠夫自摸了一把，起身要让给二毛。二毛，来搞几把。二毛问多大的牌，毛屠夫说，不大，搞来玩的，十块钱一炮，活冲二十，蛮好玩。二毛站着不动，没说打也没说不打。问急了才瓮声瓮气说，我临时上街，身上没带钱。毛屠夫脑袋转了一下，拍着皮包说，老子有钱，先借你500块。哪知二毛门子鄙到极点，屁股没坐热，500块钱全部改姓跑人家兜内去了。那三个人一窝蜂地散去后，毛屠夫追着二毛讨账。二毛哪来的钱呢？他答应给毛屠夫打条子。毛屠夫说，你老婆手里还捏着老子一大把条子呢？我要现钱，我可以骑摩托车跟你回去取钱。这不等于要二毛的命吗？他一个走亲戚的人，白丢500块钱回去，三妹还不两爪刨死他！

其实，你可以不还我一分钱。毛屠夫一脸阴险的笑。

二毛明白毛屠夫的意思。在二毛家，毛屠夫一双色眯眯的眼珠子总往三妹胸脯上戳，只差掉出来。二毛又不是瞎子，毛屠夫那副馋相不至于看不出来。此刻，二毛木然坐在牌桌边，长久未置可否。

毛屠夫兀自整理着他的肉案，杀猪刀泛着幽寒的光，刀与刀之间碰撞出金属直逼人心的声响。二毛哆嗦了一下。毛屠夫说，想好没有，屁大个事啊，扯去萝卜坑还在。

二毛的目光在麻将和肉案之间睃巡良久，然后慢慢起身，猥琐如游乞。我走亲戚，今晚上不回家。二毛撂下这句暗示的话走了，一直走到街头转拐的地方，他还回望了毛屠夫这边一眼。

第二天二毛回到家里，三妹没把毛屠夫强暴她的事告诉他。可是，二毛还是看出三妹的异常。换了平时，二毛一回家，三妹肯定要问东问西。山里信息闭塞，随便一个不值钱的破消息对三妹这样的栗树垭村人来说都是重磅新闻。可今天，二毛在三妹眼里跟没出门一样，她只顾埋头做饭，半句多话也没有。尤其到了吃晚饭的时候，三妹让二毛一个人吃，她自已连碗都不端。二毛其实啥都明白，他不再问东问西，自顾自地吃了顿不咸不淡的饭。

睡在床上，二毛用手扳三妹扭向一边的身子。三妹硬着没转过来。她在想心事，她觉得自己让毛屠夫那个杂种占了便宜，对不住二毛。她和二毛的婚姻有些传奇，是栗树垭村最典型的自由恋爱。十八岁那年冬天的一个凌晨，三妹的母亲突然得了急病，疼得在床上打滚叫喊。弟弟在乡中学寄学读书，父亲出门放木排去了，出门请医生的事只好落在三妹身上。当时鸡叫三遍，天欲亮未亮。三妹举着用干杉树皮扎成的火把去卫生院接医生。那时候到乡场上去还没有公路，有很长一段路连一户人家都没有。寒冷浓缩了空气，严霜把大地变得瓷实坚硬，远山猫头鹰的叫声凄厉而乖张，三妹瑟缩着身子前行着，走到二毛家屋后的时候，心里的害怕更多了一层。听老辈人说，解放前这一带经常有土匪拦路抢劫从湖北过来的盐商，杀人的事成为家常便饭，路边随处可见骷髅。后来，有人说这里经常闹鬼，那些孤魂野鬼缠着路人鸣冤叫屈，要求还他们性命和财物。当时，说话的人说得有鼻子有眼，听话的三妹吓得毛骨悚然。

此刻，就在三妹怕得要命的时候，她隐约发现前面有一道光亮闪动。她疑心那就是人们传说中的鬼火，下意识地尖叫了一声。这声叫喊引来了一个男人的问话，后面是谁呀，不要怕，我是二毛，在前面等你。三妹听出真是住在路边的二毛，才放心大胆地追上去，搭伴往街上走。一路上，他们说了许多话，都把对方的情况问清楚了。人一生这样的奇遇不会太多，当他们把这样的经历看作一种缘分的时候，青春的心中都有了一份默默的期许。就在第二年正月，二毛请人上三妹家说媒，然后顺理成章地结婚，生儿育女。从嫁到二毛家将近二十年，除了二毛，三妹的身子别人没碰过。尽管人在一天天显老，但三妹一直把自己看成一朵没有污染的山花。她有时候在二毛面前称得上颐指气使，就因为她有底气，她的底气来自于她是一个没有污点的女人——对一个女人来说，还有什么比这更值得骄傲的呢？

现在，三妹这朵花让人采了，而且采花的人是名声并不好的毛屠夫，想起来不仅让她颜面无光，更觉理亏气短，对不起二毛。这时候，猪栏内传出白猪吃夜食的声响。三妹说，二毛，无论如何得想个办法把猪处理掉算了。

二毛说，为什么？

三妹说，它是个祸害。座机电话在客厅不失时机地响起。二毛起床去接，三妹听出是儿子印顺打来的。接完电话回到床上，三妹问儿子说了什么，二毛说，印顺警告我们，再不把猪搞掉，他就和我们断绝一切关系，永远不回栗树垭村。三妹一听火冒三丈，糙人！肯定是他媳妇背后指使的，还说出什么警告，这么混账的东西！你叫他警告小妖精，印家的事暂时轮不到她当家，还没过门就想插手我们家的事，趁早滚蛋。

第十章

三妹到乡街上去了畜牧站一趟。

回来，她没直接回家，而是登了许村长的门。

三妹猝不及防的造访让村长显得神情慌乱，手足无措。听说要杀掉白猪，村长睃了老婆一眼，颇有费解，三妹，你这是为什么呢？

给村里人一个交代，也让有些人死了心。

村长只听得一头雾水。

然后，这天下午，栗树垭村的高音喇叭里播出许村长的通知：明天早上，印二毛家杀那头大白猪，接村里的党员干部和五保老人去他家吃杀猪饭，每户还可以领回一块肉。

这个消息引来乡亲们莫衷一是的猜议。

二毛不是一直靠那头白猪发黑财吗？傻×，怎么想起把财神爷杀了？

可能捞够了，人要知足。

听说派出所要抓人，迟早要出事。

……

人们最大的疑问是那头猪谁敢杀——那不是一头咬人的猪吗？毛屠夫曾险些命丧猪口！

所以，乡亲们对吃杀猪饭并不在乎，他们只想去亲眼见识一下一头凶恶的白猪怎么被杀死。

次日大清早，三妹家陆陆续续来了三四桌人。村里在家的人本就不多，加上多数乡亲怕落下赶嘴好吃的名声，并不想凑这份热闹。

许村长来了。最让乡亲们讶异的是杀猪佬居然还是毛屠夫。杀猪的场面热闹喜庆。随大人来的孩子们逗乐嬉闹，追逐腥味的黑狗白狗到处乱钻。男人们搬东西、摆场子，女人们刷锅洗碗，给三妹帮厨。见毛屠夫蹲在一块砂岩边磨刀霍霍，有人开他的玩笑，毛屠夫，今天不怕白猪咬破你卵子？

毛屠夫回话说，三妹给我打了包票，她负责让人把猪弄上案板，我只给猪放血捋毛。

可是，今天来的全是老人小孩，谁帮你毛屠夫扯腿？

这就要看三妹了，我不管。

三妹呢，这时候提了半桶猪食，去给栏内的大白猪送终。人们看到她一连串娴熟的动作：门闩抽开，食桶搁在门槛上，一个纸包抖落出白面——那是她在畜牧站买下的一种名叫“苯巴比妥”的镇静类药物。木瓢在桶内不停地搅拌，嘴内念念有声。然后，木瓢舀出的猪食倒进食槽，三妹的一只手伸过去，有气无力地抚摸着猪头，眼里闪动着水亮的光泽。

三妹没有关门，撩起裙边揩了一把脸，然后丢下食桶和白猪回了厨房。

白猪几大口吃完猪食，然后摇晃着身子走出栏门。它哼哼着，自寻绝路似的走到腰子盆边——那里宰杀的刀具一应俱全，初升的太阳反射出金属的寒光，煞是晃眼。

三妹无力地倚在厨房门边，一绺长发从额际垂落。只听她对愣怔着的毛屠夫和二毛喊，动手啊，你们还等什么！

几个劳力试探着靠近白猪。白猪没露往日的凶相，摇摇欲坠的体态显得笨拙安详，任人摆弄。大家齐声吆喝，七手八脚将白猪抬上门板，毛屠夫杀猪的技艺再次得以流畅地发挥。刀刃插进猪喉，猪血喷涌的那一刻，他泄了年前的一嘴之恨。

这家伙今天还算乖顺，它的死期到了。话题是毛屠夫最先挑起来的，他在围裙上揩着带血的手。

白猪老了，它要不起威风了。旁边一位老者发表自己的看法。

这家伙还不到两岁，不老啊，怎么突然就不咬人啦。有知道根底的人道出自己的疑问。

这就要问三妹了。她喂的猪，只有她才知道。毛屠夫的话是随意说的。

可说者无心，听者有意。人人心里开始塞满疑问：三妹又不是神仙，她难道还能使出什么法术让白猪驯服？不可能，一定是她使了手脚，否则，白猪不会这么轻易就死。嗷，想起来了，三妹好像在食桶内洒过什么东西，该不会是闹药吧？

在众人的议论声里，有个人不声不响地走开了。他是毛屠夫。他一直走到屋旁背人的地方，拿出手机不知给谁打了一个长长的电话……

太多的过程毋庸赘述，杀猪的进度跟着时间在走。过了一个时辰，镣钩终将白猪挂上木梯，毛屠夫准备开边。大家吆喝着塞板凳，抬筛篮，一片忙乱。毛屠夫的刀法果然了得。猪肉一块一块砍好，整齐摆放在案板上，每块猪肉的重量都相差无几。三妹说，吃完饭，每户提一块回去，算是我家赚钱后的一点分红。

既然是大家的喜悦，围在案边的户主们都七嘴八舌地夸赞三妹两口子仁义，眼光其实早就在肉案上来来回回地睃动，心里都在为自己到底选择哪块而犹豫不决。

厨房内的肉香传出来，锅里爆炒的朝天椒发出呛人的辛辣味。毛屠夫鼻子蹙了蹙，打出一个很响的喷嚏。他擤把鼻子，自言自语说，快要开饭了。

就在毛屠夫说话的当口，人们看见几个穿制服的人从坡路上下来。他们连走带跑，样子很是急迫。领头的吴警察甩一把汗说，还没吃吧，先都不要吃。老板呢？

三妹闻声而出。她解开系在胸前的围裙，拢了拢耳丫几根散乱的头发，然后迎着吴警察锐利的目光，就像走近一个期待已久的约定。

后来，乡亲们看到有人给所有猪肉贴上封条，白纸上盖满大红印章。三妹被吴警察戴上手铐准备带走，二毛拽着吴警察问，为什么抓人？

这话应该问你老婆。吴警察整了整大檐帽，没好气地说。

三妹，你告诉大家，你到底犯了什么罪？

我没犯罪，我们不过喂了头咬人的猪。

二毛说，警察不能乱抓人，我们没犯罪。

你瞎嚷些什么？吴警察拍拍屁股后面的短枪，把我搞毛了，连你一块抓走。

二毛哑然噤声，众人尽皆散去。

戴着铐子走到屋角时，三妹听到了毛屠夫和二毛的几句对话。

三妹不会有事的，我负责救她。

毛屠夫，你小子说话要算数，借钱的事不能告诉她。

我们都是男人，只要让老子舒服，一切都好说。二毛，下次想打麻将上街去，钱还算我的。

三妹踉跄一下，险些跌倒。吴警察牵着三妹的手幸好没有松开……

发表于2014年《作品》第4期头条
《北京文学·中篇小说月报》第6期转载
获首届中国少数民族作家学会文学奖
首届“土家族优秀作品奖”

派出所长

一

办公室副主任熊雄多年笔杆子没白耍。年初，他在竞争上岗演讲中技压群雄脱颖而出，当上了大帽山派出所长。

各乡派出所刚成立那阵，大都没有自己独立的办公场地。上面发一纸红头文件，公安局再派几个穿制服的警察，派出所挂块牌子就算成立了。办公多半都是乡政府腾出几间办公室临时凑合着。条件稍好些的乡镇，出钱给派出所租栋民房单独办公就算蛮不错。多年过去后，该买的买，该修的修，派出所大都有了自己的窝。只有大帽山派出所至今还寄居在乡政府几间破旧的办公室内。本来，乡政府前年新修了办公楼，可搬家的时候没有派出所的份儿。乡长贺东山安抚民警说："不慌不慌，派出所已经规划好了，单修。"寄人篱下的日子不是个滋味，4名警察就好比过继出去的儿子，一边看老百姓的脸色，一边看乡政府的脸色，两边都是爹妈的脸。所以，局长给熊雄谈话时忧心忡忡地说："小熊，新官上任，我不需要你烧三把火。你只给我办好一件事，用两年时间，配合乡政府尽快把全市唯一的这顶无房派出所帽子摘掉，不让警察砸死在危房内。"

履任之前，熊雄了解到的情况是这样：派出所的选址乡政府早定了下来，公安局也拿出设计图纸，只是因为没钱无法开工。乡政府答应除了无偿划拨地皮外，另外给派出所30万元启动资金，不足部分由公安局解决。大帽山乡的财政就好比老婆婆的奶袋子瘪瘪的，公安局担心乡政府吹泡泡，就一直耐着性子在等。可是，地皮上的杂草岁岁荣枯，那30万元启动资金至今还没个着落。局里没耐心再等下去了，就拿前任所长向力当出气筒，认为是他工作不力，摆不平乡里主要领导，将他调回局机关，安排到网监大队任教导员。因此，熊雄从局长的话里听出了弦外之音。自己走马上任第一件事是要想方设法把乡政府的30万元钱哄到手。这笔钱到位，无房派出所的帽子才有可能摘掉。只有摘甩无房派出所帽子，他头上扣着的这顶派出所长帽子才戴得安稳！

去大帽山乡的简易公路一直和山边一条溪沟纠缠着向上延伸。这条溪沟有个好听的名字叫兰溪。从山脚往上看，云雾深处的大帽山莽莽苍苍，云蒸霞蔚，像一幅山水画远远地铺陈在视野里，很是养眼。相比之下，路边的兰溪却唱着反调：干涸的河床上裸露着泥白色的卵石，只有卵石上残留着的枯萎苔藓，唤起路人对雨水的记忆。偶尔看见一凼凼红褐色的水，就像营养不良的牲口拉下的尿渍。一种带着矿物质的腐臭气味从河床上散发出来，弥漫在空气里，刺得人的鼻子瘙痒，喉咙发涩。随车来接熊雄上任的教导员张言喜解释说，大帽山煤矿给周边造成环境污染，拉煤的重车把公路压得坑坑洼洼，老百姓因为人畜饮水和交通出行问题一直在闹事，大帽山乡的治安形势短时间内恐怕好不起来。熊雄听在心里，一言不发。警车像一只摇篮颠簸着向山上爬行，他的心也跟着揪紧爬高，渐渐吊起来。

警车转过一个拐弯，熊雄老远地发现前边一座桥面上堵着两辆货车。旁边围聚着许多人。“怎么回事啊？”随行的朱副局长问。

张言喜语气慌乱地回答：“肯定又是老百姓堵路了，我们绕一绕。”

朱副局长从副驾驶座上回过头来，很随意地看了熊雄一眼，然后转过去装睡。熊雄脑海里顿然呈现出古装影视剧里官员鸣锣出行、怨妇拦驾喊冤的画面。他对换挡减速的司机说：“不绕了，开过去看看。”

张言喜从后排伸过头来，看看车载时间，提醒熊雄说：“贺乡长和韦书记在乡政府等着，你看……”

熊雄没好气地说：“我们连路都没得走了，他们等等又怎样？”说话间，警车驶近桥边。坐前排的朱副局长继续装睡。熊雄、张教导和政工室主任岳克凡下了车。熊雄看了看情形，这座小石拱桥的东头横着一辆空货车，将一辆驶入桥面的重型煤车呈“T”字形堵住，桥的周围零乱地聚集了三四十个村民。场面和熊雄预期的大不一样。见了警察，人们不是围拢来，争先恐后地陈述事由，发表看法，提出请求，而是一副不以为然的表情，各就各位谁都不动，也没人吱声。好像这帮警察只是吹过桥面的一阵山风，可有可无。张言喜拍拍横在桥面的车厢板问：“谁的车？”

“我的。”熊雄循着一声拖腔瞥去，桥墩上一个打赤膊的男人举起右手，脑袋扭向一边，眼睛不朝这边看，颇像做了坏事认打认罚的调皮生，样子有些滑稽和刁蛮。

“岩坨，你又在惹事是不是?”张言喜看看车后停着的那辆装得像山一样的货车，问一句。

叫岩坨的人说：“不是我惹事，我是在搞出租，一天两百块。我花钱买车总是要搞钱的吧？”

“你少给我耍花招，赶紧把车挪开恢复交通，不然……”

张言喜的话没落音，那些散落在各处的村民就好比戳破的蜂窝，纷纷攘攘着围上来，七嘴八舌地向张教导开火。

“岩坨的车是我们大家出钱租的，谁也没有权力让他开走。”

“你们这些当官的，也不睁开眼睛看看。”一个上了年纪的男人用青筋暴凸的手指着后面拉煤的大货车说，“这些家伙恨不得一车拉走一架山，好好的公路让他们碾得稀烂。这是我们大帽山人辛辛苦苦修的路啊，今后还走不走？别人不心疼我们心疼。”

有人开始起哄：“政府不管，我们自己管。有本事，派出所把我们抓去坐牢。”

“对，要坐牢我们都去，反正连出路都没有了，坐牢也不稀罕。”

……

张言喜面对这番猛烈的炮轰无言以对，束手无策。熊雄一直没作声，他在探明真相，静观事态发展。他要搞明白问题的症结到底在哪儿，然后才好对症下药。现在，事情总算有眉目了，张教导眼看着也快顶不住，熊雄到了打破沉默的时候。他一步跳上一个最高的桥墩，放开喉咙说：“乡亲们，我是新来的派出所长，叫熊雄……”

“听说刚走了一个熊包，怎么又调来个姓熊的货？这不是臭屁调寡鸡蛋吗？”没等熊雄把话说完，岩坨就抢过去喷出这么一句。他的话立刻引起众人一片哄笑声。

“我在大帽山的工作刚刚开始，以后和大家打交道的时候多，是英雄是狗熊，我们走着瞧。”熊雄心知碰到了刺头，他并不计较岩坨的揶揄，说，“这样吧，一周之内，我会把大家召集到一起，会同有关部门商量解决好超载运输的问题，尽量让大家满意。现在，请挡路的货车让开放行，大家各自回去忙自己的事情。”

熊雄的话没有得到预期响应。村民们似乎听惯了太多的信誓旦旦，全把熊所长的承诺当作耳边风。三三两两的人依然扎成一堆，有说有笑地呱唧闲聊。这时候，煤车上的司机跳下来，不识时务地走到熊雄身边，扯开一包“芙蓉王”要给警察装烟。熊雄对司机这种拍马屁十分恼火，他摆着手说：“我看到烟就作呕。”

司机正尴尬的时候，熊雄想，公路也确实压得不成样子，看阵势，今天如果不来点硬措施，恐怕过不了这一关。他思忖片刻后对司机说：“请问你的车现在载重多少吨？”

司机嗫嚅着说：“这个说不好，大概有12吨。”

“12吨？你脑壳进水了吧。”岩坨马上反驳，“老子搞车十几年，你这车煤少了20吨我包赔。”

熊雄指着桥头石碑上“最大限载8吨”的魏碑字体对司机说：“那好，就按你说的12吨，请你把超载的部分卸下来，再转运出去。”

司机脸上堆着苦笑，说：“我只有一双手，怎么卸？”

熊雄扫了桥面一眼：“你可以请人嘛。”

众人好像听出了弦外之音，马上附和说：“我们帮你卸车，不要你开工钱。”

司机走近熊雄，憋着嗓门儿细声说：“熊所长，这是周矿长的货，请你行个方便。”

熊雄知道大帽山煤矿老板姓周，故意问：“哪个周矿长，我不认得。”

"就是大帽山煤矿的周老板周大天。"

"我还以为是周天大呢。"熊雄摆摆手，"不要耽误时间了，抓紧卸煤去吧。"

司机知道没戏，只好讪讪地把车倒回去，退到路边上。熊雄发话说："乡亲们，大家出把力，帮助司机把车厢板以上的煤卸下来，工钱就免了，只要人家往后不超载，就放过人家通行。"

大家等的就是这句话。几个精壮劳力一窝蜂地爬上车，开始往下扒煤。黑金往车下流淌的时候，岩坨也开始发车，道路在车轮的移动中变得宽绰起来。

警车重新上路。朱副局长沉吟着说："熊所长，这是你上任的第一堂摸底考试，要我评卷的话，80 分。你肩上的担子不轻啊。"

二

警车开进乡政府院子的时候，将近中午时分。乡长贺东山和管政法的书记韦天光早就在院子内等着了。

下车握手后，一行人往政府的小会议室内走去。熊雄看见了挂在一楼西头的"岩门县公安局大帽山派出所"牌子。白底黑字的木牌经风历雨已显斑驳，"派"字居然少了最上面的一点水。牌子下面的阶沿上蹲坐着一个男人。男人和熊雄对视了一眼，好像有打招呼的意思。熊雄一抬步，会议室到了。

见面会很简单。先是朱副局长把熊雄介绍给乡里两位大员。朱副局长和他们是老熟人了，没多少客套话，只说："熊所长，大帽山是你施展才华的舞台，是英雄是狗熊，你要拿成绩单说话。我相信乡党委和政府对派出所的工作会高看一等，厚爱一等。"前任所长向力就是贺乡长力主调走的，朱副局长的话里暗藏机锋，贺乡长肯定听出来了。他说："把小熊这么优秀的骨干派到大帽山来，说明公安局对我们大帽山乡的工作很重视、很支持。我代表乡党委、政府表个态，对派出所的工作一定重点倾斜，请熊所长放手大干，乡政府当你的后盾，我就是你们的盾牌。"最后轮到熊雄表态发言。熊雄能说会写，顺风赶的话张口就来："派出所的工作就是给乡党委、政府铺路子、搭梯子、抬轿子。有乡党委、政府的关心支持，派出所没有干不好的工作。"

午饭是在政府食堂吃的。贺乡长指着满满一桌子菜对朱副局长说："虽说没有外面馆子里气派，但我们这些菜都是政府菜园子内自产自销的土菜，绝对环保，吃着放心。"朱国清和贺东山是高中同学，他俩说话很随便。酒喝开以后，朱国清说："贺乡长，局里看好我俩的私交，今年调整分工，特意安排我联系大帽山派出所，并且明确今年的头等大事是要把修建派出所的启动资金筹措到位，力争尽早把全市唯一的无房派出所摘帽。我就想啊，这么重的任务，光靠我和熊所长是完不成的，有老同学在这里主政，我就省心了。乡政府要给力啊。"贺东山接话说："我知道公安局对我们乡政府有意见，而且意见还很大，不然不会临阵换将把向所长调走。"贺乡长的酒杯一直端在手里没有放下来，他环顾左右继续说："请各位放心，政府办公楼已经落成，今后我们的中心任务就是要把派出所修起来。只要派出所全力配合好政府的工作，这个任务不在话下。说句良心话，要不是派出所几位弟兄没地方安身，那栋破房子我早就拆掉改建食堂了。"朱副局长说："我给老同学交个底，至于那顶无房派出所帽子摘不摘我倒不是太上心，我担心的是派出所几条人命，如果真出点什么事故，谁都担待不起。既然贺乡长态度这么坚决，信心这么足，就算帮了我的大忙，需要公安局配合的你只管吩咐，我这边尽力而为。来——"他起身邀了熊雄和张言喜："我们一起敬乡里领导一杯酒，表示谢意。"

贺乡长喝酒的动作很潇洒。他站起身来，把座椅挪开，人往后退至墙边，然后脑袋朝天一仰，一杯酒甩进喉咙，杯子收回来干净利索。细心的熊雄却发现，贺乡长背后的墙面上湿了好大一块。放下酒杯，贺乡长对熊雄说："熊所长，大帽山煤矿的周边环境一直是个老大难问题，要解决，派出所不能手软，对那几个挑头的人不采取强硬措施不行。说句内心话，前任所长向力人还是蛮不错的，有水平，也有能力，但在这件事情上，在和乡党委、政府保持一致的问题上打了些折扣，手段软了一点，有时背后还搞点小动作，耍些小聪明，造成了我们工作中的某些被动，我相信熊所长会改变这种局面。”

政法书记韦天光接着补充说：“煤矿的事情关系到乡政府的菜篮子，所以贺乡长特别重视。不过，我看要解决好并不难。这里面不光是个认识问题和态度问题，还有个方法论的问题。我相信熊所长会比前任做得更好。”

朱副局长和熊雄都听出来了，韦书记的话里有暗示，他是向着派出所说话的，意思是要熊雄他们注意工作方法，不要和贺乡长硬顶硬地抬杠。朱副局长说：“是啊，锅里没有，碗里就没有。熊所长要明白这个道理。不过——”他把话锋转向两位乡领导：“小熊一直待在局机关，对公安基层工作有个熟悉过程，加上公安工作有时要在各种困难和压力面前受夹板气，还请贺乡长尽量给派出所松绑，让他们腾出手脚集中精力谋划好建所的事。”

贺乡长嗯嗯着，突然切入新的话题：“听说你们在来的途中碰到刁民堵路，差点过不来？”

朱副局长看了看熊雄一眼，说：“是遇到一点麻烦，不过很快解决了。”

熊雄从贺乡长口气里听出了一种不好的倾向。他避开锋芒说：“贺乡长，这件事情容我调查后拿个解决办法，再专题向您汇报。”

把朱副局长送走后，熊雄朝派出所办公区走。他发现那个男人还堵在所长办公室门口。男人身边放着一副木制双拐，双拐顶部的布包磨得陈旧发黑。不等熊所长发问，男人就撑着双拐站起来，声称要找新来的所长。张教导员对瘸腿男人说：“老袁，我说过多次，你那事属自诉案件，要上法院打官司，派出所不好管，怎么老往这儿跑？”

因为房子紧张，熊雄的所长室内并排放两张办公桌，教导员张言喜坐对面。张教导54岁了，是全局资历最老的教导员。他是大帽山本土人，妻儿老小就住在大帽山村。每年到了年底，在大山里干久了的警察都向局里递报告，申请往县城里调，只有张教导认为井里鱼儿井里好，一直鱼不动水不跳。

张教导可能是不想让熊雄在上任头一天遇到糟心的事情，所以想出面将瘸腿男人挡住。熊雄却有点烦他了：人家点名找所长，关你什么事呢？

他心里这么想，只是嘴里没说出来。

吃了闭门羹的瘸腿男人并不气馁。他不理睬张教导，也不问熊雄是不是新来的所长，只管往所长办公室内走，最后在墙边沙发上坐下来。男人看上去五十多岁，黄铜色的脸上皮吊吊的，额上几道抬头纹像刀刻似的有棱有角，岁月沧桑的意味很重。他穿一身整齐的旧军装，左脚上的解放鞋破了一个小洞，能看见露在外面的半截拇指。熊所长从饮水机里放出一杯水递给男人，自报家门说："我是新来的所长，姓熊，你找我有什么事请讲。"

男人一看就是那种老上访户。他不慌不忙地掏出一个塑料袋，在里面扒拉半天，拿出一份皱巴巴的材料，欠身要呈给熊雄。熊所长趋前一步接过材料看起来。原来，瘸腿男人叫袁世佳，和张教导住一个村。十多年前在大帽山煤矿下洞子挖煤时，让洞壁掉下的石块砸了腰，住院治好后在家休息了两年。可是，髋关节一直疼痛。袁世佳硬挺了几年，撑不住了，才到县医院拍片检查，结果诊断为滑膜炎。关于滑膜炎的成因，医生说应该是曾经受到外力伤害所致。袁世佳想来想去，所谓的外力伤害只有煤矿那场事故。至于滑膜炎的医治，专家说要采取封闭治疗、理疗或者卧床休息配合牵引及药物治疗。说到底，滑膜炎这种病是个终身享受的"富贵病"，凭现有的医疗技术想完全治好，希望十分渺茫。袁世佳一个平头百姓，怎么患得起这么高贵的病？他只好去找煤矿要钱治病。可是，老袁受伤时煤矿还是乡里的集体企业，后来改制卖给了私人老板，而且先后转卖了三个主，谁也不愿站出来埋单。再说，你袁世佳离开煤矿多年后，查出个滑膜炎的毛病，又怎么能一口咬定就是那次事故落下的后遗症呢？未必在家几年，你就不整出点事来伤着自己？事情推来推去，煤矿老板最后把责任推到乡政府头上。可对袁世佳来说，找乡政府等于是拿竹竿捅天，他够得着吗？所以，袁世佳拄着双拐，在煤矿、乡政府、司法所和派出所之间讨说法，结果谁也给不了什么说法。他就像一只无家可归的流浪狗，在人家的肉案下被撵来撵去，除了落下一肚子怄气，连块骨头都没啃上。

熊雄干办公室形成了习惯，看着看着，很自然地从包内拿出笔记本，开始摘录材料上的情况。他发现坐对桌的张教导在窃笑。熊雄把张教导的笑读懂了——自己原来一直趴在局机关办公桌上写八股文章，从没接触基层工作。现在初学剃头，偏偏碰上个络腮胡子。张教导肯定是笑话自己书生气太重，干了件狗拿耗子的事情。

可在熊雄看来，袁世佳的事情是应该管一管的。他有足够的自信，如果连这么简单的事情都搞不定，自己的所长就没什么当头了，不如早点卷铺盖走人。所以，熊雄对袁世佳说："老袁，你反映的情况我知道了，派出所需要做些调查，再给领导汇报研究处理办法。总之，你这件事情派出所管定了，我是这里的所长。"熊雄最后的强调是冲袁世佳说的，也是故意说给张教导听的。

"熊所长，你要做调查，还要汇报研究，估计要好长时间？我等不起了。"

熊雄说："具体时间表我还说不死，但我会尽力。"

"你不会跟前任向所长一样吧，许了我 3 年，最后拍屁股走了，让我白等了 3 年。"

张言喜听不下去了，他呵责袁世佳说："老袁，你说话放客气点好不好，又想人家帮你，又要嘴巴臭。换成你，你舒服吗？"

袁世佳根本不买张教导的账："我只和所长说话，你搭什么讪？有本事你也弄个所长当当？"这么抢白了还不算，老袁回头又对熊雄放狠话："是话是屁，我先信你一回。"

"张教导，我想请教一个问题。"看着袁世佳走远了，熊雄要张言喜给他说说老袁的情况，当然是不带偏见的。

原来，袁世佳的问题现在不仅仅是个滑膜炎的事，他和大帽山煤矿的环境污染绑在一起了。张教导说："凭良心讲，他的病本来是煤矿事故造成的。当时煤矿效益蛮好，袁世佳的要求也不高，随便几个钱就打发了，哪会闹成现在这样子？可是，几任乡长都不埋单。到现在，大帽山煤矿环境污染和道路损毁的事情一出，老百姓就把瘸腿袁世佳推上前台，动不动封路、堵洞子。麻烦一来，政府就让派出所救火。袁世佳一个瘸子，穷得卵吊精光，你拿他有什么办法！向力所长就是这么被逼走的。"

"许多事情是人为搞复杂的，这成了许多人为官从政的通病。能办的事情久拖不决，非要把人家逼到对立面去，你让老百姓怎么满意！”熊雄说：“张教导，不管你以前对袁世佳怎样认识，但我认为我们的屁股要坐正。”

“我明白你的意思。我是土生土长的大帽山人，和袁世佳同村同组，儿时就玩在一起，内心不向着他是王八蛋。人，真是个命。滑膜炎本该躺在家里休息，可袁世佳这些年东跑西跑，从没消停过，他不垮也得拖垮。”张言喜停了片刻又说，“可是，贺乡长那人太难伺候了，心胸只有鸡屁眼大，赌气要和袁世佳干到底。袁世佳稍有动作，贺乡长就让我摆平他，弄得我两头不是人。”

人的一生中会遇到许许多多的人，但大多数人注定只能擦肩而过，只有极少数人会成为相知的朋友。张言喜应该属于后者。熊雄说：“老张，我需要你的帮助。我们用心做事，用情待人，共同把所里的工作干好，把难关渡过去。”

三

熊雄需要了解一下大帽山煤矿的情况。

上任伊始碰到的张岩坨和袁世佳两个人都与大帽山煤矿有丝丝缕缕的联系。一周之内解决问题是他给堵路村民作出的承诺。所以，不把煤矿相关背景搞清楚，熊雄不知道该从哪儿下手。

张教导介绍说，大帽山煤矿是20世纪90年代初期建成的中型煤矿，年产量高峰期达到60万吨，原属乡里的集体企业。经营几年后，乡里把煤矿承包给私人老板。后来，煤矿不景气，乡里干脆将企业改制，以500万元的价格卖给了外地老板，外地老板吃饱喝足后又转卖出去，前后换了多个主。山还是那座山，树还是那些树，洞子越打越深，煤越挖越少。可是每转手一次，价格都翻着跟头往上蹿，据说轮到现在的周大天成了4500万。有一点让熊雄颇为费解，按说乡政府一锤子买卖，把大帽山煤矿卖给人家，与企业就没多少瓜葛了。可是，从贺乡长的态度来看，乡政府多少有偏袒煤矿、打压老百姓的意思。

张教导说："全县恐怕只有大帽山煤矿的改制是个怪胎。"原来，乡政府在卖煤矿的时候，和乙方签订了一份协议，煤矿每年必须给乡政府上交30万元，而且不管老板换成谁，这个附加条件都不得改变。对贫困的大帽山乡政府来说，这30万在菜篮子里占了很重的分量。企业老板一个个鬼精鬼精，他们吃进肚内的钱是不会便宜吐出来的。他们就用这30万元绑架乡政府，借一把"营造企业周边环境"的尚方宝剑，有什么麻烦事就往政府推。只要拿住一点事由，到年底兑现上交的时候就嚼经扯皮，千方百计从30万元中打些折扣。所以，大帽山乡政府和大帽山煤矿的关系就好比一对年深月久的情人，任何时候看上去都有那么点眉来眼去的味道。

"现在，最大的麻烦是由于煤矿杀鸡取卵式的开采，破坏了大帽山村的自然环境，给周边村民造成了实质性的生产生活困难。"见熊所长忧心忡忡地记录，张教导就打开屉子锁，从里面拿出个本子，有理有据地数落起来："我调查掌握的情况是这样，大帽山村3个村民小组158户539名村民的人畜饮水被破坏，827亩农田灌溉受到影响，47处田地塌陷，7个农户的房屋出现墙体裂缝，好好的一条兰溪断流干涸，12公里村道接近报废。"张教导一连说出这串数据，然后合上本子，依然锁进屉子内。他敝帚自珍的搞法令熊雄感到奇怪："老张，你有这么过硬的第一手资料，怎么不拿出来向政府汇报，争取早点解决问题？"

张言喜不以为然地一笑："我算把姓贺的看透了，瞎子点灯白费蜡，指望不上。"

"那你还当宝物藏着，也没用处呀？"

"等几年我退了休，对不起，如果问题还得不到解决，我就领着村民上访。现在，披着警察这张皮，我不想给大家丢脸。但等到那时候，我就不管不顾了，我要整得那些当官的头痛。"

"老张，你太悲观了。问题不会等到你退休还不解决，我们这些人，包括贺乡长拿着纳税人的钱，端着公家的饭碗，还是要为老百姓干事的，你要有信心。"

这场谈话是在张教导讲完一个牯牛钻洞的故事后结束的。老张说，前年，大帽山村有个老头天黑时去地里牵牛，发现拴在地里吃草的大牯牛不见了。他满处找，最后只看见地中有一处凹陷，牯牛的半截牛绳露在地面。“牛钻洞了！牛钻洞了！”他喊来众人，连夜把深埋地下的牯牛挖了出来。那是个大热天，牛被活活埋死，卖给谁都不要。老头请人剥了皮，将牛肉分给乡亲们吃了。后来，老头在外工作的一个亲戚认为牛的死因与煤矿开采有直接关系，要求煤矿赔偿。乡政府心知肚明，最后出面以地质灾害事故为由，让民政办补偿了老头500元。

这天早上八点刚过，派出所的电话响了。张教导接完电话说：“大帽山煤矿周矿长报案，煤矿的出口又被堵住了，拉煤的车出不来。”熊雄安排民警姚慧敏留所里值班，自己带上其他人出警。警车翻过山垭，熊雄就看到了地处半山腰的矿区一片混乱，十多辆大小货车乱七八糟地摆放着，车与车的缝隙间填满了人。下了车，熊雄发现摆放在公路出口最外边的货车居然又是张岩坨的。矿区出口的简易公路本就狭窄，张岩坨的车斜停着，再就连一张摩托车也开不过去。货车两扇车门敞开着，张岩坨横在驾驶室瞌睡，两手枕着头，一双脚搁在方向盘上，鼾打得山响——他是真睡着了。

周大天像盼来了救星，老远地从矿长室跑步迎出来，嘴里嚷着：“让开让开，派出所来人了。”人群中马上有人回应：“警察来了又怎样？警察又不是你亲老子，他们敢吃人？”熊雄听了这话心里五味杂陈，平时都说老百姓是衣食父母，现在，爹妈和儿女的关系糟糕成这样，实在有点悲哀。熊雄发现，堵在最内边的一辆重型货车装了满满一车煤，少说也不会低于20吨。他一眼认出就是上任那天让张岩坨堵在桥边的那辆车。周矿长指着那辆车诉苦说：“熊所长你们看看，人家昨夜六点钟就装好了车，一直堵到现在。这股邪气不压下去，我这煤矿没法开了。”

在矿长室听了情况，果然又是张岩坨挑头闹事。起因是这样，现在大帽山村有八辆货车。这些货车本来都是冲着大帽山煤矿的煤运业务买的。原先，煤矿生意红火的时候，8辆车的运力根本不够，周矿长不得不从外面调了些关系户的车进山拉煤。可是这两年，企业的红火日子过去了，煤成了霉货，挖出来堆成山卖不出去。所以，煤车由原先吃不了变成现在吃不饱。既然这样，大帽山的货车车主就容不得那些外地货车跟他们一口锅内抢饭吃，恨不得把他们统统赶走，更何况那些外地超载车压坏公路一点也不心疼。这样，矛盾就出来了。别看大帽山村只有 8 辆货车，但这些车都是一家几兄弟或几个亲戚合伙买的，这样一来，牵扯到利益的人就远不是 8 个车主，而是大帽山村人数不少的利益群体。怪不得张岩坨振臂一呼应者如云。张岩坨堵路的这一招够狠，这从周大天的恼火程度上看得出来。这年月，煤市场的情况相当不妙，好不容易联系一单销售业务，让岩坨他们这么一搅和，如果违约不能按期运到，周大天就死翘翘了。他哭丧着脸说："熊所长，如果让张岩坨这么堵下去，我今年给乡政府的上交是没法交齐的。"这话在熊雄听来，简直就是对派出所的一种公开施压和叫板。

熊所长说："周矿长，派出所不是哪一家的看门狗。我们只做好分内的事情，把这里的秩序管好。至于你和政府有什么约定，我们管不着。"

就在这时候，熊雄的手机响了。贺乡长给他打来电话："熊所长，听说你赶到了大帽山煤矿，出警神速，作风不错嘛。这样的，情况我大致听周矿长说了，这是个极不好的苗头。如果容忍这样的行为继续下去，往后的工作就不好开展。我的意见是这样，对带头堵路的张岩坨坚决依法拘留，不留后患。"

贺乡长说话的口气太霸道了，好像他就是公安局长。熊雄听了心里很不是滋味。他回话说："贺乡长，这里的情况比较复杂，我们正在调查处理。请领导放心，我保证把这件事情处理好，不给政府添麻烦。您就把这个任务交给我吧。"

贺乡长说："好啊。你不要畏手畏脚，没什么好怕的！"

收起电话，熊雄想到了自己给张岩坨他们的承诺，心里便有了一石二鸟的办法。他对周大天说："周矿长，我有办法保证在两小时之内让煤矿秩序恢复正常。"

周大天巴不得马上正常运转，眼里放射着热切的光。

熊雄说："但你得答应我两个条件。"

"你说说看，我看能不能接受。"

“第一，由煤矿在村道与乡道交汇处设立转运站，煤由10吨以下车辆转运出去，所有拉煤的重型货车一律不准开进煤矿，只能在转运站按顺序排队装车，外地车辆和本地车辆谁也不能搞特殊。你也知道，公路确实压得不成样子了。”熊雄停下来，观察周大天的表情。此刻的周大天侧着脸，不与熊雄对视，只把目光投向黑压压的煤场。熊雄继续说：“再就是请周矿长从企业利润中拿出两名联防队员的工资，由派出所请人在转运站设执勤室，确保运输秩序正常。你看怎么样？”

周大天转过脸子，思忖片刻后抛出话来：“反正羊毛出在羊身上，我同意。”

熊雄听出周大天话里有话，马上堵住他的嘴：“周矿长，我们先把话说清楚，我提出的两个要求不附加任何条件，你别打上交乡政府那30万元的主意。”

“熊所长，你这是拿刀在我身上割肉啊。”

熊雄借话说话：“对派出所来说，企业和老百姓手背手心都是肉。周矿长，你说我们的刀子该往哪里割？”周大天当然知道，派出所只能割他身上的肥肉。见周大天没急着答话，熊所长又说：“周矿长，要想派出所给煤矿解围，我只有这个办法。你如果有什么高见也可以说出来，我们听你的。”

周大天的智慧比财富少多了，能有什么狗屁高招？他磨蹭一阵，最后只好鸡啄米似的点头。

熊雄马上让张教导通知张岩坨，要他们选出5名代表到矿长室处理事情。周大天的外地关系户车主能平等拉煤，大帽山车主们想吃独食的计划落空；重车压坏公路的问题得以解决，满足了大帽山村民的要求。熊雄这一招等于在周大天和张岩坨之间各打五十板，让谁也没话说。张岩坨他们听了协议内容，也挑不出什么刺来，只好同意接受。

众人散去，皆大欢喜。所有车辆发动，矿区一片隆隆声，车尾吐出的蓝烟弥漫在大帽山的半山腰里，到处飘散着柴油的气味。

三间木板屋歪斜在半山坡上。

木屋是袁世佳的祖辈留给他的。年代久远，柱子和檩条都遭了虫蛀，风一吹，木屑乱舞，整个木屋好像都在晃动，随时要垮塌的样子。木屋整体向东倾斜得很厉害，东面山墙上用三根杉树撑住木扇。

拄双拐的袁世佳和一条黄毛狗把熊雄他们迎进屋。坐定后，熊雄问了袁世佳一些情况。问了才知道，袁世佳的腰被砸以后，老婆开始还伺候了他两年，可是，袁世佳的伤病老是不见好转，老婆就完全对他失去信心。在这样苦寒的地方，一个农家妇女靠不住男人，就只剩下改嫁的路走。终于在一天早上，老婆上街赶场后就再也没有回来。儿子初中没毕业，只好辍学出门打工，给父亲挣药费。

老袁的家境这么贫寒，熊雄看不下去，掏了500元钱给他。袁世佳不接钱，嘴上说派出所长不嫌他家穷，能上门问个冷暖就不错了，哪好意思收钱？话是这么说，老袁还是把钱收下了。

熊雄说："老袁，我们来一是看看，二来呢，还想听听煤矿的事，你们都商量成啥样了。"综合方方面面的信息，大帽山村有人正在酝酿策划一系列针对煤矿和政府的闹事事件。从袁世佳的个人情况看来，他不可能成为组织闹事的核心人物，但一定会有人把他抬出来当枪使。所以，袁世佳或多或少会知道一点内幕。

袁世佳把熊雄的意思听明白了。他说："熊所长，不是老百姓硬要和政府作对，有些事是逼出来的。说句对不住你的话，你跟前任向所长一样，表了态不兑现，屁股一拍进城坐机关去了。我们袁家还要在大帽山上生活，我不可能为了讨好你们，把乡亲们都卖了。"

熊雄思忖片刻，善解人意地说："我能理解你的难处，那你就给我们说说到底是哪些事迫使村民们要闹事。"

袁世佳就从兰溪说开了："大帽山村本来是个山清水秀的地方，好好一条兰溪，四季绿水长流，溪水可以直接挑回家当茶喝，还可以灌溉水田。哪怕百日大旱，也干不着兰溪。早些年，我儿子富贵放学后，经常下河摸鱼回来煎着吃。兰溪是我们大帽山村的龙脉，硬是让贪心不足的煤老板挖断了。大帽山人遭了大罪，好日子到头了。"原来，兰溪的源头就在大帽山，半山腰上的岩洞内涌出水桶粗一股山泉，清冽甘甜，四季不断，养育了兰溪沿途的村民。煤矿开采的时候，村民们一再交涉，不能挖断水源。可是，后来到了私人老板手里，他们只顾自己利益，洞子不断地向水源深处掘进。袁世佳说：“我那时候就在煤矿下井，对情况最清楚。接近水源的地方，煤层很厚，挖到离水源大概 100 米的时候，我们不挖了。出了洞子，老板拿着图纸骂我们，要我们只管挖，说距离水源还远着呢，这是科学勘探的，你们懂个卵。后来再往前挖到 50 米距离时，我们都听到了天河轰隆隆的水声，才停下来。没想到，果然挖过头了。河床终于承受不住压力，垮塌了。天河的水不知沉落到哪儿去了，兰溪成了一条旱河。垮塌的时候是在后半夜，幸好没死人。”

熊雄停住记录，朝山下望去。他看到了兰溪泛白的河床，像一条遗落在山间的纱巾，飘忽在田园农舍之间，似乎在寻找自己的主人。如果真如袁世佳所说的这样，大帽山人再无回天之力，美丽的兰溪要从人们的记忆里消失了。此时，初夏的太阳从大帽山顶沉落下去，夕阳的光芒烧红了西天的云彩。“吱呀——吱呀——”山林里传来悠扬的蝉鸣声。夕阳从山脚浮上来，大帽山到处蹿动着来历不明的风，所有的植物都在晚风夕照里活蹦乱跳。要下山了。熊雄对袁世佳说：“老袁，许多事情不是谁表态就能解决的，就算能解决也需要一个过程。所以，我今天也不给你表态，我只劝你一句话，你现在主要的任务是吃药治病，养好身体，不要再往外面跑，听别人的瞎折腾。”

袁世佳没回熊雄的话。他脸上是不明朗的表情。

四

袁富贵接到熊雄的电话后从深圳辞工赶回来。熊所长把他安排在周大天的转运站当保安，月薪 1500 元，按《劳动法》签了聘用合同，买了相关保险。富贵觉得在矿上当保安虽然钱不多，但穿着制服很神气，所以对这份工作很满意。

得知熊所长想把袁世佳的儿子袁富贵安排到煤矿当保安，矿长周大天先是一惊一愣，继而就表现出欢迎的姿态。有了富贵在矿上蹦跶，周大天认为就能借力打力，捏住袁世佳的命门。所以，他很满意熊所长这种一箭双雕的计策。

没想到回到家里，袁世佳坚决不同意富贵到煤矿当保安。父子俩闹起了别扭。

“这是一个圈套，富贵啊，你上人家的当了。”

“我连一包烟钱都没花，人家没安什么坏心啊。”富贵疑惑不解。

“我想来想去，姓熊的是要收买我们袁家，让我不参加煤矿闹事。可是，我们会让村里人戳脊梁骨的。再说，我是在煤矿砸的，冤有头债有主，我不可能不找煤矿闹。”

“爸，是你想复杂了，熊所长并没有提条件，看得出他是真心帮我们家，我们要领情。”

“他是不会提条件，但你想，等你成了矿上保安，我再跑去闹事，像话吗？”袁世佳抹了抹脸，“我这是两块脸皮，又不是两块树皮。”

“爸，我和熊所长说说你的情况，请他帮助想想办法，看能不能解决低保。闹也不一定能解决问题，这么多年，你闹得还少吗？”

“情况他都知道了，他上任第一天我去找过他，话还是说得好听，但当官的话只当是放屁，他们都是哄矮子过河。”

父子俩最终闹掰。富贵说：“我当我的保安，你该闹还闹，我们不相干。”说完这句赌气的话，富贵就到转运站上班去了。

在村道和乡道交汇处，周大天租用一栋民居当作转运站。在这里，富贵和同事阿木尽职尽责，把秩序规范得很到位。富贵和阿木穿着统一的保安制服，样子很威武。尤其是阿木个子高大，体格健硕，连张岩坨那样的角色到了转运站都规规矩矩，不敢造次。一天，熊雄和民警下乡路过转运站，想顺便了解些情况。赶巧周矿长也在转运站“视察工作”。见了熊所长他们，周大天把民警请进值班室去，美滋滋地说：“熊所长，能人就是能人。你一张纸就把张岩坨那帮浑小子收拾了。”

熊雄说：“周矿长，你这话说得不对，怎么叫把他们收拾了？这是你们甲乙双方自愿签订的协议，要说收拾，是连你一块儿收拾了。”

自讨没趣的周大天一边沏茶一边自顾脸面地说：“当然，这对我们大家都好。我是说，熊所长办事有勇有谋，既为我们企业分忧解难，又给老百姓解决实际问题，这叫石头磨刀两面光。”

对这种说话不着调的土财主，熊雄骨子里厌恶。他切换话题说：“周矿长，矿上的经营情况还好吧？”

“出问题了，原来是煤挖不赢，车子排队等；现在倒了过来，煤场上的煤堆积如山，猪肉卖成萝卜价也没人要，我快撑不下去了。”熊雄看着一脸悲观的周大天，心里浮上隐忧：煤矿的效益果真不好，年底上交乡政府的30万元恐怕会落空，到时候会直接影响到派出所的开工修建。

张教导说：“周矿长，你发财发在前面了，人的财运会有起落，这很正常。如果连你都撑不下去，这个煤矿就干脆包给我们派出所算了。”

张言喜当然是在开玩笑，大家都打着哈哈，算是结束了一场无聊的闲谈。

晚上，熊雄突然接到田苗苗的电话。

田苗苗是熊雄大学时的女同学，毕业后分在省城一家环保杂志工作，多年未见，据说现在是个小头目。

“怎么想到往这山旮旯里跑呢？”听说女同学明天要来大帽山采访，熊雄预感到事情不妙。

“来看看老同学不行吗？听口气不欢迎我啊。”田苗苗有点撒娇的意思。也难怪，从大三开始，熊雄一直追田苗苗。田苗苗先对熊同学没有感觉，熊雄受到许多冷遇。等后来田苗苗找到一点感觉的时候，信心受挫加上自尊心小有伤害的熊雄又莫名其妙地放弃了。最后各自选择不同的职业，云水相隔，除了偶尔联系联系，见面的机会很少。现在，田苗苗要来，多半是冲着职业来的，绝对不会上山来寻那点旧情。大帽山煤矿的环境污染问题终于捅到媒体上去了。女同学效力的这家杂志，虽说发行量不是很大，影响面有局限，但它是省里唯一的专业杂志，颇具权威性，省里主要领导都会看的，对报道出的热点问题一定有主管领导过问。大帽山煤矿的环境污染问题如果捅开，派出所的建设多半搁浅。可是，问题摆在那里，就正如人身上长了个瘤子，因为怕痛不割，瘤子还会在身上，不会自动跑掉，而且可能越长越大，甚至发生异变。想到这里，熊雄试探地问："你不会这么大老远地专程来看我，能给老同学透点口风吗？"

"这事瞒谁都可以，绝不会瞒你。杂志社接到大帽山村数百名村民联名投诉，说是煤矿开采破坏了当地环境，直接影响到老百姓的生产生活。有这回事吗？"

熊雄说："你既然要来，这个问题我就不必回答了。只是……"熊雄想劝女同学别来，但他知道劝也没用。田苗苗在大学学生会当宣传部长的时候，火辣辣的性格就让熊雄领教过，他不想自找没趣。

田苗苗听出熊雄似有难言之隐，便说："这事跟你们派出所应该扯不上关系吧？我实话相告，这是主管环保工作的副省长签字督办的。老同学，不是我吓你，你想拦也拦不住。"

江山易改本性难移。田苗苗还是那么强势，嘴上一点也不饶人。熊雄问："你跟县里、乡里打过招呼吗？"

"这种采访到处都不受欢迎，人家躲我们就像躲瘟疫。再说，打了招呼让一帮人围着转，也采访不到真实情况。我对老同学说说，跟你的工作八竿子打不着，你不至于走反水吧。"

"苗苗同学，到了基层，什么事都能跟派出所扯上关系，具体情况我们见面后谈。这样吧，明天我要到县局办事，你采访完了以后，晚上回县城休息，我安排接待。另外，为了避免不必要的麻烦，你来采访的事我对谁都不说，你也别提我们的同学关系。这算我们之间的君子之约吧，怎样？"

"我明白了，你想当缩头乌龟，这我理解，那我办完事再联系你。"

田苗苗的采访很扎实，第二天晚上七点多钟才摸黑赶回县城。熊雄早在全城最好的宾馆安排好了食宿。田苗苗身材还是那么婀娜，眉眼间的清秀和聪灵半点没减。她现在是杂志社编辑部的主任，随同采访的是个小男生，戴着厚厚的眼镜，见人显得腼腆，看样子参加工作的时间不长。

"怎么样？采访还算顺利吧？"熊雄很随意地问。

"老同学，我用一个词回答你：震撼！真是不看不知道，一看吓一跳。"田苗苗翻开采访本，说出一连串数据，也就是张教导掌握的那些情况。熊雄发现，田苗苗说到工作的时候，还是跟大学读书时一样，情绪激动得脸上都泛红了，一副忧国忧民的情怀。

“据有人给我透底，他们接下来还会有一系列动作，可能直接触及老同学的职责底线。我原来没把事情想这么复杂，看来，这次是给你帮了倒忙。”

半年过去，熊雄对大帽山乡的情况算是大抵了解了。煤矿污染环境的问题是个脓包，就算没人戳破，迟早得烂穿。或许，借女同学的生花妙笔炒一炒，对推动工作更有利。熊雄说：“吃饭不谈工作，老同学，你是很能喝酒的，读大学时是我们系的第一把壶。今天，老同学陪你喝，醉了也光荣。”

“本来是该喝杯酒，庆贺你当上派出所长，但情况特殊，今天就请你放过一马，等以后你去省城，我拉上几个同学给你补上。”

熊雄正纳闷，随行的眼镜记者解释说：“我们田主任正在搞希望工程，不能喝酒。”

熊雄本想打听田同学一些家庭生活方面的情况，听这么一说，就不好多问了。但可以想见，一个知识女性，又身居省城要津，到三十大几才谈婚论嫁，感情生活一定不太顺。这么一想，熊雄心里竟然生出一点莫名其妙的得意。

一顿饭就这么简单吃下来了。把客人安顿好回家，已是十点多钟。女儿笑笑早睡了，单琼还在卧室内叠衣服。单琼每次都这样，只要熊雄回家，不管等到多久，她都不会先睡。今天，熊雄是去见老同学，而且暗恋那位女同学的事情，他曾亲口坦白过多次，生活中初恋复辟的情况比比皆是，这让单琼不能不多一份警惕。见丈夫回来，单琼开玩笑说：“没多叙一会儿旧情？回这么早干吗呢？”

熊雄故意说：“哎呀，你不说，我还真把这件事忘了。”说着说着，他走近单琼，一把将女人拥到床上压在身下，把嘴凑上去，像尚未睁眼的乳熊要去叼奶，嘴里邪皮地说：“我回这么早干吗？就干你。”

单琼幸福得气都喘不匀了。她解着熊雄的衣扣说：“快去洗……”

第二天大清早，熊雄赶回乡政府，参加各站办所负责人会议。会议由贺乡长主持，党委书记周国顺和其他班子成员都在场。这种会议的套路是一成不变的，各单位负责人先汇报工作，再由贺乡长做些点评，最后是周书记强调几点。熊雄汇报完，周书记特意问：“熊所长，对我乡的社会治安稳定工作，你有什么困难或者建议呀？”

对这样的问题，熊雄一般是不愿拿到公开场合说的，以他对官场的了解，真正需要解决的问题只能单独跟领导汇报沟通，场面上只说场面上的话。现在，既然书记点将了，熊雄不说几句，会让大家瞧不起。所以，他就说：“据局里国保大队掌握的情况，和我们下去调查走访摸到的信息，大帽山煤矿造成的环境污染可能会引发群众上访闹事。”

周书记说：“这个问题，你有没有好的解决办法？”

熊雄当然考虑过，他本想找合适的机会单独向书记、乡长汇报，现在逼上梁山，只好和盘托出了：“环境污染问题是历史原因造成的，不可逆转。现在，煤矿每年给乡政府交了利润，企业的生存也不得不考虑。我认为解决这个问题需要从两方面着手，一是申请农田水利建设专项资金，通过改造治理，切实解决老百姓生产生活中的实际问题，以消化和缓解当前面临的突出矛盾；二是要加强对可能发生涉稳问题的信息搜集和矛盾纠纷的排查化解，掌握工作主动权。”

点评工作的时候，贺乡长充分肯定了熊雄上任以来所取得的成绩，对派出所的工作还是基本满意的。但他最后指出：“熊所长啊，基层与机关最大的不同在哪里呢，我告诉你，机关工作多停留在理论层面，是面上的；而基层的工作则注重实际一些，体现在点上的多一些。说白了，站在面上可以说说大话空话，客话套话，但在基层是要实打实地解决问题。现在，许多老百姓不是人心向善，大有刁民化倾向。所以，我们不能一味地迁就他们，特别是派出所，手腕该硬的要硬，一味软弱求稳，你就别想安稳。”熊雄听得出来，贺乡长这是在批评派出所工作右倾。好在最后周书记在总结发言时，还是肯定了派出所的工作。周书记说：“大帽山煤矿建转运站这件事干得漂亮，熊所长是开动脑筋想了问题的，既有效保护了村道，又化解了企业运输中的矛盾。另外，我听说派出所民警在熊所长的带领下还深入村组，为老百姓解决了许多实际困难，不错嘛，值得表扬。”

散会时，贺乡长要熊所长和大帽山村的关支书留下来。等其他人走后，贺乡长说："熊所长，昨天省里一家环保杂志来了两名记者，对大帽山村的环境污染问题进行了采访调查，碰巧你又在县局办事，不知道你听说没有？"

贺乡长把"碰巧"二字说得很重，让熊雄产生了疑问：自己请老同学吃饭住宿的事贺乡长是不是知道了？如果知道同学来辖区捅娄子既不报告，又不加以制止，这一壶就够自己今后喝的了。但熊雄是搞公安工作的，他认为事实已经造成了，就算贺乡长明白，他也只能装糊涂。他回贺乡长说："这个情况我不清楚，怎么不及时通知我们加以制止？"

贺乡长说："记者的采访活动是秘密进行的，关支书也是事后才知道。"

关支书很可能挨了批，一直没说话。

熊雄请示说："贺乡长，你是什么意思？"

"派出所要协助乡政府做好两件事，一是下村调查清楚，看记者到底接触过哪些人，他们向记者反映了些什么情况。这要形成材料，为后面的工作做准备。二是我通过县环保局打听得知，这次来采访的一个女主任姓田，和你是大学同学。既然有这层关系，就好办事了，请你和女同学约一下，我们明天去省里联络联络。我想，这个面子她会给的。"

熊雄听到这里，完全明白了。贺乡长说通过环保局打探得到的信息是假，他在县城的眼线很多，说不定已经知道了自己在县城接待同学的情况。为了把事情掩饰过去，假装证明自己的清白，熊雄决定当着贺乡长的面给田苗苗打电话。熊雄已经给同学交过底，他想只要自己把握话语权，老同学应该心领神会，配合他把这出戏唱下去。

电话接通后，熊雄把电话开到免提位置，高声高调地说："喂，老同学，你是不是犯了一个低级错误啊？"

电话里说："熊大所长，我不明白你的意思呢。"

"你到我的辖区突然袭击搞采访，我要不是听村干部讲，还蒙在鼓里呢，我的意思你明白了吧。"

对方的田苗苗当然"明白"了，马上一本正经地说："老同学，实不相瞒，我们杂志社接到大帽山村环境污染的群众投诉，上面高度重视，要调查督办。我这不是怕给你添麻烦吗？如果不是这么敏感的问题，我绝对要你破费接待的。你别得了便宜还卖乖哟。”

熊雄看了看贺乡长和关支书，贺乡长点点头，示意熊雄往下说。熊雄就说：“老同学，是这样的，我们乡里领导对媒体采访很重视，同时，老百姓反映的问题也有不客观的地方，为了支持配合好杂志社的工作，乡里主要领导想通过我上门和你们沟通一下，联络联络感情。这个面子你一定要给啊。”

田苗苗说：“老同学，这件事情我恐怕帮不上忙。这是省里主管领导签字督办的信访件，领导不让撤稿我们谁都不敢撤。所以，要想我们不曝光，你跟乡里领导说清楚，找杂志社没用，要他们直接找省里主管领导好了。”

田苗苗的话刚落音，贺乡长把一个纸条递给熊雄。熊雄按照纸条的意思说：“老同学，省里领导我们找不上，这样行不行，我明天来省里一趟，成与不成都得和你见个面。否则，我不好交差呀。”

“对不住了，大所长，我明天约好了要去外县采访，下次再来我一定请客。这件事就说到这里吧。”说完，田苗苗挂了电话。

贺乡长听到这里，脸上黑了半边，连招呼都不打，气冲冲地走出会议室。

五

《今日环保》杂志关于大帽山煤矿违规开采造成环境污染的深度报道无疑点燃了大帽山村村民心中的怒火。

熊雄找来样刊看过，《煤矿违规开采，村民苦不堪言》的报道成了杂志当月的头条，文章笔锋犀利，矛头直指黑心矿老板和地方政府，对企业的违法操作有理有据，言之凿凿。尤其是作为煤矿的最大受害者，袁世佳的照片堂而皇之地登在醒目位置。他拄着双拐渴望救助的眼神传递着直达人心的穿透力。干涸的兰溪河床、坼裂的农田和民居墙体裂缝里透射的阳光像一张张声讨的嘴，无不唤起读者的共鸣……

熊雄有种预感，随着杂志的传阅，蕴藏在村民心中的积怨随时可能爆发。但是，鉴于深度报道的作者田苗苗和自己的特殊关系，他不便把这种担忧向周书记和贺乡长说，怕引起他们不必要的误会，认为自己明修栈道暗度陈仓配合同学搞名堂。他所能做的只能是尽可能掌握动向，最大限度地控制事态的发展。

大帽山村的关支书到派出所来了。村道硬化的专项资金批了下来，他到派出所办爆破物资的手续。熊雄问关支书，村里有没有治安方面的问题。关支书说："熊所长，你和张教导应该都知道，煤矿造成的污染是板上钉钉的事实，可是，谁站在老百姓立场说过话？我这个破支书是老鼠子钻风箱，两头受气。"

看得出，关支书是个老实人。熊雄随意问："派出所能帮村里做点什么？"

关支书说："你们能出把力，把袁世佳的事情解决就好办了。他的要求并不高，能吃上低保就行了。可如今连个低保都吃不上，人还得讲良心。"

"袁世佳家里穷得叮当响，他符合低保条件啊，你们村里应该办，怎么推到派出所来？"

关支书面露难色地说："每次村里都报上去了，可是到了乡里，个别领导说这样的刁民不够格，不能让他吃着便宜跟政府作对，每次都把他刷下来。"

熊雄知道关支书说的"个别领导"是谁，想了想对他说："你村里今年再报一次吧。"

关支书目光热热的："熊所长在上面有什么路子吗？"

"想想办法吧，我也没有太大的把握。"

等关支书一走，熊雄就给县民政局主管低保的廖副局长打电话。廖副局长和熊雄是小老乡，又是县委党校青干班的同学，一直关系不错。听说是解决一个贫困户的低保问题，廖副局长大包大揽地说："鸡巴大点事，让乡里把名字报上来，我给你搞定。”

熊雄说：“现在的麻烦就出在乡里，个别领导卡住了，过不了他的关。要不，我怎么想到求你呢？”

“那我也不好办啊。我说熊雄，乡里压着不给办的事，你敢顶风作案，关系肯定不赖啊，是不是在山上找了个相好？”

“是的，一个瘸腿老男人，我的同志。”熊雄开了句玩笑后说，“主意我都替你想好了。你直接打电话给贺乡长，就说县里主要领导点名要解决大帽山村袁世佳一家的低保问题。”

“妈的，你这是什么馊主意！”廖副局长说，“到时候姓贺的追问起来，我交出哪个县领导？”

熊雄说：“谅他不敢问，他如果真要问，你就说领导的身份不便告诉他，我就不相信，他还敢找书记、县长对质？”

廖副局长说：“大所长，你这是逼我犯错啊。我问你，你刚才说的袁什么，他家符合条件吗？如果经不住查，我的饭碗就砸你手里了。”

“你放心，我绝对不会给你喂药吃。再说，村里、乡里还是按规定报上来，只要你给贺乡长加点压力，过了他那一关就行。这件事不办好，老弟的工作推不动，你知道吗？”

“那我就信你一回，你把名字发到我手机上。”

熊雄说：“我回县城请你喝酒。”

“算了，我喝了你的酒，不定哪天又冒出个贫困户来，要我批救济。还不如我请你。”

村民们终于闹事了。

派出所接到的情况是，大帽山村两百多村民堵在煤矿，要求给他们补偿。熊所长带民警赶到现场时，煤矿的秩序已然大乱，生产停摆。这是一场精心组织的群体闹事，矿区的入口处拉出一条横幅：“惩治违法开采，还我青山绿水”。几名中年人拿着打印的诉求文稿见人就发，矿井的洞口横七竖八或坐或卧着妇女老人，最打眼的依然是三号主井位置的袁世佳，他躺在一床半旧半新的被子上，被子下面垫着稻草，旁边放了水壶、茶杯、脸盆和洗漱用具，还有一箱方便面；一根尼龙绳从东边树干上拉到西头的铁架上，上面搭着底色芜杂的毛巾和皱巴的衣服。看样子，他要在这里打一场持久战。

朱副局长肯定是接到乡政府的报告了。熊雄正思量对策，朱副局长就打电话过来，问要不要警力支援。熊雄看看这阵势，知道来再多的警察都无济于事，相反会激起村民的对立情绪，把矛盾激化。他回话说："朱局长，请局党委放心，我会把这件事情处理好，不给领导添麻烦。"

朱副局长担心地说："小熊，处理这类群体性事件，你一定要理性地把握好度，千万不能扩大事态，有情况及时汇报，我在局里组织力量随时增援你们。"

电话刚打完，贺乡长带着一大帮人也到了。见面第一句话就问熊所长："局里增援的警力什么时候到？"

还没等熊雄回答，村民听到这话后开始躁动起来。

一个精瘦的老人指着贺乡长说："你当的什么狗屁乡长，不为老百姓办事，你还有良心吗？"

张岩坨马上呼应："调警察来吧，要抓把我们一起抓去。"很显然，他才是这次闹事的主谋。张岩坨本来让熊雄收拾服帖了。可世事多变，矿上的煤卖不出去，他和车主们的运输业务成了问题，转而就迁怒于煤矿。

眼看着事情不妙，熊雄让几名乡干部把贺乡长劝回车内。他拿着电喇叭，跳上一处高地喊话："乡亲们，我们叫人民警察，人民警察是保护人民的。我保证，今天，只要大家依法反映自己的正当诉求，不做出危害社会稳定、破坏矿山生产秩序的事情，我们绝不会为难任何人。"

熊雄的话一落音，袁世佳马上就起哄："你一个小小派出所长，说话算不了数，姓贺的乡长必须表态解决问题，否则，我们是不会撤出去的，老子就是死也要死在这里。"

熊雄没料到，袁世佳会跳出来当出头鸟。他真担心这么一来，自己暗箱操作准备给他解决低保问题的事又卡在贺乡长那儿。他敲打袁世佳说："老袁，你的情况我们本来是同情的，总是在想尽一切办法帮你，你心里应该有数。我们不需要你知恩图报，但你也不应该恩将仇报吧！"

“熊所长，你是好人，我们对派出所没意见。我们只要姓贺的乡长出来给我们一个说法。每到这种时候，他都当缩头乌龟，只把警察当枪使。我们老百姓坚决不答应。”

“是，坚决不答应！”村民们一片起哄声。

教导员张言喜撇到一边，悄悄给转运站的袁富贵打电话，他把袁世佳挑头闹事的情况大致说了。

贺乡长还真沉得住气，进场放过一炮遭到攻击后怕吃眼前亏，躲在车内任由村民恶语相向，就是不出来正面应对。他好像是在等待时机，他以为大批警察真的会来。这时候，他的手机来电话了。没多久，办公室主任招呼熊所长过去。在车边，贺乡长举着手机问：“熊所长，你说这个袁世佳到底什么背景？刚才民政局廖副局长专门打电话给我，点名要给袁世佳解决低保，要我们按程序把名字报上去，还说是县里主要领导的意思。”

熊雄说：“妈的，靠山蛮硬呢。贺乡长没问是谁打招呼吗？”

贺乡长无奈一笑：“这还用问吗，县里主要领导不是书记，就是县长。这分明是要打我的脸嘛！”

熊雄暗自道：“原来，你也是个欺软怕硬的主，早就应该办的事情，非要扛着不办，你是自己招打。”

见熊雄没吱声，贺乡长施压说：“熊所长，你催问一下局里那边，看大队伍什么时候赶到，今天你要做好最坏的思想准备，坚决把袁世佳的气焰打下去，收拾好这个乱局。”

熊雄对贺乡长说：“局里的援兵还在待命，局里指示我们这边尽量做工作，最好不把事情扩大，实在不行，我一个电话过去，他们立马就发兵。”

贺乡长想了想，很严肃地说：“小熊，我给你交底，政府不可能给他们任何态度，我就是有说法也不会在这种情况下给他们。因为这事关党和政府的权威。另外，我给你表个态，把这次事件平息下去，才能保证煤矿年底上交乡政府的30万元到位，到时候这笔钱直接给派出所。看你的了。”说完，贺乡长一挥手，示意熊雄回到自己岗位上去。

贺乡长的话恩威并重，熊雄被贺乡长强有力的挥手推向了风口浪尖。

好在这时候，袁富贵赶到了。熊雄把富贵拉到一边告诉他：“只要你父亲离开这里，今年给你全家批低保。你去告诉他，并把他劝走。”富贵走开几步后，熊雄突然又把他喊转来，说：“如果他坚持不走，我就要治安拘留他。你给他说清楚，这是我的意思，叫你父亲放聪明些，最好不要逼我动手。”

袁富贵去了。可父子俩一交口就吵得不可开交。袁世佳说：“富贵，你这个吃人饭不长人肉的东西，现在成了煤矿上的一只狗。”

众人都在这时候给袁世佳帮腔。

“富贵，你爸爸是让煤矿害成这样的，我们都在帮你，你却拉反耙，你忍心啊，逆子！”

“是啊，你爸爸成了残废人，煤矿可以不负责任吗？你要伺候他一辈子的，直到死。”

袁富贵看看自己身上的保安服，也感到了一种尴尬。他最终没有把派出所准备拘留他和熊所长承诺解决低保的信息告诉父亲，只是哀怨地望着熊所长他们。熊雄看看时间，过去了将近两个小时。其间，朱副局长和贺乡长都在不断催问，再耗下去，不知还会生出什么事变，对控制局势很不利。他打开喇叭宣布：“派出所民警听着，为了有效维护大帽山煤矿生产秩序，现在开始清场。我命令，民警将不听劝告堵矿井的袁世佳带离现场。谁要妨碍执法坚决依法打击。开始行动。”熊雄的话刚落音，张教导和姚辉敏已经走到袁世佳身边，把他架起来往外走。蠢蠢欲动的张岩坨回头瞥瞥，虎背熊腰的舒继亮和保安阿木不知什么时候堵在身后，手铐泛着清冷的白光。闹事的村民看看无动于衷的张岩坨，和骂着脏话却仍被带走的袁世佳，都木偶一般呆愣着。事情不可理喻地平息下去，熙熙攘攘的煤场像一个汗水湿身的路人突遇冷风吹拂，打了一个寒噤，人群散开后的坪地里显得落寞而寂寥……

袁世佳没有被送进拘留所，警车直接开进县城一家宾馆的后院。进了房间，熊雄说：“老袁，现在有两个去处，你任选一个：一个是拘留所，另一个就是这里。你好好待在这里，我们管你吃住，5天后送你回去；如果想去拘留所开开眼界，自己掏伙食去体验5天也可以。”

袁世佳苦着脸说："熊所长，我回去没法交代啊，别人要骂我祖宗八代！你还是把我送到拘留所吧。"

"这好办。"熊雄说，"我们对外就说拘留你，让你有交代。另外配合好了，你家低保的事我们负责找乡里帮你解决。"

别看袁世佳跳得蛮凶，但到了动真格的时候，他也稀溜了。再说，他骨子里对派出所和熊所长还是感恩的。只是朱副局长听完熊雄的汇报，倒是皱起了眉头。他手里的铅笔反复敲打着班台，然后说："这样吧，还是把材料搞齐，报局法制室裁决五天拘留，我再在上面签字，暂缓执行就是，残疾人嘛。我那位姓贺的同学不好对付啊。"熊雄感激地退了出来。朱副局长考虑问题很周密，他不仅把责任担起，还连后面的事情都替派出所考虑到了。这样一来，将来万一贺乡长查问起来，也才说得过去。

六

电厂质检科的化验结果出炉，大帽山煤矿的原煤热量只有5500卡，而一般电煤的发热量必须达到6000卡以上。

早在一个月前，也就是国庆节前夕，朱副局长开始过问大帽山乡政府的30万元启动资金是否有了眉目。离年底结账的时候不远了，熊雄心里也急。乡财政的家底他知道，三个坛坛两个盖，揭这个盖那个，总是差一个盖玩不转。再说，通过大半年交道，贺乡长的为人熊雄算是摸透了。就算乡财政现在有大把结余的现金，一下拿出30万元也等于扯掉他一叶肝，他不会爽快答应的。贺乡长上次在处理煤矿闹事时公开许诺，只要把企业秩序维护好了，大帽山煤矿年底应交的30万元就给派出所。

熊雄假装导演的拘留袁世佳一出戏就是专门演给贺乡长看的。派出所在没有借助外力的情况下，能够下狠手把残疾人袁世佳掐了尖，有效震慑了张岩坨那些人，兵不血刃地将整个事件平息下去，贺乡长既感意外，也很满意，回乡政府后直接打电话给熊雄说："我给周矿长说好了，今年那笔钱由派出所直接收，乡政府不过账。你随时去找他。"

等到国庆节过后再去找周大天收钱时，熊雄才知道被贺乡长耍了。周大天听说是要催交30万，一张冷脸变成抹布："熊所长，这风水轮流转啊。往年煤是金，现在煤是瘟。价钱最好的时候，人家到矿上拉煤，每吨650元不讲二话，抢着装车，全是现金结算。现在呢，每吨520元送上门去，人家还挑精拣肥，一律赊账。等人家把钱赚进腰包，我再去求爹爹拜奶奶催账，财务人员公开要吃要喝要娱乐，还索要回扣。等我把账一算，除去运费、工人工资、税钱等等，我不仅没赚到钱，连老本都搭进去了。给你们过实话，我撑不下去了，大帽山煤矿死气了。跨过年，谁愿干谁干，反正我不干了。"在周矿长的哀怨声中，熊雄看到了煤场堆积如山的原煤，也看到了冷清的几个井口。煤矿早在半个月前就停了工，工人和周大天都是一个担心：煤卖不出去，就开不出工钱，挖得越多亏损越大，挖那么多煤干什么！

对煤矿这样的经营状况，贺乡长不可能不清楚。他百分百地知道，周大天由当初的一头肥猪变成了现在的一只瘦狗，不怕你刀子快，快也剐不出四两肉来。怪不得贺乡长爽快答应煤矿的30万元直接让派出所收取。现在，不怕要账英雄，只怕欠账真穷。派出所又能把周大天怎样呢？煤，只有打煤的主意了。而且可以预见，再过段时间逼近年底，各路债主讨上门来，连煤都可能被瓜分。周大天滑得跟泥鳅一样，等到他哪天宣布破产，派出所恐怕连西北风都喝不上一口。熊雄对周大天说："周矿长，你就别在我面前哭穷了，瘦死的骆驼比马大，企业有盈亏，这点困难难不倒你。你和乡政府的协议是有法律效力的，总不能轮到我们派出所来收钱，你就拿一堆困难敷衍了事吧。"

周大天两只溜圆的眼珠子在熊雄和张言喜身上滚来滚去，然后两手一摊说："两位别误会，我绝对没有赖账的意思，我实在没办法。"

熊雄旁敲侧击地说："周矿长，你如果真有困难，我们可以从销售渠道帮你想想办法。"

"你有路子？"周大天情知话有不妥，马上收敛起商人的精明，苦大仇深地说，"熊所长啊，你如果能找到卖家，也算帮了我的大忙，我拿煤给你们抵账。"

"先说到这儿吧，我们也没有把握。"熊雄想到了自己在县火电厂质检科的高中同学孙立清。

早些年，孙立清每次碰到熊雄时，都鼓动熊雄搞点煤生意捞些外快。孙同学开诚布公说："趁现在企业效益好，用煤量大，我也还能帮上忙，你随便弄几个钱揣着，以备不时之需，别死脑筋。"可是，熊雄写八股文章把自己写单纯了。他看不透世事，一说上面有高压线，公务员不能搞第二产业；二说自己是个穷光蛋，搞煤生意拿不出大笔本钱。

看到熊同学一副书生气的尿样，孙立清哀其不幸地说："上有政策，下有对策。现在谁不在挂羊头卖狗肉？瞧你这出息！至于钱嘛，你大小也是个警察，而且当着堂堂副主任，短期周转借几个钱还有困难？况且，真正和煤矿辖区的派出所长把关系搞铁了，就来个空手套白狼，照样赚钱。"

熊雄觉得孙同学的胆子太大了。他真想提醒老同学，千万别玩过了头，到时候毁了自己。但看到孙立清踌躇满志的样子，他感到底气不足，除了婉言谢绝同学的好意，再把其他的话都咽进肚内。

幸好当时没堵着后路，否则这时候还真不好开口。熊雄打通孙立清的电话："喂，孙大科长，我现在算是开窍了，轮上你助我一臂之力。"然后，他就把销煤的事说了。

没想到孙立清会这样说："我的个天，600多吨？所长大人，你不会是开玩笑吧。现在连山西的煤我们都限量采购，哪轮得到大帽山的货。此一时彼一时也，当初我劝你搞你左也难右也难，等到黄花菜都凉了，你瞌睡才睡醒。你这不是和自己过不去吗？当上小小派出所长，现在就不怕高压线啦？腰包内也有钱啦？告诉你，火车晚点了！"

"别说那么多废话，实话跟你说，这次你不帮我，我这顶所长帽子就戴不稳了。"

孙立清想了想，无可奈何地说："算我欠你一笔人情给你补上，先把样品煤给我弄点下来，看质量如何。不过丑话撂前头，就算我给你搞定了，十个点的回扣是要的，关节重重，这是潜规则。"

羊毛出在羊身上。熊雄脑子内闷了一下，3万块钱的回扣将近要60吨煤，周大天买这个账吗？

现在听了化验结果，熊雄冷了半截腰。这就不是老同学不帮忙了，也非周大天赖账，更不是贺乡长说话不算话。熊雄想，火电厂发电用的煤绝对是要质量过关的，现在，大帽山煤矿的原煤热量达不到，县里没有哪家企业比电厂喉咙大，能一口吞得下这么多煤。派出所的30万元启动资金多半又要落空，他无法向局里交代，最终只会落得和向力所长一样的命运。熊雄连谁都怪不上，怪只怪自己运气太差。

“办法是人想出来的，质量也不是铁板一块，有同学当质检科长，就没有搞不定的事情。”张教导看出熊雄心里犯难，给他出点子。张教导有个亲戚曾经做过煤生意，也是热量达不到要求，最后买通关系，把北方的煤掺和在一起蒙混过关，只是要多撒些银子。

熊所长听了，当即要给孙同学打电话。张言喜一把按住说：“这事千万不能在电话里随便说，我们到县城去，约他出来消费，让你那位老同学把电厂主管原煤质量的头儿拉上，摆平他们两个，保证生意谈得拢。”

果然，孙立清提醒熊雄说：“线我帮你牵好，能不能搞定就看你的表现了，别小里小气把事弄砸，连我都跟着你丢人。”

在城北的“小二山庄”，要吃上娃娃鱼不是价格问题，而是身份问题。你出再多的钱，老板在不弄清食客身份之前，是绝对不会给你下单的。熊雄通过关系算是订上了娃娃鱼火锅，茅台酒一次也拿了两瓶。这顿下了血本的宴请就是冲着30万元来的。舍不得孩子套不到狼，派出所豁出去了。这么私密的宴请绝对人少。孙立清同学只带电厂主管销售的严副厂长。

严副厂长额头光亮，脑袋顶子也光亮。他有一双肥而大的耳朵，嘴唇厚而外翻，总是在笑，样子很随和。孙同学提前把功课做到位了，严厂长很好说话。酒至半酣时，严副厂长说：“孙科长，都说三种关系最铁：扛过枪，嫖过娼，同过窗。熊所长和你既然是同学关系，这个面子我不给就不像话了，更何况这么客气地招待，看出人家是尊重我们的。人要受尊重，你说呢？”

孙立清说：“严厂长，你这是给我面子啊。”

张教导也接话：“严厂长，我和熊所长都是知恩图报的人。事后，我们会让严厂长感到你交我们这样的朋友是值得的。”

严副厂长其实一点都不严，他完全听懂了张教导的弦外之音。场面上，许多心知肚明的话赤裸裸地说出来会不对味。现在派出所该要表达的意思已经很到位了，而且是通过张教导的嘴说出来，这就给一把手熊雄留下了回旋空间。严厂长在企业和商人之间长期周旋，深谙其中微妙，他不能不暗自佩服熊雄的智慧。他对孙立清说：“质检的问题请孙科长把关，老同学的事该怎么运作就怎么运作，我只认结果，不问过程。你们办好就是。”

严副厂长已经把话说得够清楚了。熊雄和张言喜共同敬完严副厂长和孙科长一杯，宴席就散了。

剩下的事情，是问周大天要煤。

七

周大天说：“熊所长，你的刀子也太快了，650 吨煤，你至少多吃了我 60 吨。”

熊雄给周大天算完账，说：“这样吧，周矿长，派出所不做生意，并不指望这笔买卖发财。这中间的潜规则你是知道的。要不，我们帮你拉拉皮条，你付给我们 30 万就行。”

张言喜说：“我们本来就不愿做出力不讨好的事情。周矿长，既然你这么不领情，我们干脆给电厂退信。”

周大天领教过攻关的难度。能一下卖出这么多煤，对他来说也是减轻不小的压力，这样的机会怎能错失！乡政府 30 万元的上交反正是赖不掉的，擤掉鼻涕脑壳轻。再说 650 吨，这是一笔可观的业务，换成别人，提成都要拿去不少钱。因此，这单生意千万不能砸在自己手里。他呵呵赔笑说：“我给，我给，这 650 吨煤给派出所我愿意，就这么定了。”

事情总算有了眉目，回派出所的路上，熊雄心情很爽。联想起自己上任大半年，虽说经历了蛮多的事，而且有些还很棘手，但依靠着朱副局长和张教导他们的帮衬，有惊无险地闯了过来。现在，只等这批煤卖给电厂，拿到30万元，他就可以回局里复命。到了明年，派出所择期开工，修建起来会很快。最多两到三年，等派出所竣工落成，他头上的所长帽子就可以甩给别人，局党委会念他有功，考虑将他调进局机关，安排一份更适合他的工作。那时候，他不仅可以和家人长相厮守在一起，而且会有更大的舞台，让他演绎精彩的警察人生。想到这里，熊雄禁不住对张言喜说："张教导，只有经历过痛苦之后的快乐才是放大的快乐啊。"

张言喜读书不多，对熊所长这类绕来绕去的酸话不甚明白，但他大致知道熊雄的好心情。其实，事情越是太顺的时候，往往就会有潜在的变数。张言喜担心，黄瓜才有蒂把把，熊雄可能高兴得早了点。只是此刻，他不便给兴头上的熊雄泼冷水。他说："熊所长，我知道你高兴，事情的来势很好，我也替你感到高兴。可是600多吨煤卖出去，会闹出不小的动静，而且还会牵扯到方方面面的利益，我们要把困难想得复杂些。"

共事大半年，熊雄从骨子里认为张言喜是个合格的教导员，是个好警察，更是他的好兄长和好帮手，只可惜他的警察生涯快要到站，和他合作的机会不会很长。"有你老哥帮我，我们会幸运的。"熊雄最后说。

没过几天，贺乡长把熊雄和张言喜招到办公室，过问煤矿30万元的事。贺乡长显然早就知道派出所和大帽山煤矿达成的方案，或许连电厂那边的事也多少知道一些。他哈哈笑着说："值得祝贺啊。今年煤矿效益这么糟糕，我还担心周大天要赖皮。你俩能把30万元拿得回来，连我都不敢相信呢。"

熊雄话里有话地说："这还得感谢你贺乡长，你不给我们指路子，派出所去哪儿找30万？"

贺乡长肯定听出了话里的异味，叹口气说："唉，乡财政确实有困难，请两位多理解。你们能替我分忧解难，我得感谢你们啦。"说到这儿，他好像突然想起似的说："嗷，今天把两位请来不是公事，我这里有件私事可能要请你们帮忙关照……"

650吨煤的运输业务，熊雄早有考虑。他想给张岩坨。张岩坨是张教导的本家侄子，熊雄把这笔业务照顾他，一方面是给张教导面子，算是对他的一份安慰；另一方面也能安抚大帽山村那些车主们。如果通过这件事，能把张岩坨这头犟驴收拾下来，派出所往后就少了一根刺头。现在，这点蝇头小利居然让贺乡长盯上了，而且他的所谓亲戚不是大帽山人。这如何是好呢？

“贺乡长，你的指示我们肯定要执行，但现在有个特殊情况要给你汇报……”贺乡长的话说出了口，熊雄不能打他的脸。

听出是要把运输业务给张岩坨，贺乡长说：“就是那个带头闹事的坏家伙吧？我先就说了，这不是公事，我的话也不算指示。”贺乡长的话听起来有些冷硬。

如果数百吨煤运业务完全落到外地人手中，张岩坨他们是不会善罢甘休的。年底了，熊雄真不想让张岩坨他们拿住什么事由制造麻烦。熊雄说：“贺乡长，我有个想法你看行不行，把运输业务分点出来给张岩坨意思意思，大半给你亲戚。这样有个好处，免得张岩坨多嘴多舌，又生出什么花花肠子。”

“既然这样的话，我亲戚就不用考虑了。听熊所长这么一说，我还真有个主意，干脆这样吧，派出所建设是大帽山乡人的事，人人都应该出把力。我看就由乡政府统一安排，大帽山村具体负责落实，把任务分配下去，凡在大帽山煤矿有运输业务的车主都无偿给派出所运煤。”贺乡长的话看似在帮助派出所，但骨子里也暴露出他心胸狭隘——他捞不着的好处，别人也休想得到。对这样的“照顾性”安排，熊雄不予认同。因为到时候，车主们会认为派出所搞特权，乱摊派，把所有脏水都泼给派出所，省点运输费，却落个坏名声，等到人民满意度测评时，满田都是青蛙叫。熊雄不想因小失大，他对贺乡长说：“乡长，有些该花的钱要花，让大帽山村的车主们搞义务工，会给乡村两级带来太多的麻烦。这事你就不用操心了，让你的亲戚直接和张教导联系，我会办好。”

贺乡长沉吟一阵：“你们的考虑也有道理，那我就不管了，你们看着办吧。”

回派出所的路上，熊雄和张言喜都在心里骂娘。姓贺的达到了目的。他不是不管，而是把刀子架在了派出所脖子上。

张教导问：“真把650吨煤全给贺乡长亲戚？”

"卧榻之侧岂容他人鼾睡？贺乡长就是个吃独食的主。这一点你还看不清楚？"熊雄无可奈何地说，"两害相权取其轻，我们只好得罪张岩坨他们了。娘卖乖的！"

贺乡长的亲戚来到派出所，闹了半天才搞明白，那家伙姓宋，自己根本没车，他就是个提篮子的角色。熊雄、张言喜两人和宋老板打了半天嘴巴仗，对方仗着背后有贺乡长这座靠山撑腰，死咬住运价不让步，最后谈定的价钱比张岩坨他们每吨高出20元。熊雄闷算了一下，光是这一笔，派出所就白白甩了一万三千元。

孙同学是个言而有信的人。派出所把650吨原煤运到电厂以后，熊雄和张言喜还在琢磨怎样弄些北方的煤掩耳盗铃。孙立清说："算了，对别人还假装做做样子，你熊雄就免了，弄虚作假比假还假。我给你们直接出具质检报告，你找财务科结账就是。"

到这时候熊雄才知道，结账也不是一句话的事，先必须到国税局开具增值税发票。按规定，工业用煤的增值税税率是17%。照这么算来，光这笔钱就要五万六千多元，而且必须是先交钱后开票，再才能到电厂结账。如果把这笔亏空和宋老板多要的那笔运费算在一起，派出所的30万元中会少了将近7万元。这是没法向局里交差的。还有，派出所一时三刻也拿不出缴纳增值税的那么多现金。至此，熊雄才想到张教导原有的担忧绝非杞人忧天。这30万，就好比结在树上熟透的苹果，它属于派出所，属于熊雄。但是，你跳起来摸得着，却摘不到。熊雄需要梯子、木凳之类垫脚的东西。可是，哪儿找梯子和木凳呢？

孙同学看出熊雄的难处，干脆帮忙帮到底，给熊雄出主意说："就找宋老板，国税局局长是他姐夫。"

熊雄说："找他就算了，我看见那杂种心里就不舒服。"

孙立清说："老同学，这就是你的不对了。人家有这样的关系，你完全可以利用起来，甚至还可以卡住他的脖子。"

"此话怎讲？"

"他不跟你摆平姐夫，你就不给他结算运费。这就是杀手锏。"孙同学还开导熊雄说，"放下你的所长架子吧，人家这叫人力资源。姓宋的在商言商，他无非就是爱财。你舍不得小钱，就拿不到大钱。"

宋老板果然雁过拔毛，明知道电厂不结账他的运费拿不到手，还是厚颜无耻地说："熊所长，以公安局修建派出所的名义打个报告，我去找姐夫把增值税减下来，总额控制在两万元以内。不过，我们有言在先，派出所要给我5000元劳务费，我不可能白跑路。"熊雄想了想，自己如果去找人，免不了要请吃请喝，还要到处打点，就应下来。

到十二月底，电厂的账结算到位。宋老板还算卖力，国税局作为特殊情况把增值税减到一万五千元，加上宋老板的5000元好处费和超出部分的一万多元运费，派出所实际拿到手的钱不足30万元。这中间还要返还给孙立清10%的回扣，派出所总共缺口三万三千元。宋老板到派出所结账那天，贺乡长恰好也来了。熊雄和张言喜算来算去，想不出怎么把缺口填平。最后，还是贺乡长拍板："宋老板，你的运费里少拿3000元，就算是对公安工作的支持吧。"宋老板看看贺乡长，皱着眉头说："公家揩我的油？"贺乡长递一个眼色过去，宋老板旋即改口说："好吧，我捐3000元。"

宋老板走人后，贺乡长安慰熊雄和张言喜说："另外3万元缺口，我有办法解决。你们不是要给电厂严副厂长3万元回扣吗？"

"贺乡长，和人家说好的事要兑现。"熊雄担心贺乡长打回扣的主意，他不想做个言而无信的人。

贺乡长说："答应给人家的钱当然要给，否则，今后不好办事。我的意思是给严副厂长送回扣的时候，同时向电厂递交一份3万元的资金援助报告。羊毛出在羊身上。让严副厂长去做工作，电厂不敢不给。"

贺乡长的这一招够阴险，够损。公安机关给严副厂长送回扣，姓严的一定投鼠忌器，他有索贿受贿的把柄落在警察手里，只好下死力游说电厂给大帽山派出所支持。所以，电厂很有可能会拿出3万元。但这么处理问题有过河拆桥的意思，显得做人不厚道。熊雄做不到，张言喜也做不到。

年底，大帽山派出所交给局里的现金是27万元！情况说清楚了，局领导谁都没有责怪熊雄。

第二年一上班，熊雄的工作意外调整，局里通知他回办公室，还干副主任。熊雄问朱副局长为什么，朱副局长未作正面回答。倒是政工室主任岳克凡透出一点信息，有人告到县纪委，说熊雄包庇违法行为人、和奸商沆瀣一气损害派出所利益、与乡政府不能保持高度一致……“总之，”岳主任说，“组织上认为你政治上还不够成熟，只适合耍笔杆子。”

面对种种“罪行”，熊雄发问：“谁在捏造事实肆意陷害？组织上出面调查澄清了吗？”

朱副局长拍拍熊雄的肩膀：“安心在办公室好好干吧，有时间多读几本好书。书中自有黄金屋啊。”

朱副局长离开后，岳主任劝慰熊雄说：“局党委研究上报的方案是调你回局里当办公室主任，可最后组织部否决了。我看，你一个读书人，能靠耍笔杆子捞个副科级，也算不错了，何必患得患失。”岳主任还说：“大帽山乡的周书记调县里任招商局局长，现在大帽山乡是贺东山当书记。良禽择木而栖。你选择这时候离开大帽山或许因祸得福，是件好事……”

熊雄品味着岳主任的话，感觉意味深长……

第二天适逢周末。上午，熊雄和单琼带女儿笑笑到城郊的白云山春游。白云山是离岩门县城最近、最高的山，笑笑和爸爸约了好多次要去山上玩，可自从当上大帽山派出所长，熊雄一直爽约。现在无官一身轻，熊雄正想拉着妻女出去散散心。

这是个多年来少有的暖春，憋了一冬的草木开始伸腰蹬腿儿，抽鼻抛媚眼儿。山里开得最好的是樱桃花和山胡椒花。樱桃花开白闪闪，山胡椒花黄灿灿，放眼四望，这里一树，那里一簇，竞相吸引着人的视线。阳雀和画眉鸟在树丛间飞来窜去，为争夺地盘吵得不可开交，只有白鹭恬然地歇在松林之巅，鸟瞰山中万事。笑笑像一只飞出笼子的鸟，跑在前面到处乱钻，随便看到什么东西都感到新奇，大声尖叫。单琼总是追着喊：“笑笑，慢点啊，注意安全。”

后来，熊雄撇开母女俩独自爬到白云山最高的山顶。站在这里可以俯瞰整个县城。他双手扩胸，做了两次深呼吸，然后放出一串长长的啊哈。长啸过后，熊雄扭身朝北望去，极目远处云水苍茫，大帽山的轮廓依稀可辨。他呆望良久，有些出神……

发表于2014年《湖南文学》第5期头条

获第十三届金盾文学奖

搞钱的路

一

敬留田说："地宝，找馆子搞饭吃吧，我肚子饿瘪了。"

"只你饿，我就不饿？"说这话时，敬留地的肚子也"咕噜"一阵开始造反。他的目光像机枪朝街道两边乱扫，想找一家湘菜馆。近几年，他在外面搞传销，被警察和工商撵得鸡飞狗跳。他的胃成了潲水桶，天南海北的口味都能装进去，可堂哥敬留田是个土鳖，第一次带他出远门搞钱，不让他吃好就会打乱全盘计划。

江都这鬼地方，把农民工当牛马使唤的场子遍地皆是，让山里人好好吃顿饭的馆子却凤毛麟角。敬留地心想，暂时千万不能现出原形。在老家蛊惑堂哥出门搞钱的时候，他把传销说成"资本运作"，吹嘘自己在外面吃山珍海味，住豪华酒店，出门前呼后拥有人随行保安，晚上睡觉前还有女人给他捶背泡脚……现在总不至于随便钻进一家到处冒着油烟的邋遢店子，去吃地沟油炒出的转基因蔬菜吧？大酒店当然更不敢问津。敬留地心里有数，自己皮包内只剩三百多元了，邮政卡上的两千元无论如何是动不得的。那边的房租已经到期，大屁股的老板娘仗着她的绑腿是个杀猪佬，脾气忒炸，很不好协商，超一天都不行。

"安鹏湘菜馆"的招牌看上去很气派，生意还应该过得去。可能是午餐的高峰期刚刚过去，敬氏兄弟俩走进大厅的时候，里面只剩寥寥几个酒鬼吵吵嚷嚷地猜拳行令。店员们正在收桌抹椅。见有人光顾，一个雀斑女孩前来迎宾："请问你们几位？"敬留地向女孩投去不屑的一瞥，对她这种带职业性的明知故问颇有反感。他摊开两手，很绅士地耸耸肩："这还用问吗？"雀斑女孩肯定要往下问。她的问题是："两位进包房还是坐大厅？"穿西装的敬留地绅士不起来了。他把右手随便劈了一下，貌似淡定地说："算了，包房内空气不好。"说话间，他迈向大厅临窗的8号台。落座时，敬留地又听到了自己脏腑内饥肠辘辘的"咕噜"声。堂兄敬留田像一捆干柴蹲在对面座椅上。他的头发杂乱而枯燥，眼球往外微凸，饥饿和劳顿使他面无表情，身子瑟缩，形容更显猥琐。旁边鼓鼓囊囊的蓝色背包脏不拉几，像一个叛徒，赤裸裸地暴露着主人的乡巴佬身份。

雀斑女孩干脆把"哪位点菜"的程序都免了，直接将菜单递给穿西装的敬留地。她的自作聪明给敬留地出了道难题。只是敬留地不怕这样的难题，他有办法。他的目光在菜单上睃巡着，嘴里感叹说："哎呀，怎么走哪儿都是这几道瘟菜呢？每天翻来覆去地吃，好人都会吃癫。我最怕的就是点菜——"他把菜单推过去，"田哥，你来吧，想吃啥点啥，随便点。"那口气，好像这家湘菜馆是他开的。

敬留田才不会上"地宝"的当。有个问题他拿不准，他怀疑谁点菜谁埋单。他想把菜单退给"地宝"，可是刚有动机，"地宝"起身上洗手间去了。敬留田没有退路。雀斑女孩中规中矩侍立旁边，真把他当成了上帝。他看了那些菜谱，心里暗暗骂娘：妈个×，一盘白菜十八元，太贵了，简直杀人。但他还是点了一个白菜，还点了一盘麻婆豆腐。麻婆豆腐是二十八元。

雀斑女孩说："火锅呢？"

敬留田说："不要火锅。"话一出口，他觉得两个炒菜太少了，恐怕吃不出饭来，就补充说："有没有调口味的腌菜？来一盘。"

"有腌萝卜，是送的。"

"不错嘛，那就足够了。"

"是这样，我们这里的起点消费是一百二十元。你不够，最好还点个火锅。你喜不喜欢吃鱼？干锅鱼是我们店子的特色菜。"雀斑女孩推荐着干锅鱼，圆珠笔在手里倒来倒去，等着落单。

敬留田从没出门下过馆子。他最大的消费是赶场时在乡街上吃碗肉丝面，并不知道什么叫“起点消费”。但他大致明白，人家是嫌他太抠，菜点得少了点儿。他想，老子出门是来搞钱的，又不是专门花钱的。还干锅鱼，还特色菜呢，你怎么不说海参燕窝呢？哼！想从老子身上赚钱，你们打错主意了。他对雀斑女孩说：“我说过了，我不喜欢吃火锅。你耳朵聋是不是？”雀斑女孩不依不饶地说：“那就等你朋友来点。”

敬留田纠正道：“他是我兄弟。”

雀斑女孩干脆装聋子，噘着嘴不理他。

这时候，敬留地回来了。他显然已经知道事情的症结。他之所以选择点菜的时候上洗手间，是料定“田哥”不会点很多菜，更不敢点忒贵的菜。他对雀斑女孩说：“这么大热的天，吃火锅容易上火。我兄弟既然不吃，就不麻烦了。”他虚与委蛇地客气着，把自己的拒绝直接说成了“麻烦”。

雀斑女孩真有点烦。她说：“对不起，不吃火锅，你们就去别家。我们这儿不是快餐店。”

这话太不中听。“怎么，拒客是吧？”敬留地扒拉了雀斑女孩一下，“搞明白没有？老子是湖南人嘞，是冲湘菜馆来的。给你们照顾生意，你敢不跟老子炒菜？”

雀斑女孩吓得脸盘子都红了，解释说：“不是我不给你们炒，是厨房大师傅不会炒。”

“你给厨房下单子，老子看谁敢不炒菜！”

雀斑女孩说：“我这样下单是违反店规，老板要扣工资的。我打工一个月才一点钱。”

“那就把你们老板叫来，说我要见他。”敬留地好大的口气，好像他是黑社会老大的爸爸。

雀斑女孩没有去叫老板——她哪敢！

旁边有个醉鬼提着啤酒瓶子拧着麻花步过来，劝说敬留地去别处吃饭：“江都这地儿小馆子多的是，拿着钱哪儿都吃饭，何必受这个鸟气。”

敬留地斜睨着想当和事佬的醉鬼，底气不足地拍着胸脯：“老子不是出不起钱，老子有的是钱。今天偏就不吃火锅，非得要在这里吃顿素菜便饭，洗洗肠子。我就不信邪了。”他转向雀斑女孩说：“信不信？把老子惹毛了，我砸你们的店子。我坐过牢，怕卵！”

醉鬼听说敬留地坐过牢，再看看敬留田又长相生猛，马上见风使舵，吼雀斑女孩一嗓子：“还不快去请你们老板？傻 × ！”

谁也没去请老板。倒是从吧台旁边冲出三个重量级的家伙。他们一个个都肥得像猪，手里分别拿着火钳、锅铲和菜刀。其实，这些冷兵器对他们来说都显得多余，单凭他们三个人的体重就足以把敬氏兄弟俩活活埋死。这几个营养过剩的后厨伙夫肯定吃多了撑得不行，早就想打一场恶架，终于等来这千载难逢的机会。他们高兴得手舞足蹈。领头的短脖子问：“哪个鸡巴活得不耐烦了？敢在店子里撒野，搞死他！”

事情到了这个份上，敬留地没得选择。他一把抢过醉鬼手里的啤酒瓶，掩开座椅，摆开姿势照准自己的额头敲去。“叭”地一响，玻璃片在前额上四散飞溅。他其实并没练过铁头功，啤酒和血水顿时蒙了满脸。这时候的敬留地完全变成了一条疯狗。他举着手里的半截瓶子，晃着尖刺闪亮的玻璃茬口，歇斯底里地号叫：“有种的上呀，老子早就不想活了。”这时候事情出现逆转，三个白帽子伙夫纷纷退却，退到他们认为安全的距离，然后撂下手里的家伙，窜得比老鼠子还快。旁边的雀斑女孩可能晕血，“啊”的一声翻着白眼倒在地上，被几个店员手忙脚乱地抬到座椅上，平躺着掐人中，撬开嘴巴灌水。

“怎么回事啊，嗯？”和声音一同出场的是个中年女人，长发绾在头上，一套浅灰色裙装勾勒出稍稍发福的体型，肉色长袜包裹着修长饱满的两腿——听口气想必她就是老板了。半高跟磕得地面咚咚咚响。她朝 8 号台走来，略施粉黛的脸上是那种成熟女性对事物表示满意的浅笑。她说：“年轻人，伤得怎样？要不要送医院？”

敬留地额顶上鼓起一个血包，偏右的位置有半寸长的口子。他抹了脸上一把，甩掉手上的血水，充好汉说：“没什么事的，今天这顿饭老子吃定了。”

“没事就好。”女人对着吧台吩咐下去，“让厨房给 8 号台上一个啤酒鸭火锅，外加几瓶啤酒。我请客，免单。”

转过身来，女人拍拍敬留地的肩膀：“好样的！我是这里老板，需要什么尽管吩咐，两位慢用。”说完，半高跟又敲出地砖一串咚咚咚的响声——走了。

二

敬留田一直认为，自己在毕兹卡村的年轻人中是最没本事的。

他认为自己没本事，主要是他只能凭力气挣钱，而别人能够便宜赚钱，再差火也可以出门打工。毕兹卡的老辈人说：“力大养一人，智大养千口。”敬留田知道自己属于力大的一类人，不算那种养千人的智者。本来，他是可以出门打工搞钱的。可是，有一根绳子把他套牢了。这根绳子就是他娘。那一年，爹在挂岩山上套牲口摔死后，娘就丢了魂魄，病病恹恹地卧床不起。后来，娘的病虽然好了许多，但一场大难把娘俩牵绊得更紧了。九英婶把儿子看成天上的星星，多会儿不见留田在视线里晃悠，眼前就升起愁云惨雾，一片黯淡。敬留田呢，一万个心思想出门搞钱，捎带见见世面。可是，爹妈身上就掉下他这棵独苗，娘让他放心不下。就算有时候和娘吵了嘴，他也下不了拍屁股走人的决心。反正，吃饭有田地里种出的粮食，用度有农闲时搞副业挣下的苦钱，娘俩的日子就这么过着。过着过着，九英婶发现日子过出问题来了——三十二岁的敬留田至今还没娶媳妇！危机不单是儿子过了警戒线年龄，而是全毕兹卡村打着灯笼火把再也难得找出适合做儿媳妇的女人。女人都出去了，不光是年轻妹子出去后在外面寻了婆家，在城里买房子、车子、结婚生伢子，就连有些成过家的女人也跟着学坏，绑上有钱的男人后，再也不回望毕兹卡一眼。事情像这么发展下去，敬留田只有打单身的命了。九英婶打算把儿子撵出去搞钱。有了钱才说得上媳妇，有媳妇的男人那才叫过日子。

机会很好。九英婶刚有这样的想法，敬留地就回到了毕兹卡村。

敬留地是回家后的第二天傍晚去找“田哥”的。带人去充实下线是他这次回家的主要目的。他在江都市下面一个小县城的事业正处于关键节点。他正向事业的顶峰发起冲击，马上有望成为站在金字塔顶端的巨人。可是，有一个“下线”能力太差，致使他的三条财富线发展失衡。这将严重影响他的业绩，他不亲自出马不行。回家的当天晚上，他在父亲嘴里把村里的情况都摸清楚了，他带得出去的最佳人选只有“田哥”。“田哥”有出去搞钱的愿望，手头也拿得出一笔本钱。下午，他在村头的小超市内专门备了礼物：一坨香蕉，一袋苹果，一瓶钙片。钙片很贵，要一百多，但它很适合九英婶这种上了年纪骨质疏松的人。掏钱的时候，敬留地在皮包内掰了三个来回，最后把牙帮子咬出一道白痕。

敬留地今年才只二十七岁，离开毕兹卡村时还是个高中学生，点点大，现在个子比以前长高了许多，穿的又是西装、皮鞋，加上天色麻黑，九英婶从西头偏屋内出来，放下猪食桶招呼说：“地宝呀，你是稀客，都长成大人了，我都认不出你来了，听说你在外面发了财。”

“发财暂时还谈不上。”敬留地接着要了一句文，“只能说是看到了胜利的曙光！”九英婶没把后半句听懂，她抬眼望望，到处都是暗下来的天色。

敬留地倒是说了句实话。他现在的情况不容乐观。他在江都市下面一个叫江门的小县城搞“资本运作”，团队已经发展到三十多人，虽说从下线拿了一部分提成，可寄居江门，要吃要喝，还要好好伺候新来的“财神爷”，花销是免不掉的。现在到了事业的冲刺阶段，抓到新人把自己顶上去，他就可以早点出局，离开江门那个鬼地方，干一份正当事情。所谓的“资本运作”，敬留地一开始并不懂，等他明白是个陷阱时，他已经无法回头了，只能一条道走到黑，拿头去撞那堵南墙。

敬留地目下的处境，全毕兹卡村的人包括他的父亲敬七叔都蒙在鼓里。九英婶当然更不知道。她认定“地宝”在外面准定发了财。她是从敬留地摆放在桌上的进门礼判断出来的。钙片老贵，没钱的人出手不可能这么阔绰。所以，把儿子托付给“地宝”这样的人，九英婶放心。

九英婶说：“地宝，留田是你大兄弟，你发了财可要拉扯他一把。”

“婶，你说怎么个拉法？我哥他孝心好，一天也丢不下您，您也舍不得儿子出远门。窝在毕兹卡这山旮旯里，哪有财发！”

“出去。这次让他跟你出去呀，出多远的门都行，趁我还动得做得，出门搞钱。他也该讨媳妇了。”

“既然婶娘是这个意思，我就带田哥出去。我本来是不想带亲戚出门的。搞到钱了都高兴，万一搞亏了，我怕受埋怨。”敬留地说出这些话是有预谋的。他想把丑话撂在前头，先堵住九英婶的嘴。

“做生意有亏有赚，还要看一个人的财运。地宝，我们不会怪你，你放心。”

“我知道，婶是明白人。”敬留地一步步地引导着九英婶和堂兄，“到我们公司先要交培训费，没拿工资前，生活费还要自己负担。婶，至少八千块，那不是一点点钱。”

“八千块？”九英婶脸上的神色突然变得难以捉摸，过了一会儿才问：“这么投钱，好长时间可以回本？也不知道能赚多少？”

敬留地说：“大本大利。运作得好半年时间，迟也不过一年，要说赚多少，我怕说出来把婶吓着。我就知道婶下不起本。”

“现在，在外面搞生意，几千万把元根本不算什么。”敬留田一直没插话，他心里其实很想跟“地宝”出门搞钱。

九英婶听出儿子的心思，说：“地宝，我帮着凑些钱，你这次一定带上你哥。”

敬留田就这么出来了。他只是没想到，出门求财没撞上好彩头。为吃顿饭，竟让地宝敲破了额头。敬留田第一次见那样的场面，他当时吓得要死，想不出任何办法。当三个伙夫抄着家伙朝8号台扑来时，他以为自己和地宝死定了。没想到地宝用自残的办法镇住了那些肥胖的猪，更想不到老板娘居然请客。软的怕硬的，硬的怕不要命的。娘卖乖，这世道简直太不可思议了。

三

从江都市到江门县，只坐了一个多小时的班车。

前来接站的有四五个人，其中有个讲普通话的小伙子看见敬留地额头的创可贴，语气夸张地说："哇，敬哥你挂彩了。"

敬留地说："买车票时，有两个杂种插队，让老子修理了一顿。"敬留地看了"田哥"一眼，介绍道："这是我堂哥，叫敬留田，你们喊他'田哥'。"

几个人都很热情地和"田哥"打过招呼。小伙子把敬留田的蓝色背包拽过来搭在自己肩上，一行人乱纷纷地往站口走。敬留田想，地宝说的"出门有人随行保安"可能就是这个意思吧。敬留田边走边朝街道两边观望，发现这座城市虽然不算很大，但干净整齐，让人感觉很舒服。路面铺的不是水泥，是黑色炒砂，很平展，脚板踩上去，感觉没有水泥那么硬。街道两边的树木是新栽的，树兜边堆着新鲜的黄土，树干上缠着草绳，支着木撑。对敬留田来说，这座城市是陌生的，他只对这些树感到亲切。只可惜叫不出它们的名字。在敬留田的印象中，毕兹卡山上没有这种树。再就是一排排整齐的房子。这里的房子就好比母猪生下的一窝猪崽，都是一个样子的设计，数数窗户，居然都是七层高。山里人的房子都不是一个样子，张家李家分得很清楚。敬留田有些纳闷，城里人把房子修成一个样，醉酒或是夜里怎么找回家？他们就不怕走错门道？

在一条主街的中段，敬留田被走前面的地宝带进一条巷子。不久，他们爬上五楼，往过道的尽头走。过道两边有几扇门敞开着，里面的主人都探出头来和地宝打招呼，样子神神秘秘，就像暗藏着一场预先商量好的阴谋。午饭才过去不久，各种油烟气味汇聚在逼仄的过道内尚未散尽。敬留田本来有轻微鼻炎，油烟味在他的鼻孔里像只毛毛虫在爬。他使劲抽了两抽，打出一个舒服的喷嚏，高分贝的声音夹着毕兹卡的山野之气在两边墙体上乱撞一气。

房间内陈设简陋，卧室与客厅的隔墙并没封上顶。卧室内摆着两张钢架单人床，床上是小商店买来的军绿色被子。客厅中间置一张北京桌，三把高低不一的木椅，还有两个塑料凳子。

敬留田在电视里看到的豪华宾馆不是这样子。他说："地宝，你就住这里？"

"是呀，不好吗？"

敬留田没说不好，他只是疑惑："你不是说住豪华宾馆吗？这一点都不阔气。"

普通话小伙反应很快，他接话说："田哥，这一室一厅、一厨一卫的房子，相当于五星级宾馆的总统套房。你没住过宾馆，你不懂。"

看得出来，地宝对小伙子的表现很满意。他拍拍敬留田的肩膀："哥，我们兄弟一起出来创业，眼下条件是艰苦点，等你将来发大财了，我们就搬到省城去，住真正的大宾馆，好好享受生活。"

"是的，只要我们齐心协力，幸福的生活就在前方向我们招手！"小伙子的话让敬留田觉得有点搞笑。

敬留田明白这就是自己将要住的地方了。他听毕兹卡打工回来的人说过，在外打工吃住条件都十分简陋。有的人就住在工棚里，上面盖着油毛毡，周围用边角余料的木条打桩，再圈上塑料篷布，里面不通风，不过气，大热的天就成了蒸笼，能把人蒸成肉包子。比较起来，地宝这儿的条件算不错了。自己是出门搞钱的，条件将就点没什么，只要能搞到钱就行。

半个下午，地宝都在向"田哥"介绍这座新兴发展的城市。

江门县位于中国西南边境，原来不过是江都市下面的一个小镇，本地土著居民不过区区万人，是国家西部开发战略赋予了这里蓬勃的发展生机。几年前，江都升格建市后，把这里建成了江门县。这里四季如春，气候宜人，宾馆都不装空调，最多只安太阳能。一条河流绕过大半个城市后滔滔东去，汇入澜沧江。

"你猜这座城市现在有多少人口？"敬留地慢慢绕到正题上去了。

敬留田当然不知道。他怎么会知道呢？

"告诉你，整整十万人。你随便上街，都会听到来自全国各地不同的口音。"

敬留田心里在默算着一笔账。按照地宝的说法，就等于有九万外地人涌进这个城市来了。他们来干什么？

"都是来投资做生意的。参加国家西部建设，谁赶在前头谁就抓住了机遇，拥有了财富。田哥，你现在也成了我们中间的一分子。"

“怎么投资呢？我只有点点钱，还不够塞牙缝。”

“重在参与，并不在钱多，五千元你就可以当老板。”地宝开始给“田哥”算账，“你在我的名下投入五千元，再发展三个人，他们就成了你的三条财富线。你要做的工作就完事了，就只等着分红了。事情就这么简单，给你说多了没用。”

五千元不是问题。敬留田是带了钱来的。他关心的是自己的钱投出去，要多长时间才收得回来，能赚多少钱。

敬留地告诉他：“一年时间，你起码能赚回一百万。”

“我只投本五千元呢，你是不是算错账了？”敬留田对地宝的话有些怀疑。

地宝肯定地说：“你只要按我说的坚持下去，赚一百万没问题。我都亲眼看到有人赚回去了，你是我堂哥，我不会骗你。”

“什么生意赚钱这么快？你不是搞邪门歪道吧？”敬留田记得有人说过，西南边境贩毒可以赚大钱。他有些不放心：“来路不正的钱我宁肯不要，我怕坐牢。”

敬留地就给“田哥”举例说明：“就拿修高速公路来说吧。你的钱投进去了，公路建成后是要收费的，你知道一天能收多少钱？等公路成本收回来，再就分红给你。公路上车流不断，钱也就像龙头里的水一样哗哗地流。你说钱拿得完吗？”

整个下午，兄弟俩都在围绕搞钱的话题讨论。与其说敬留田是被地宝说服了，不如说是让他搞糊涂了。高速公路上的钱分分秒秒都在进账，谁都算不明白。敬留田相信了，这是一本万利的投资，稳赚。

邮政储蓄所门口排着长长的队伍。敬留田随地宝在街上转了半天，发现这里的人是最多的。他搞不明白，怎么会有这么多人存钱取钱？他也是来存钱的，不，按地宝的说法，他是来投资的。自己兜内的五千元，大半是自己积攒的钱，有一部分是老妈卖猪的钱。现在，这些钱要让地宝打进另一个账户上去，而且他不知道账户的主人是谁。他能够得到的只有一个开户账号——一个能存钱取钱的本本。地宝说过，五千元投进去以后，陆续就会有钱打进自己的账户，投资产生的效益就会让他本本上的阿拉伯数字像雪球一样往上滚。前面只有四五个人的时候，地宝对敬留田说：“你把钱拿出来点好，免得耽误时间。”

敬留田就开始掏钱。他的钱不是放在一起的，夹克口袋内放了一部分，裤袋皮包内也放了一些。地宝见他把钱分开放，就阴阳怪气地说：“田哥，你蛮狡猾呢。”

敬留田说：“我怕‘夹夹匠’。”

敬留田从皮包内搜出两千元的时候，他看到了老娘的照片。那是他出门时带在身上的，想娘的时候就可以拿出来看看。临走时，娘让他把背包放下来，要他脱下贴身的衬衫。敬留田不解：“妈，都穿好几天了，到了那边我就换洗。”娘说：“不洗才好，留下吧，妈要把它放在身边，想你的时候就闻闻你的气味。”敬留田鼻子一酸，扭过头去脱下了带着体味的内衣，交到娘手上。然后，他进屋从写字台的玻璃板下取出娘的照片悄悄揣上。这时，他看到了娘的目光，娘的眼神里有嘱咐、有期待、有牵挂、有不舍……他想起了娘说给他的一番话：“儿啊，出门在外，照顾好自己，要走正道。硬是搞不到钱，带个媳妇回来也好，我们过平常日子。”他有些迟疑了，他不明白能不能这么轻松赚钱，他担心自己的五千块打了水漂。

“快点啊，田哥。”地宝在催他。

敬留田在递过钱去的时候，嘟囔着说了一句话：“地宝，你，你能不能给我写张收据？”

地宝一把抓过钱，很不耐烦地说：“说得好好的，真是！”

就在地宝抓钱的时候，敬留田的皮包内掉出一张纸片。他捡起看了看，是“安鹏湘菜馆”女老板的名片。

四

本来，敬留田和敬留地是完全可以留在“安鹏湘菜馆”打工挣钱的。

吃完那顿窝囊的午饭，兄弟俩准备结账走人。女老板说了，这顿饭她请客，免单。但敬留田不打算占人家便宜。山里人有山里人的骨气，不管敬留地愿不愿出钱，敬留田还是坚持到吧台结账。不过，敬留田结账有他的原则，他只结自己点的菜，啤酒鸭和啤酒他没点，是女老板送的。送的是人情，他不想埋单。他先就问过雀斑女孩，饭钱是按人头算，每人两块钱。敬留田闷算了一下，一盘白菜、一个麻婆豆腐，再和饭钱算在一起，刚好五十块。他拿出一张红票子，就在快要递给吧台的时候，手突然缩了回来。他怕服务员不找零，自己吃亏。他不能睁着眼睛上这个当！他把大票收回去，在兜内和皮包内一阵翻找，总共只凑齐了四十五元，他问敬留地："你有五块零钱吗？借给我。"

敬留地正犹豫着是否埋单，一个穿西装打领带的男孩子走了过来。他挡开敬留田捏着零钱的手，彬彬有礼地说："两位不要付账了。我们老板想请你们上去谈谈。"男孩稍微欠欠身子，伸出的右手指向大厅东侧的电梯。敬留地想了想，把一双手背在背后，朝敬留田甩了甩脑袋说："谈谈就谈谈，走！"

敬留田从没坐过电梯。电梯启动的一刹那，他的身子晃了一下，一只手本能地搭在敬留地肩上。敬留地看了西装男孩一眼，男孩一直保持着原来的姿势，目光没有任何游移，脸上也看不出什么表情。敬留地拿掉肩上的手。电梯的指示灯跳到"8"字停下来，男孩伸出手做了个"请"的动作。敬留田不相信这就到了八楼，他心里不踏实，出电梯门时脚抬得有些高。

男孩的敲门声惊出里面"汪汪"的狗叫。一只雪白的马尔济斯狗长毛纷披，两只眼睛凹进去，只把小黑嘴凸出来。这只有着纯正血统的外国狗对敬留地兄弟很不友好地吠叫着，直到女主人叫一声"Kimi"，它才忸怩着身子哼唧回到主人身边。女老板的办公室很大，有农村堂屋那么大。大班台像一张乒乓球桌子，桌上放了一红一白两部电话，一台笔记本电脑，两面小国旗，电脑左边有个大理石雕花笔筒，右边是一个好看的球状瓶子，上面坐着带刺的仙人球。办公室的左侧有一排棕红色真皮沙发，旁边是两盆生长茂盛的植物，椭圆形的叶子很大。敬留田看了看，没认出来。

男孩泡完两杯茶，放在沙发前的玻璃茶几上，然后轻手轻脚带上门退出去。这是个明媚的午后，阳光跳过窗台，从半遮半掩的浅蓝色窗帘上漫进来。女老板从大班台后面走出，站在逆光的位置。窗帘上竹枝的投影罩住了她的身子，给人一种恍然站在舞台的感觉。她开门见山说："看得出来，你俩是从大山里出来打工挣钱的。"

"山里人怎么啦，打工挣钱又怎么啦？"敬留地吃了怄气饭，心里颇不爽快，话里带着辣椒味，很冲。

"别误会，我绝没有瞧不起山里人的意思，实话跟你们说吧，我娘家就是大山里的，我能在这个城市混下来也只是个意外。"说话的同时，老板点着一支女士烟，深吸了一口。吐出来的烟雾尽管遮掩了她的脸，但说话时掠过眼神的那丝忧郁和掩藏在眉宇间的一抹苍凉还是让敬留地捕捉到了。

"跟着我干吧，我可以让你俩发财。"女老板最后抛出的信息让兄弟俩有些无措。

"我们是大老粗，你这里的事情干不来。"敬留地在江门的事业不能半途而废，他对女老板的诱惑不感兴趣。

"我需要你俩干的事情其实很简单，报酬也是很可观的，希望你们考虑一下，不要轻言放弃。"女老板的话字斟句酌，就像是在背台词。

敬留地一脸索然："我不相信世上有这样的好事。就算天上掉馅饼，也砸不到我们头上，我们没有这样好的运气。"

"年轻人，你是要我给个理由吧。"女老板在烟灰缸内摁灭了烟头，然后象征性地拍拍手说，"理由很简单，我对你的机智和果敢，再就是你兄弟力大无比的身体很满意。我这么说，你明白了多少？"

敬留地似乎明白了什么，他其实什么也不明白。

一直恍若梦中的只有敬留田。他沉不住气了，有些迫不及待地问："到底做什么事情，你每月开我们多少钱，你说清楚点。我们出来反正是搞钱的，有奶就是娘。"

"对不起，在你们没有答应之前我还不能告诉你做什么事。至于开多少钱，我可以这么说，比你们想象的绝对要多很多。换一种说法，你们光凭打工一辈子也可能挣不来那么多钱。我只能说到这里了。你们考虑考虑吧。"女老板回到她的座位上去。她唤了一声"Kimi"，那只宠物狗就噌的一下跳到女老板身上。女老板开始和她的“Kimi”旁若无人地逗乐。

“不用想了。我只问老板一句话，如果我们不答应留下来，今天是不是就走不出你的湘菜馆？”敬留地有了担心。

“哪里的话。如果这么处事待人，我在江都市早就混不下去了。”女老板站起身，做了个优雅的手势，“两位放心地从我这儿出去，我保证谁也不敢动你们半根毫毛。我这人只相信缘分，从不干强人所难的事情。”

“那就多谢你的招待。”敬留地歪了敬留田一嘴，“我们走！”

“慢着——”女老板从台面盒子内拿出一张名片，对走在后面的敬留田说，“这位兄弟，带上吧。如有用得着的时候，请联系。”

这张名片就这么留在了敬留田的衣兜内。

现在，敬留田把捡起来的名片收好。他觉得女老板是个蛮好的人，不知地宝为什么不愿留在那里。

敬留地在窗口办完手续回来了。他把钱存进了一个敬留田不知道的地方，交给他的是一个存折本。

兄弟俩回到房间的时候，敬留田发现房门口堵着个女人。这女人最扎眼的地方就是屁股大，有洗脸盆那么大。女人的脸像打过霜一样，冷硬如铁。她把左手叉在水桶腰上，右手伸出来，食指跷成兰花状，戳着敬留地的鼻子说：“好啊，你个瘟猪，老娘打你电话你居然不接，还关机，回来也不吭一声，老娘还以为你死了呢，什么意思喽？”

女人的声音像打锣，没遮没掩地在过道内乱撞一气。有两颗脑袋从门口探出来晃悠一下，见门子不对赶紧缩了回去。敬留地涎着脸，用半生不熟的普通话讪讪地解释：“大姐，你误会了，我怎么敢不接你的电话呢？我手机是没电了，这不——”他从皮包内抠出一张银联卡，“我和我兄弟刚到，钱还没取哩，你就放心吧。”

“哼！”大屁股女人把兰花指翻成巴掌，说，“老娘不听你闪，要么给钱，要么交钥匙。想坏我的规矩，没门！”

看样子不交房租，连门都进不去了。敬留田对地宝的难堪看不下去，好歹是自己兄弟，让这个一身肥肉的女人欺负，他心里憋屈。他问大屁股："多少钱？我有。"

女人接过两千元，指着敬留地说："你连一个乡巴佬都不如，怎么不去跳河？澜沧江又没捂盖。"说完这句话，她扭着水桶腰走了。

地宝的眼里喷着火，直朝老板娘的背影射去。他牙帮"咯咯"地咬紧，两只手攥成拳头。敬留田听到了指节屈折的脆响。

晚饭是在隔壁吃的。有操普通话的小伙子、他媳妇、还有个半老的男人。整个吃饭的过程，男人都在嚼一根剥皮的大葱。他拿葱头戳着浓油赤酱的碗，筷头上挑着的两个白面馒头消失得没有声息，屋子内只剩了牙齿咬噬大葱的"嘎嘣"声。地宝急急地扒拉两碗饭，说："你们慢着吃，我还要带着哥去广场逛逛。"

广场就在政府大楼的前边。兄弟俩赶到的时候，已经容纳了不下万人。敬留田发现这些操着不同口音的人，正随着音乐的节奏跳广场舞，人头涌动像茅缸内的一窝窝乱蛆。前面的电子屏幕上，自作多情地播放着什么片子，内容好像是依法打击传销之类。广场四周，有巡逻警车在转。车上坐着穿短袖制服的警察。他们腰间别着长长短短的家伙，看上去甚是威严。地宝指着人群说："哥啊，这些人来自全国各地，都是来参加国家西部建设的。想不到你也成了一分子，人多力量大啊。"听了这话，敬留田心里不知怎么没着没落的。

后半夜，敬留田被隔壁的吵嚷声惊醒了。隔壁住着普通话小伙子一家人，包括小伙子的女朋友和他吃大葱、馒头的爹。地宝给敬留田介绍过，他在网上认识小伙子后，小伙子带着家人从遥远的吉林南下，跟随他打拼天下。吵嚷声越来越大，后来还有东西被砸碎的声音。敬留田想起床过去劝劝，可是，外间的钢丝床翻得吱嘎吱嘎响，地宝跟没事一样继续装睡，他也不好插手。没多久，房门被敲得"咚咚"响。敬留田听到了地宝和小伙子的对话。

"敬哥，我爸死活不干了，嚷着要回去。你帮我拿个主意吧。"

"我说过，再坚持几个月，情况就好转了，他怎么就这么糊涂！我没什么主意好拿，他要走就让他走，他将来会后悔的。"

"可是，死老头子要我给他车费。你借我一点钱吧，等我有了进账就还你。”

“老子刚付了老板房租，哪来的钱？他要回去，就让他讨米回去。”

小伙子好久没说话，后来，敬留田听到了关门声。他再也睡不着了，隔壁的争吵声明显弱下去，传来的是一个成年男人吼吼的哭声。敬留田脑子里塞满疑问：地宝不是说自己干得好好的嘛，怎么连房租都交不出来呢？隔壁小伙子在地宝面前像条哈巴狗低眉顺眼言听计从，地宝怎么就狠心不肯借给他钱呢？难道真的是越有钱的人越抠吗？再就是自己的那笔投资，不知道到底能赚回多少钱，自己应该跟着地宝干些什么？外间的单人床一直“吱吱”响个不停，想必是地宝也没睡着。敬留田从一堆乱麻中理不出头绪，后来昏昏然睡了。

天快亮的时候，敬留田被楼下的骚乱声惊醒。他迷糊着睁开眼，屋内还是一片黑，只有窗外楼下的路灯反射出一点微弱的光亮。他爬下床，趿拉着拖鞋，推开铝合金玻璃窗，看到了楼下马路上惊悚的场面：一具男人的尸体四仰八叉，好几个人围在尸体旁边，嘁嘁喳喳地议论着什么，两柱手电光直往楼上扫，像要寻找什么疑点，有人正对着手机不耐烦地喊：“喂，110吗，有人跳楼啦！怎么还不来？”敬留田目测了一下，男人坠楼的位置正在隔壁小伙子窗下。联想到隔壁夜里的吵嚷和哭声，他有了一种可怕的预感。地宝这会儿正睡得死沉，对楼下发生的一切浑然不知。等敬留田把他拍醒，再走到窗边一看，地宝脸上顿时变得白刷刷的：“快，我们收拾东西，走！”

“怎么回事啊，我们要去哪里？”敬留田云里雾里。

“我认出来了，跳楼的是隔壁老头子。”

“关我们什么事呢？又不是我们把他推下去的。”敬留田心疼昨天才交出去的两千元房租。

“没时间给你解释。”敬留地一边慌忙火急地收拾着衣物，一边催促敬留田，“隔壁一家子都是我的下线，老头子一死，我摆不脱关系。还不快走，等警察一来，我们就走不脱了。你是不是想我去坐牢？”

听敬留地这么一说，敬留田也不再犟了。好在他的背包都还没有散开，简单拾掇拾掇，背上肩就走。

小伙子两口子显然还蒙在鼓里，敬留地兄弟俩轻手轻脚地从过道内逃出大楼。

下了楼，地宝把敬留田带到一个隐蔽的墙角，把包塞进他手里，让他在这儿稍等。没多久，地宝就回来了。他悄悄抵近现场，对跳楼者做了最后确认——千真万确就是隔壁的半老头子。于是，逃跑成为无可犹豫的选择。

五

地宝在这座城市混的时间不短，环境熟悉。兄弟俩七弯八拐跑到城郊接合部，刚上一条简易公路，拦下一辆出租车，就听到了警车“呜啦呜啦”的警报声。

他们逃到江都市。按说，在城市是最不安全的，但地宝对这件事情心里有底。说破老天，半老头子的自寻短见与他一毛钱关系都没有，但这样的事情一出，他们的传销团队再也不可能在江门生存下去。说句良心话，江门县对从事传销的外来人一直是友善的。全国各地那么多人涌向这里，拉动了地方消费，搞活了资金流通。政府出于感恩，对传销一直睁只眼闭只眼。但现在闹出人命，当局再也别想又当婊子又立牌坊，捂也捂不住了，一定会假装正经地动作动作。所以，地宝手上虽没有命案，但作为死者的直接上线，职能部门如果薅住他，只好拿他开刀，至少是要赔钱的。可地宝现在穷得卵蛋精光，他除了溜之大吉，还能怎样！地宝相信，只要自己逃出江门就安全了，警察不会为这件事拨草寻蛇的。

他俩选择一家私人旅馆住下来。五十元开了个标准间，是敬留田登记的身份证。进了房间，把包扔下来，两人的情绪都很低落。敬留田说：“地宝，我回不去了，得找个地方打工挣钱。”

敬留地知道“田哥”在想什么。敬留田出门时，东拼西凑带了七千多元，入伙传销加上垫付房租，手头所剩无几。他如果就这么两手空空地回去，对老妈没法交代，他自己脸上也过不去。说到底，这个结果都是自己一手造成的。自己如果不把“田哥”骗出来，他哪里会亏这么大笔钱呢？

现在，“田哥”肯定在心里恨死自己了，只是他嘴里没说出来。他不说，反而让敬留地更加自责。他感到自己有责任帮“田哥”把损失补回来，只是按敬留田说的去打工，他才不干。他认为自己读过书，城里人能轻松赚钱他也做得到。再说，要他日晒雨淋靠卖苦力，干那些不是人干的事他吃不消，他就是饿死冻死也不会干！

“哥，谋事在人成事在天，你相信这句话吗？”敬留地想安慰“田哥”，“本来，我们的事顺顺当当，再过几个月，就可以结账走人，偏偏死老头子坏了我们的好事，这都是命啊。”

说到命运，敬留田反倒自责地说：“地宝，可能是我在走背运，也连累了你。你看，我一来，就把你的计划搞乱了。你不怪我吧？”

敬留田这么说，地宝心里更不是滋味。他说：“田哥，我们是兄弟，不存在谁怪谁的问题。再大的患难都要共渡难关。你放心，我一定想办法帮你挣到钱，但我不同意你去打工。”

“我有力气，你搞不起的事我可以帮你。”敬留田想不出搞钱的门路，他只想靠力气挣钱。

“在城市，只要肯动脑筋，搞钱的路子多的是。走——”敬留地感动在“田哥”的诚恳里，“我们先出去搞饭吃，慢慢想办法。我还有钱，不怕。”

这个午饭是在一家快餐店吃的。没点火锅，一碟油炸花生米，一盘凉拌耳尖，外加两个炒菜。敬留地毫不犹豫地要了两小瓶“红星二锅头”。何以解忧，唯有杜康。接连两天经历过的这些糟心事，只有在酒精的麻醉中才有可能消解。兄弟俩边吃边聊，边聊边喝。有了心事的饮酒最不在状态，喝着喝着都有了醉意。“哥啊，兄弟这些年在外面混得并不好呢。”

地宝这一说，让敬留田想到了他在“安鹏湘菜馆”举着啤酒瓶声嘶力竭喊出的那句话：“老子早就不想活了。”看来，地宝这么多年一直不回家，必定有他的苦衷。他还举着啤酒瓶子说自己坐过牢，不知是真是假。但这时候，掏他的那些老底很不恰当。敬留田相信他的兄弟地宝。地宝读过书，脑袋瓜子聪明灵活，人又长得潇洒，稍稍收拾打扮，比电视上的演员都不差。他给地宝打气说：“人总有个起落，运气会好起来的。等我们搞到钱，就回毕兹卡村过安稳日子。”

“哥啊，我就是不服这口气。”地宝又喝了一小口，开始发牢骚，“你说都是一条命，为什么城里人就那么有钱，我们就生来受穷？他们哪里吃过我们这样的苦！哥，你是在农村干过的，你说就是做到死的那一天，一个农村人能攒下多少钱？告诉你，卵都不值！”地宝把酒瓶杵在桌面上，发出很大的声响——他真的有些醉了。

地宝的酒量其实不大，他显然不能再喝了。敬留田也感到说话吃力。他想替地宝匀些酒过来，地宝却死抓着瓶子不松手。敬留田说：“地宝，你不要再喝了。我们还要回去商量事情，喝醉了吃亏。”

“他妈的……你知道……湘菜馆老板娘养的那只宠物狗值多少钱吗？告、告诉你，老子在网上查、查过，十几万呢。×他娘的，人家过的什么日子呀。”说完，地宝居然哭了起来。他是真哭，眼泪都出来了，像泉水往外冒，揩都揩不完。他的肘子扫过去还把一只碗扫落地上打破了。

敬留田赶紧结账，然后搀扶着地宝回旅店。地宝最后的话让他想起了自己兜内的那张名片，想起了湘菜馆老板最后留给他的话。他忽然有一种绝处逢生、柳暗花明的感觉。把地宝安放在床上后，敬留田迫不及待地掏出地宝的手机，照着名片上的号码打电话。可是，他鼓捣了半天，电话像只死老鼠，一直没打通。他以为是自己摆弄不好地宝的新鲜玩意儿，其实，地宝的手机卡早就在逃离江门县时下掉甩了。

坐在“安鹏湘菜馆”老板娘办公室是在第三天上午。地宝通过公用电话联系上以后，老板娘如约等在办公室。“Kimi”仍不友好，狗仗人势地狺狺叫。地宝也不转弯抹角，快语道：“老板，不怕你笑话，我们兄弟落难了，是来投奔你的。”

老板娘没有任何矜持和倨傲。她说：“放心，我一定兑现自己的承诺。我相信我没看错人。”

地宝说：“那好，请你现在就给我们做个安排。”

女人看了地宝脸上一眼，没有急于表态，而是抓过台面上的电话机拨号。稍后进来的还是那个西装男孩。老板先对地宝说：“不用慌，你额上的伤还没好彻底。等伤好了，我自有安排。”她回头叮嘱西装男孩：“两位是我的客人，给他们一个套间，生活上的事你负责安排好。另外，将他们的身份证复印给我。去吧。”

地宝还想问点什么，女人的注意力已经转移到“Kimi”。他第一次领略了寄人篱下的滋味，忍辱负重地拉上敬留田跟西装男孩走。

六

套房就在湘菜馆的八楼。别说是敬留田，就是地宝也是第一次住上总统套房。

进门是客厅，卫生间、自动麻将桌、电脑等一应设备应有尽有。柔和的灯光投到淡黄色的墙纸上，红地毯踩上去如在云端有轻飘的感觉。内间是卧室，也是带浴室的。一张宽大的床摆放在中间，床单雪白，枕头蓬松，看一眼就想睡觉。敬留田问：“地宝，这真是总统住的房子？”地宝做个怪样子说：“现在，你就是总统。”

接连几天，都是西装男孩和雀斑女孩陪着兄弟俩。

每天八点半钟，房间的门铃准时被摁响。雀斑女孩会把早餐送到房间。雀斑女孩送来早餐不会走，她就一直站在那里等他们吃完，然后收拾碗筷出去。女孩很细心，每天的早餐换着花样，麻辣牛肉米粉、黄豆猪脚面条、煎锅饺、小笼包、煎饼、油条、鸡蛋、牛奶、豆浆……送过几次，人就混熟了。敬留田有天开玩笑说：“妹子，那天把你吓着了，你胆子蛮小嘞。”

女孩说：“我怕见血。”

地宝玩笑说：“我哥也怕见血，你俩合得来。”

雀斑女孩看了看敬留田，脸一红，头一低，嗫嚅道：“我知道，你们其实都是好人。”

女孩这么一说，敬留田就活泛起来。他把一根油条递给女孩：“你也吃吧，我们反正吃不完。”

女孩看看敞开的房门，砸巴着嘴说：“我是打工的，不能吃客人的东西，让别人发现了要扣工资的。”

敬留田马上将房门上了反锁，把一杯牛奶塞给女孩说："快点吃吧，就当我们请客。"

女孩没吃油条，几大口就把那杯牛奶喝完了。她喝得很快，好像是怕被人发现一样。地宝想，女孩或许很想喝一杯牛奶吧，说不定她还从没喝过牛奶呢。地宝突然说："喂，妹子，问你个话，老板为什么不让我们下去吃早餐，专门安排你送？是不是有什么秘密行动啊？"

女孩从盒内扯出一片纸擦了擦嘴巴，说："我怎么知道呢？领班说了，我们打工的只认事做，不要问多话。对了，我不光给你们送早餐，领班还说了，你们房间的卫生也由我负责，我暂时不在餐厅点菜了，专门给你们当服务员。"

"那你向领班打听一下，问老板几时给我们安排工作。"敬留田补了一句。

女孩显得有些为难，两只手在胸前绞了一小会儿，说："我不好问，怕领班骂我。"

地宝挥挥手，把女孩支走了。

白天主要是瞎逛，西装男孩颇有耐心，领着兄弟俩徒步穿行在这座城市中心的每一条街巷，滔滔不绝地讲述着与街巷有关的掌故。地宝还发现一个逛街的规律：每次转来转去转到中午，西装男孩都会把他俩带到市中心一家固定的餐馆吃午饭。老板不是开着湘菜馆吗，为什么要花钱吃人家的？这分明是浪费钱嘛！地宝一直想不透个中蹊跷。有天中午，坐着点菜的时候，地宝突然有了新发现——在这家餐馆对面有个"安鹏画室"，画室的门敞开着，里面有穿戴光鲜的女人晃动。除了连锁店，一个城市不应该有两个署名"安鹏"的招牌。地宝的疑问自然就有了："安鹏是谁呢？"西装男孩解释说："安鹏是老板娘的丈夫，开一家画室，只把湘菜馆甩给老板娘经营。安总可有钱啦！"说着，他从西装口袋内掏出两张照片，递给兄弟俩每人一张。"这就是安总。"地宝看了照片问："安总不常去湘菜馆吧？我们没见过。"西装男孩深意地笑了一下："你们会认识的。"

这是第五天上午。

兄弟俩吃过早点后，在房间内欣赏"安总"的照片。"安总"长得一表人才，方脸大耳，阔嘴隆鼻，眉毛像两把刷子，眉心有黄豆大一颗红痣，年纪看上去四十左右，但实际年龄肯定要大些。这种特征的男人最容易让人记住。

“地宝，你说这女老板到底在耍什么花样？我们就这么闲住，她不开给我们工资，白吃白住也不少啊。”敬留田要地宝问问西装男孩。

地宝溜下床，照照镜子，发现额头上的伤好得差不多了。他说：“不等了，我们去找老板。”

这时门铃大作。女老板恰到好处地来了。

进来后的女老板一眼瞄到了茶几上“安总”的照片，脸上顿然拂过一丝冰凉的神色。“这几天休息得怎样？伤快好了吧？”

敬留田抢答：“感谢老板招待，一切都好。我们只想早点搞事，我们出来是搞钱的，玩着不习惯。”

“钱自然会有的，不要急。财赶人，人就有财；人赶财，赶不着的。”女人在房间内来回地走，说话像一位哲人，“其实，有一个道理你们暂时还不明白——钱并不见得是什么好东西。没有的时候，你会很想它，但等你真正有了很多钱，未必就是好事。”

“可是，我们现在没有钱，连基本的生活保障都没有。”地宝把那天吃饭点菜时夸下的海口全忘了。

“是啊，没钱有没钱的难处，有钱有有钱的悲哀。年轻人，你们要记住，钱，不要太多，够用就可以了。平凡是福啊。”

地宝觉得老板简直是在放狗屁：“那你说，到底要多少钱才可以？”

“这个数我还真说不准，要根据每个人的实际情况定。”女人把一只手托住下颌，略微沉思一下，“这么讲吧，就你们而言，我认为除了家庭的正常开销，账上存个十万、八万，能够勉强对付一场病病灾灾就可以了。”

地宝想：还十万、八万呢，老子现在穷得叮当响，兜内连八百块钱都没有。你是站着说话不怕闪了腰。

女人像是洞穿了地宝的心事，笑盈盈地说：“当然，跟我干，你们会有很多的钱，绝对不是十万、八万的问题，而且时间也不要太久。”说完，她就磕着半高跟往门边走，临出门，回头又撂下一句：“就在这两天，我会给你们派活。”

老板来过后的第三天上午九点钟，敬留田兄弟俩正式坐在老板办公室接受安排。大班台上放着的十万元现金把办公室的气氛渲染得诡谲起来。

老板娘拿一把尺敲着一摞钱说：“我准备花一百万请两位帮我杀个人，这是预付金，事成之后，再付给你们九十万。同意的话，现在就签合同。”老板的表情显得很随意。神态上看去，杀人对她来说好像是切一盘白菜。

她的话刚落音，西装男孩就把两份合同分别递给敬留地和敬留田。敬留田认不了几个字，听说是杀人，早就吓得脸都白了，拿着合同的手抖得很厉害。敬留地的目光在合同上扫了一遍，知道了个大概：要杀的人就是照片上见过的“安总”，时间限期一个月。

“老板，杀人是要抵命的。我们都是农村老实人，不能干这事。我们并没得罪你，那天吃饭的事也不能全怪我们，你不能害了我们兄弟俩啊。”敬留田的语气像是求情。

老板翘了敬留地一嘴，回话说：“自愿，完全自愿，还是听听你兄弟的意见吧。”

见敬留地没有急于表态，老板激将说：“做成这件事，我有多个选项，但对你们来说，机会只有一次。”

敬留地一掌拍在合同上：“老板，这个单我接了。我哥他听我的。我只有几个疑问——”

“但说无妨。”

地宝说：“你和这个人到底有多大的仇？值得你出大价钱取他的性命？我看，你的日子够爽了。”

“这是一个杀手不该问的问题，你破坏了江湖规矩。”女老板沉吟一会，转而又说，“不知你看过谍战片没有，想想，敌特在撤离前为什么要把城市毁掉？”

“我得不到的东西，别人也休想得到！”地宝似有所悟地点点头，“那么，你怎么会想到请我们兄弟帮你办事呢？社会上杀手多如牛毛，而且你开的价钱也不低，我们只是初相识，你根本就不知道我们的底细。”

“你是怀疑我的诚意吧。”老板说，“我雇凶有两个条件，一是不请专业杀手，那都是些亡命徒。他们杀人成性，指不定哪天犯在公安手上，把老娘卖了不得信；再就是不请身边知根底的人，那是埋在身边的炸弹，我懒得和他们纠缠。我只想做一锤子买卖。你们需要钱，我拿钱需要合适的人办事，事情就这么简单。我认定你们兄弟俩就是理想的人选，我只按自己的判断办事。再还有什么疑问？”

“还有，事成之后，我怎么相信你会把余下的九十万元给我？”

老板释然一笑：“你行凶，我雇凶，合同上白纸黑字落下我们双方的名字，我们就是拴在一根藤上的蚂蚱。到时候万一出事，你们大不了搭上命，我还要倾家荡产，人财两空。你还担心什么？”

“那好，只要你在合同上签字，我们兄弟就干。”

“地宝，你干我不干！”敬留田坚决表示反对。

“我说过，合同必须自愿。今天签不了不要紧，你们可以拿回房间商量一下，我等你们消息。”老板在两份合同上签下字，然后对西装男孩说：“后面的事就交给你办，你们要好好配合。”说话的同时，老板替男孩扯了扯稍稍歪斜的衣领。她这个多余的动作让地宝看出了某种端倪。见地宝的眼神有些异样，老板爱怜的情态马上换成一张严肃的脸，告诫男孩说，以后出入我的办公室，请注意你的仪表。男孩诺诺着退了出去……

七

“地宝，你真的要杀人？”

房间内再没有别人。敬留地嘘声说：“哥，我有那么蠢吗？那是死罪啊。”接着，他把自己的如意算盘说给敬留田听：“我们可以拿些钱出来找别人干，但这笔生意不能跑单。老板只认结果，她不会去管是谁杀的人。到时候，我们赚大头。”

敬留田听懂了，地宝的意思是要借刀杀人。“这个主意好是好，但万一找不到人呢？我们在这儿人生地不熟的。”

“现在这世道，不怕死的人多的是，想钱想疯了的也大有人在。你以为只有我们想钱？”地宝见敬留田有些动心，进一步蛊惑说，“找人的事包在我身上。哥，你只要在合同上签个字领钱就可以了，杀人的事你不用管。不认识人是好事啊，他只要答应杀人，最好是我们都不知底。”

在合同上写下名字，正要摁指印的时候，敬留田突然想到了一件事：“地宝，时间只有一个月，万一没人干，我们就违约了。老板会不会找我们算账？”

“退一万步没杀成，我们就跑，那十万元预付金就白拿了。”地宝的鬼点子果然多，“我们只是签了合同，又没给她打收条，完全可以不承认收过她的预付金。再说，这是犯法的事，她那么大老板，还敢为了区区十万元钱自己冒风险把我们告到法院？”

敬留田想想，真到那时候，老板只是哑巴吃黄连有苦说不出，就把指印摁了。

下午，兄弟俩把合同交给西装男孩。他们拿到了十万元预付金。西装男孩说：“老板交代过，在兑现合同期间，你们吃住就在这里，不会扣你们的食宿费。另外，除了我和收拾房间的服务员，你们不要接触店子内的其他人，免得惹出麻烦。等完成任务，你们就可以拿钱走人。”

地宝说：“吃住在这里可以，但你们不能干预我们的行动。否则，我们就撕毁合同。”

西装男孩说：“除了以上两条，你们的行动是自由的，希望你们成功、发财。”

男孩走了，房间内只剩下兄弟俩和那些钱。有那么几秒钟，两兄弟似乎彼此不认识一样，你看看我，我看看你，互相都看得不好意思起来。地宝突然像得了神经病，把一堆钱抓起来向上抛，然后一个筋斗翻上床，压着嗓门叫：“田哥，我们发财了！”

接下来，他俩商量着怎么分配这些钱。地宝还是够哥们义气的。他分给敬留田五万元，并承诺说外面请人的钱由他先垫付，等事成之后从老板那里拿了余款再算账。至于敬留田的钱怎么花，地宝都替他想好了：“田哥，先把你出门带来的钱给九英婶寄回去，免得她担心。再就是你要买一部手机，我们联系起来方便些，剩余的钱先存起来。”

“留点零用钱，其余都给我妈寄回去。”

地宝说："那不合适。你出来时间不长，打工都是按月结账，哪来的这么多钱？家里人会怀疑的。"地宝还说："把钱收好，我们先上街办事，然后好好潇洒一下，我请客。"

他俩在邮政储蓄都开了户。敬留田给家里汇去八千元，花一千多元买了个手机，账上存进了四万整。敬留田长这么大还是第一次有了自己的银联卡，他把卡片放进贴身衣兜内，隔不久就要在放卡的左胸位置按一下，按着那块硬硬的地方，那里有他起伏的心跳。

从签订合同起，每天三餐都由雀斑女孩送到房间。这天吃过盒饭，地宝留下女孩独自在房间内收拾，邀上敬留田溜上街。地宝油腔滑调地说："哥，你还没玩过女人吧，我带你开处去。妈个巴子的，我有个把月没碰女人了，都憋得受不住了。"

敬留田身上只剩下几百元钱。女人他真没玩过，他也想玩一玩，可他舍不得钱。他问："玩一次多少钱？"

"你不管多少钱，你只玩，我请客。"

敬留田不好意思，假装推辞了一下："你玩，我就不玩了。我只跟你搭伴。"

"兄弟之间，有福同享有难同当，分什么你我？老子玩过的女人都数不清了，你还是个童子身，死了阎王爷都不收你，说你糟蹋了男人指标。"地宝来火了。

说话间，他俩来到一家休闲中心。里面的灯光五颜六色，一闪一闪的，敬留田刚进门时感到不太适应。有个打扮妖冶的女人领着他俩进了里间小姐休息室。这里坐着十几个穿得很露的女子。她们都跟电影演员一样化过妆，很好看。领头的女人说："你俩自己挑，我们这儿的小姐个顶个儿。"地宝很快挑了个高挑个儿细腰身的。敬留田没好意思挑，他怕人家不愿意。结果，地宝替他点了一个胸脯大的。地宝塞给大奶子小姐两张钱，说："你今天运气真好。我兄弟还是个处男，本来要找你收钱的。"

大奶子把兰花指戳到地宝鼻尖上，嗲声嗲气说："哄鬼去吧，还处男呢，现在的处男要在幼儿园找。"

"老子跟你说真话，你还不相信，等会儿你试试我兄弟的火力就知道了。给你尝了鲜，别到时候不领情。”地宝又对领班女人说：“我哥第一次开洋荤，给你的人交代好，一定要服务到位，不然……”

女人推了地宝一把：“放心吧，到了这里没有搞不定的，你自己吃饱喝足就行。”

也真碰到鬼了，敬留田的家伙就是起不来。他第一次和一个素不相识的女人在一起吓得要命，他的心思根本没在女人身上。大奶子小姐很卖力，什么手段都使上了，但敬留田的男根就像一条冻死的蛇没有任何反应。后来，汗爬水流的两人都没信心了。女人顾虑说：“你鸡巴没用，不能怪我。”

敬留田很想要面子，但他又不甘心让女人白得两百元钱，就对女人说：“这样吧，你给我退一百元钱，我不跟我兄弟说，让你白得一百元。”

女人想了想，无可奈何地掏出一张钱，嗔怪说：“没见过你这样的男人，放老娘的鸽子。”

后来，他们都穿好衣服，坐在床上东扯西拉地说话，直到外面喊“到点了”才出去。

当着面，地宝问大奶子小姐：“怎么样？我兄弟是不是才破身？”

女人鄙夷地看了敬留田一眼，没说话。敬留田倒是见不得人似的，脸上红到颈根，像灌了猪血。他拉上地宝逃离了休闲中心。出了门，地宝缠着敬留田谈感受，好像他出了两百元钱，非要“田哥”给他个说法。敬留田逼得躲不开了，瓮声瓮气说：“没鸡巴味！”

这天吃过早点，地宝没让敬留田跟着出去。他说自己一个人去找杀手，人多了怕引起别人怀疑。他让敬留田一个人在房间待着，没事可以看看电视。直到午饭时，地宝还没有回来。敬留田担心他出什么事，就打电话过去问。地宝告诉他午饭不回来吃了，他正在联系人。

房间内只有敬留田和雀斑女孩。女孩坐在沙发上，见敬留田一个人吃得很香，就起身给他倒了一杯开水。就在递水杯的时候，女孩发现敬留田夹克上的一颗纽扣脱线了。她指着纽扣说：“田哥，你的衣服扣子快掉了，等会儿我拿针线帮你钉上。”敬留田一低头，果真发现了那颗纽扣，他干脆一把扯下来。抬头再看雀斑女孩的时候，他觉得这妹儿虽然脸上长着几粒雀斑，但仔细看还是蛮乖的。就在敬留田看她的时候，两人的目光相撞了，只是撞了一下，雀斑女孩就显得颇不自在。

下午，女孩拿了针线给敬留田钉扣子。敬留田要脱衣服，女孩不让，说是怕感冒，只把敬留田按坐在床沿上。女孩凑近去，一只手按住纽扣，一只手抽线，几把就钉牢实了。只是她力气单，最后的线头子扯不断，她俯下身用嘴咬，把一颗脑袋塞进敬留田面前。敬留田闻到了雀斑女孩头上的洗发水香味。他的一双手无意识地拢了一下，不觉间就把女孩拢在怀里了。女孩没有挣脱的意思，敬留田也还没想好下一步该怎么办。这时候，门口咳了一声，地宝回来了——女孩进门来走得急，竟然没把门关死。

雀斑女孩埋着头，从地宝身边飞也似的逃走。

八

地宝把一包东西倒在沙发上：两双女人的黑色长筒丝袜，两根三节手电筒，一把铁榔头，一卷尼龙绳子，最扎眼的是那把匕首，闪着幽幽寒光。

“真要杀人？”敬留田看着这些物件，说话时牙齿都在打战。

地宝无所谓的语气说：“不是真要杀人，但得做做样子，不买几宗东西回来，老板追问起来怎么交代？”

“你找着人没？”

“你以为邀人下馆子？世上哪有那么容易的事！”地宝说着话，把一只袜子往自己头上套。新袜子太紧，套了很久才套严实。“你看看，认不认得出我来。”

敬留田看着地宝鬼魅的脑袋，觉得好笑，说：“跟电视里的蒙面侠客差不多。”

地宝揭下头套，满意地笑笑。他忽然跳转话题说：“田哥，你是不是把雀斑女孩干了？”

“哪里的话啊，她是给我钉扣子，让你撞上。”敬留田急赤白脸地扯开夹克领子解释，“不信你看，就是这颗，刚钉上的。”

地宝才不看，他只说："你怕什么，早点搞到手带回去。九英婶想抱孙子都想癫了。"地宝换成一张严肃的脸，"哥，我只叮嘱你一句话，不管你和雀斑女孩好成哪样，我们的秘密绝对不能告诉她。这是掉脑壳的事，开不得玩笑。"

敬留田说："我晓得，我又不蠢。"

接下来的日子，地宝都是放单在外面跑，说是联系杀手。有天晚上回来，地宝情绪低落，澡也不洗就躺上床唉声叹气。敬留田问他是不是遇到了什么麻烦，地宝说："现在的人一个个都鬼精，张开血盆大口要钱。搞钱多不容易啊。"

敬留田想到了地宝告诉他的那个主意。"我们跑了算了，手头也有了几万块，人心要知足。"

"还有九十万呢。"地宝说，"那么多钱，我们一辈子，甚至几辈子也挣不下来。哥，别的事你不管，你就天天待在房间内，和雀斑女孩玩，把他们稳住。"

正在这时，老板打电话来了，催问事情的进展。地宝说："老板，你放心，东西都备齐了。这几天，我正在踩点，准备工作不做好不好下手。"

挂了电话，他又对敬留田说："田哥，我是真心希望你能把雀斑女孩拿下来，带回去过日子。看得出来，她是个善良女孩。我的眼光错不了，一个见了血都晕倒的女人心肠绝对不坏。我不比你，毕兹卡村我是不会回去的。我知道那是生养我的地方，我的根深扎在那里，不是我要忘本，我真的不想回去，因为那里太穷了，离我的生活追求太远太远。"

敬留田听得不太明白，也未做回答。两人后来又杂七杂八地扯了些闲话才睡去。

有了钉扣子的铺垫，敬留田和雀斑女孩的关系进展很快。这又是吃完午饭后的闲暇时间，房间内只有孤男寡女，交谈是免不掉的。

女孩先开口："田哥，你们到底是干什么的呀？"

"打工啊，搞钱啊。"敬留田没想到女孩会突然问这样的问题。

女孩嘟着嘴："骗人吧，我们老板只差把你们当菩萨供着，我们这样子才是打工的。"

敬留田想起地宝叮嘱过的话，马上哄她说："真的，我和你一样，就是打工挣钱的人，我的家在湖南大山里，你见过大山吗？"

"你看不出来？我是从大山里出来的。"女孩说，"张家界就在你们湖南吧？我只没见过张家界的山，听说那里的山才是世界上最好看的山。"

"等我办完事，我就带你去张家界玩。你愿意跟我去不？"敬留田不知不觉说漏了嘴。

"我家在贵州，有三个妹妹、一个哥哥、一个弟弟。"女孩幽幽地说，"出门打工的时候，爸妈说了，在外面找个能有饭吃的地方就行。还说……"

女孩的后半句没说出来，但敬留田能猜出个大概。他的心被什么东西拽了一下。"跟我去吧，我保证让你吃饱饭。我有力气。"敬留田把袖子挽起来，亮出粗粝的肌肉。

他的样子很搞笑。女孩"扑哧"一声，说："你不跟我说真话，我也有秘密不告诉你。"

敬留田看了女孩一眼，她的眼神里仿佛真有什么秘密。"你不说出秘密，我就欺负你。"

"你敢？"

"这里没人给你帮忙。"说着，敬留田就把手伸向女孩的胳肢窝挠她。雀斑女孩最怕别人挠痒痒，她笑得软绵绵的，肉溜溜的身子就像一团火在敬留田的怀里扭来扭去。突然，敬留田一把搂紧女孩的身体，张开嘴巴像一条要喝水的鱼。女孩也仰着脸，闭着眼睛，嘴巴像电影里的慢镜头一样往上迎……

讨厌的门铃声阻断了两张嘴的距离。

雀斑女孩去开门。见是地宝，她没有上次那样无措。她喊出一声"地宝哥"，头发一甩，嘴一抿，就像风中的一片树叶飘出了房门。

入夜，兄弟俩又躺在一张床上。离合同约定的时间只剩十天，地宝说："杀手找到了。"

敬留田一惊："谁？"

地宝的目光直直地投在墙顶上："哥，不多问了，你还是不知道为好。

这样的事情你干不来。”

敬留田当然明白地宝的心思，他是不想连累兄弟。但敬留田还是替地宝担心：“我可以不打听，你自己要把握好。”

“人为财死鸟为食亡。妈的，无毒不丈夫，我干完这一票就收手。”停了一会儿，地宝又说，“哥，看得出来，雀斑女孩喜欢你。如果我有什么情况，或者发生什么不好的事情，你就带着她回家，不要管我。”

地宝的话里透着不妙的暗示。敬留田想到了揣在身上的银联卡，“你带我出来搞钱，兄弟之间有难同当，我不可能丢下你不管。”

“其实并不会有什么事，我不过随便说说。”

第二天，地宝出门时将放在衣橱内的那包东西带走了。而且一连两天他都在外面晃荡，白天也不回房间吃饭。第三天午后，等地宝一出门，敬留田就像一条尾巴跟上去。他想知道地宝到底在干些什么。地宝最后去的地方还是“安鹏画室”对面的那家餐馆。敬留田躲在一棵大榕树下，透过餐厅玻璃看到地宝就坐在大厅靠东的角落。桌边的人除了西装男孩，还有个年轻人好生眼熟，敬留田一时想不起来。

敬留田拨通地宝的电话，假装问他在哪儿。地宝没有撒谎：“我在外面陪朋友吃饭呢。”

敬留田说：“不会有事吧？要不要我过来帮你？”

“会有什么事？放心玩你的吧。”

敬留田听着电话，看到他们几个推杯换盏，心想地宝应该不会有事的，随后就悄悄回了套房。

敬留田一直想不明白，女老板雇凶杀人这么大的事，竟然没有瞒着西装男孩。她就不怕西装男孩说出去？晚上，地宝告诉他：“你知道西装男孩是女老板的什么人吗？”

敬留田说：“当然是下人。”

“你屁都不懂。”地宝在床上翻了一个身，说，“他是小白脸。”

敬留田并不知道小白脸是什么，心想，西装男孩的脸蛋子还真是白得漂亮。

九

这个午后，房间内依然只有敬留田和雀斑女孩。

电视里正在播放一部外国片子。床戏的画面激情似火，男女主人公在宽大的床上翻来滚去，像两条耍水的鱼。敬留地和雀斑女孩都屏住呼吸，迷醉的目光很不自然地飘忽着。房间柔和的光影里弥漫着暧昧的气息，洁白的床单散发出浆洗过后的香味。雀斑女孩仰躺在床上，来自体内的燥热让她解开了外衣的胸扣。她似乎在等待着什么。敬留田把目光从电视上移开，看到了床上的女孩和她敞开的胸脯，那里春花秋月，山高水长。敬留田不能等待了，他激情地拥上去。他们的衣服在慌乱中剥离，胡乱丢在地毯上。此刻，敬留地成了一个威猛的骑士，身披铠甲，长槊在手；女孩成了他胯下的奔马。负载着骑士的奔马喷鼻仰脖，马蹄声碎；驰骋沃野的感觉唤醒了蛰伏在敬留田体内的雄性，沉睡了三十多年的欲望之水卷起惊天骇浪。最后，他长声啸叫杀入敌阵，千里奔袭的眩晕里，他看到大地上鲜花盛开，花丛中蜂飞蝶舞……

“你成了我的男人，这辈子我就跟定你了。”缓过气来后，雀斑女孩说了第一句话。

敬留田说：“你该把秘密告诉男人了。”

女孩想了想，说：“田哥，我俩都好成这样了，我就不想瞒着你。老板表面让我伺候你们，其实是要我监视你们。你们和老板到底搞些什么鬼名堂呢？”

敬留田反而不敢说话了。他把眼神游移开去，策略地问：“哎，你们老板两口子关系怎样？”

雀斑女孩知道的也不多。她告诉敬留田，老板两口子打冷战好几年了。“安总”和画室的徒弟女孩搞上后，向老板提出离婚，答应把湘菜馆给老板。老板不答应。“安总”身价过亿，老板觉得太亏，她不能便宜了“小妖精”，就是拖也要把他们拖垮。雀斑女孩最后的问题是：“你问这个干什么？与你们有关系吗？”

"当然没有。他们离不离婚不关我们的事！"敬留田预感到了什么。他建议女孩说："你向老板辞工吧，过几天跟我回去。"

女孩幸福地点点头。女孩的工资按月结账，她说要走也要等结了工资再走，她舍不得那笔钱。最后，女孩羞赧地说："如果不方便的话，你可以到我那里去玩，我在附近租了房子。"敬留田明白不方便是什么意思，又把女孩按在床上做了一次。

出事的那天晚上，敬留田和雀斑女孩在外面散步。

接连几个白天，他们吃完饭就躲在女孩的租房内，没完没了地做着同一件事情，把身子弄得很软。这天晚上，月亮又圆又亮。女孩提议说到街上走走，敬留田在房间憋闷的时间很久了，也正想出去散散步。女孩学着城市里的时髦女子，把手吊住敬留田的胳膊，脑袋幸福地依偎在他身边，两人在昏蒙的街灯下影影绰绰地走。他俩先来到繁华热闹的商业步行街。经过一家女装店的时候，敬留田的脚步不经意地迈了进去。他在一条紫花裙子前刚留步，导购小姐就取下来比画着要雀斑女孩试穿。女孩骨子里是想要这么一条裙子，先还羞羞答答地推辞一番，然后就让导购推着拥着进了更衣室。从里面出来往试衣镜前一站，裙子就像是比着身子剪裁的款式，穿在身上有棱有角，让雀斑女孩显出几分娇羞，样子煞是好看。敬留田想给女孩买下，问价要一千多。他身上没有那么多现金，雀斑女孩也坚称不要那么贵的礼物，他们就逃也似的走了，留给导购一脸的索然。

后来，两人来到沿河马路。这里有一排亭子，可以供人休息赏月。他们抵达的时候，长廊上已经坐了些人，有几对情侣旁若无人地做着亲昵动作。受到他们的感染，敬留田和雀斑女孩也挑个落空的位置坐下来，他们只是把两双手绞在一起，不停地摩挲，两颗脑袋顶牛一样触碰着。他们说了很多话，内容都是家乡和童年趣事，还有，就是憧憬未来。

敬留田扭身指着背后遥远的天空说："我的家在那个方向。过几天，我们就可以看到妈妈了。"

"她会喜欢我吗？她还从没见过我。"

"我妈肯定喜欢得不得了，就和我喜欢你一样。"

"田哥，你出门打工搞到钱没有？"

这个问题吓了敬留田一跳。他下意识地按了一下胸前那块硬硬的地方，“钱是搞到了一点，但不多。你放心，我会让你和妈妈过上好日子。”

雀斑女孩说：“不要紧，你没钱我有。这几年打工，我的钱都存起来了。爸爸妈妈说过，家里不需要我的钱，我自己嫁自己。”

孩子生多了养不过来，雀斑女孩的父母是希望女儿自寻生路。敬留田把女孩拢了拢，一时无话。

恍兮惚兮，时间不知过去了多久，亭子内的人陆续散去，月亮好像快要沉入远处无边的黑暗。雀斑女孩要送敬留田回房间。

在湘菜馆附近的马路边，一辆小车突然在他们身边停住。车灯关闭，车门打开，走下来的是湘菜馆女老板。她先是愕然地看了雀斑女孩一眼，然后把敬留田拉到一边，背着女孩嗔怪道：“你怎么还不走呢？你兄弟没通知你吗？”

“地宝他怎么啦？”敬留田丈二和尚摸不着头脑。

“好了，什么都别说了，你赶快走吧，走得越远越好。”女老板撂下这句话，开车要走。

敬留田说：“我还要回房间收拾东西呢。”

女老板没好气地说：“我问你，是命值钱还是那些破东西值钱？”

汽车吐着尾气开走了。敬留田拿出手机开始拨打地宝的电话，手机提示关机。他知道那件可怕的事情准定发生了，拉上雀斑女孩急急往“安鹏画室”赶去。等他俩赶到附近时，老远就看到画室门口围着许多人，旁边停着几辆警车，车顶的警灯忽闪忽闪，把人心闪得惶惶然。雀斑女孩夸张地“啊”了一声，敬留田赶紧伸出巴掌把她的嘴巴捂紧。他的身子也随之委顿下去。蹲下的视线里，他看到警察从画室内进进出出，忙天火地地勘查现场——命案显然才发生不久。

回到房间后，敬留田说：“赶快收拾东西跟我走。”

“为什么？这么半夜三更车都没有，我们往哪儿走？”

“别问那么多，这里不能再住了，再不走就来不及了。”敬留田颓败的身子软弱无力，话音也轻飘如羽。

雀斑女孩在头脑中把许多疑点归拢在一起：老板让自己监视他们兄弟

行踪、敬留田面对疑问支吾不语、兄弟俩享受着老板的特殊待遇、敬留田向她打听老板两口子的关系以及地宝神神秘秘的活动行踪，等等等等。她把这些疑点和“安鹏画室”的场面联系起来，似乎明白了什么。这时，她反而镇定了。她对敬留田说：“田哥，我只问你一句话，你心里到底爱不爱我？”

“你这不是明知故问吗？”

“我再问你，哪有两个相爱的人还向对方保守秘密的？告诉你，你不告诉我为什么要走，我是不会糊里糊涂跟你走的。”

“你不走我走。”敬留田无可奈何的神态里，分明透着决然。

雀斑女孩堵在门口，一字一顿地说：“敬留田，今天不把话说清楚，你是走不出这个门的。你敢走，我就打‘110’，叫警察来抓你。”

女孩的话像一剂麻药注进敬留田的身子。他颓然倒在床上，吼吼地哭起来。他一哭，女孩也跟着急哭了。哭过一阵，女孩软了语气说：“田哥，你不告诉我，我也猜得出来，地宝肯定出事了，他和画室的案子有关。可是，一人犯法一人当，你没杀人啊。”

“我怎么说得清呢，你相信我，警察会相信我吗？”

“我给你作证啊。我们一直在一起，画室出了再大的事也粑不上你。”

敬留田想到了自己的那张银联卡，和卡上的四万元钱，还有老板手上白纸黑字的合同。他相信自己跳进黄河里，想洗也洗不清了，警察是不会放过他的。但是，他怎么给心爱的人说呢？

“你有什么难处只管说出来，我会想办法帮你，我们共同把难关渡过去。”

女孩的话让敬留田心里一阵绞痛。他不想把银联卡的事说给女孩听。他打定主意，听天由命吧，今晚上就在租房内睡，要走也等明天天亮后走。

这个晚上，他俩都没有心情做那件很爽的事。他们的心里压着石头爽不起来。凌晨三点钟，他们打开电视。租房内的电视不是有线，只能收看当地的几个频道。电视里果然播放着“安鹏画室”案件的最新进展。警方通过现场附近的监控视频已经锁定了嫌疑人的身份，并公开悬赏通缉，凡提供线索者奖励五万元。令敬留田和雀斑女孩颇感意外的是，案子似乎与地宝无涉。新闻里说，警方初步查证，这是一起抢劫杀人案件，两名犯罪嫌疑人闯入画室后，先将受害人安某和宋某（女）捆绑，逼着安某说出保险柜密码，然后将两人杀害，劫走安某收藏的多幅珍贵书画作品，价值高达过亿元。随后，凶手还在附近的银行柜员机上提取了大笔现金。在接下来滚动播出的《通缉令》中，不断闪出两张嫌疑人的头像，敬留田认出第一张脸就是那天跟踪地宝时，在“安鹏画室”对面餐馆内出现的那个人。敬留田抠着脑袋想了一会儿，突然记起他就是在江门县碰到的那个讲普通话的吉林小伙。另一张脸一闪出，雀斑女孩惊愕得伸出了舌头，说：“天啦，怎么会是他？”敬留田问是谁，女孩说：“还能是谁呢？他是我们老板的秘书。”敬留田凝神看了看，果真就是那个西装男孩。

这两个人怎么会扯到了一起？地宝买的那些头套怎么不带上呢？敬留田百思不解，但地宝不是凶手，他悬着的那颗心总算落了下来。这时候，有电话打进来。一看是湘菜馆女老板，敬留田吓得脸色都变了，他不敢接。雀斑女孩倒是抢过手机接听。女老板听出是雀斑女孩的声音，就问她和敬留田在哪里。女孩没有说真话，谎称他们已经出城，正在一个不知道的地方等车。“老板，不是你让我们跑的吗？”

女老板说：“你给敬留田说清楚，他的兄弟敬留地骗走了我一百万元，人不是他杀的。如果知道敬留地的消息，让他马上告诉我。我相信你和他都是老实人，不会害你们，但他有东西落在我手里，你叫他放聪明点。”

收了电话，雀斑女孩就开始逼问敬留田：“你不要再瞒下去了，这种提心吊胆的日子是过不下去的。只要地宝没杀人，我们都不会有事。”

敬留田再也不想隐瞒下去，他就把五万元预付金的事说了。

雀斑女孩到底见过世面，她斟酌着，这件事情只能给警察说清楚，和女老板私了是行不通的。她对敬留田说：“田哥，我们到公安局把事情说清楚，把钱也吐出来，然后安心回家过平常日子。”

“你是说去自首？那是送肉上砧板。”敬留田不敢答应，“再说，我也没有五万元了，退不出那么多钱。”

“你又没杀人，自什么首啊。我是说去解释，把钱交给警察，他们想咋办就咋办。差钱我这儿有。”

十

一直等到上午九点多钟，敬留田和雀斑女孩才在邮政储蓄窗口取了五万元现金出来。敬留田卡上只有四万元，女孩从自己卡上取出一万元填给他。

在江都市公安局刑侦支队重案大队办公室，负责接待的警察问他俩有什么事。敬留田磨磨叽叽地说：“我，我是来报案的。”

警察是名副大队长。敬留田的话让他的表情有些讶然。他把敬留田和雀斑女孩上下打量一遍，绷紧着脸问：“报什么案？”

敬留田说：“‘安鹏画室’的杀人案。”

听说是那个案子，副大队长松开脸说：“嫌疑对象都明确了，我们正在到处抓人，你还报什么案？马后炮啦。”就在挥手送客的同时，他补问一句：“喂，你们是想拿那笔奖金吧？我问你们，是不是有嫌疑人的线索？”

雀斑女孩把五万元现金放在办公桌上，解释说：“我们只想把事情说清楚，这件事跟我们没有任何关系……”

副大队长打断女孩的话，很不耐烦地说：“跟你们能有什么关系？有关系我们自然会找你们。哎，我说你们两个是不是有毛病？”

敬留田有些着急，他说：“这样吧，这些钱先交给你们。”

副大队长自作聪明地说：“哦，我明白了。你们是那个受害女孩的亲戚吧。放心，我们一定会秉公办事，打击违法犯罪是我们的职责，我们不会收钱的。”

“不是的，你听我给你解释。”敬留田只差是求情，他不明白在公安局办点事怎么会这么难。

副大队长的目光落在那摞钱上：“我不想听你们再解释什么，赶快把钱收起来，让别人看见多不好，还以为我搞不正之风呢。”

敬留田还在坚持：“这五万块钱，你看——”

这时候，办公桌上的电话响起来了。副大队长抓起桌上的钱，塞进雀斑女孩包内，挥挥手说：“你们走吧，我真的太忙了，别在这里给我添乱好不好？”说完，副大队长只顾接他的电话去了。

敬留田和雀斑女孩讪讪退了出来。他们恶毒地抱怨着警察，真搞不明白，找警察办件事情怎么就这么难！然后，他们打车票回了毕兹卡村。

一个多月后，雀斑女孩在村里一家代销店买东西时，无意中看到一张晚报，上面有一篇关于“安鹏画室”案子的报道，说是两名犯罪嫌疑人已被捉拿归案。两人对抢劫杀人的犯罪事实供认不讳。吉林小伙的作案动机仅仅只是为了搞钱，而西装男子的动机完全是仇杀——安总绑定的女孩原来是他的女友。

雀斑女孩把报纸带回家读给敬留田听。敬留田注意到，报道中只字没提地宝。他不禁吁出一口长气，心里暗自说：“地宝那狗杂种这回真的发财了。”

发表于2015年《小说月报·原创》第9期

《中篇小说选刊》2016年第3期转载

哭丧的女人

今生今世，
我最忘情的哭声有两次，
一次在我生命的开始，
一次在你生命的告终……

摘自余光中的诗《母难日》

一

后半夜，响起鞭炮声。

九英婶被惊醒，且听出来，响动来自上湾。她心里顿然一沉。睡脚头的老拐子显然也听到了。他虽然一声没吭，但九英婶还是明显感觉出他的身子在被窝内轻微地颤动了一下。再就是睡旁边的紫花猫哀怨地哼唧一声。

神仙湾，分上湾和下湾，占尽武陵山脉的灵气。上湾往上是神仙岭，再过去就是鄂西地界。站在神仙岭上可瞰长江。长江只是一条飘落在山间的纱巾，缠缠绕绕，粉粉白白的颜色。下湾往下出澧阳平原可达洞庭湖，直抵江南富庶之地。山上多长松、杉和楠竹，茶叶和柑橘成了地里的主产。稻子也是要种的，种了并不外卖，只是用于自给。神仙湾人吃自家田地里种出的大米、蔬菜，喝屋前屋后采制的绿茶和自酿的苞谷烧酒，皆不喷药水，不施化肥，不兑酒精，无毒无害无污染，过的真叫神仙日子！

平时在神仙湾，夜里放鞭炮无非两件事，生孩子和老了人。神仙湾人忌讳一个“死”字。村子里死了人，他们不说死了人，而是说“老”了人。人人都将老去，老的终极状态就是寿终正寝。对每个人来说，那是绕不过去的奈何桥。鞭炮这东西就好比一截导线。它连着生命的两极，传递着人间的大悲大喜。不过，生孩子放鞭炮是很久以前的事了。现在的年轻孕妇，身子都娇滴滴的，刚临预产期就早早躺进城里医院待产。新生儿落地的喜庆鞭炮让城市文明的一纸禁令收藏住。所以，来自上湾的鞭炮声一定是老了人的讯息——那个让九英婶记恨了半辈子的女人殁了。

九英婶，年纪并不小了，前年办的花甲酒。按理，应该称她九英奶奶才合辈分。可满湾人一直就这么称呼，叫惯了，一时也改不过口来。她老伴，也就是老拐子是半年前病下的。硬硬朗朗的一个人，说病就病了。一开始，老拐子只说胸闷、气喘、身子骨乏力，走路都抬不起腿脚。九英婶并没往心里去——人活到将近七十岁，啥病都到了该出头的时候，不值得大惊小怪。直到有一天，老拐子突然屎尿失禁，躺在床上起不来，九英婶才知大事不妙，慌忙火急地把电话打给县城当校长的儿子。

柱子回得很快。他媳妇没跟来，只带着儿子高高。柱子解释说，城里新买的电梯房正装修，要赶在春节前完工。匠人时刻嚷嚷着买这买那。另外，还得有人监工。现在人心不古，转过背去就有人偷工减料使手脚、搞名堂。水芹怎么离得开呢？所以，她就没来。高高是爷爷奶奶带大的，一直带到五岁，上学后随父母进城读书，跟二老亲得没话说。高高说，等新房子装潢好了，爸爸妈妈住一间，我住一间，还有一间给爷爷奶奶住。九英婶问，这是谁的安排？她的本意只想摸摸儿媳妇的心思。高高却说，我安排，我现在长大了。柱子和水芹晚育。高高其实才只七岁，在一完小上二年级，口气倒是不小，俨然一个大人。九英婶的心被喜悦胀得满满的，憋不住了，脸上溢出笑来，皱巴巴的手去摸孙子的脸——高高的小脸蛋随了她妈。九英婶从这张脸上看到了水芹的影子。这影子只在眼前晃悠一下，她的笑脸就像两扇大门，无声无息地关闭了。柱子说，我……们……商……量……好了，年底搬进新居，把二老接进县城一起过团圆年。我们？商量？九英婶听出来了，也看出来了。儿子躲闪的话里揣着勉强，说话的神情有些飘忽。九英婶是秤砣胎，二十五岁才生下独子。自己茶一口饭一口喂大的儿子，他那点心思太浅，瞒不过妈！

老拐子查出来是肺心病，肝、肺、肾功能均有严重缺失。九英婶不知道肺心病是个啥病，问医生，这病严重吗？医生解释说，肺心病就是心脏病。患者的脉象不是蛮好，起搏无力，有时起不来，起来后又下得慢，这就是他心慌、胸闷、气喘的原因。乡卫生院院长和柱子是初中同学，没什么话不过心。他把柱子拉到一边，说得直截了当，你父亲的病不是钱能治好的，弄回去准备尽孝吧。当然——老同学可能觉得太过唐突，转而又说，你如果坚持让你父亲住院，我们会尽力照顾好老人家。柱子的目光越过同学的肩膀，看到了墙边的推车。他脸上拂过一丝悲凉，浑身的筋骨像被突然抽走，只问，家父还剩多少时间？同学惋叹一声，还真说不好，指不定某一刻，老人家一口气上不来就大去了。

后来，柱子遵医嘱，决定把父亲弄回家。院长同学答应借给他一套输氧设备。呼吸困难的人需要助氧。床头的输氧管塞进鼻孔，能让病人感到轻松舒适——柱子为父亲能做的就只剩下这件事情。

九英婶看出来，床上的老拐子听说回家，孩子般躁动，脸上有了生动的喜气。

我晓得你在想什么，老拐子！九英婶盯住老拐子的眼睛不放，话也说得咬牙切齿。自从明白那个事理，她就把他改称老拐子，人前人后都这么刻毒地叫。他开始不应答，只是邪皮地笑。后来也习惯了，算是默认了。

老拐子辩解说，我没想什么，就是闻不惯医院的苏打水味儿。

不是的，你在撒谎。

那你说，我在想什么？你又不是我肚内的蛔虫。老拐子又是一阵咳嗽。

你在想什么，我从你眼神里一看就晓得。你的眼睛藏不住话。

大半辈子，老两口就是这么拌着嘴过来的。对父母之间的龃龉，柱子心知肚明。可他作为晚辈，又能怎样呢？柱子扯扯母亲的衣角，妈，爸现在是病人，都成了这样子，他还能想什么。你少说两句就不行吗？

九英婶不依不饶地说，拐子妈得了肺病，天天咯血，一吐一大碗。你爸是担心她老在他前头。

九英婶这话是半年前说下的，当时说得随意，只想宣泄一下心里的怨恨，哪想到一语成谶，果真应验了。

你听，上湾的鞭炮声一阵比一阵紧。

二

在神仙湾，土家人从来把丧事看得很重。他们把丧事不叫丧事，叫白喜事。喜事分出红白，老了人也是喜，算白喜。足见得土家人对生死轮回的超脱，对生命高贵的珍视。白喜事的仪式很多：打丧鼓、做道场、扎灵屋、选坟地……其中，哭丧是必不可少的一项，也是顶重要的一项。谁家老了人，都会请人上门哭丧。哭丧的人有多寡，水平分高低，但灵堂上总得有人哭。它是孝家在乡间的门户和名望，是老者生前的人缘和口碑，也是孝子平素的人气和脸面。

哭丧不是一门技艺，只是一种习俗和仪式。既然不是技艺，它就没有利惠。哭丧的人到孝家哭一场，不指望收到红包，也无其他打发，大多只有寸宽一条孝布（拿得出手的孝家才会把尺多宽的孝布戴在哭丧人头上，算是重孝），或是旁人端过来的一杯润喉糖茶，再就是孝子见你哭够了，跪下行一个孝礼。

当然，哭丧只是女人的专属。男人要帮着孝家办丧事，自然插不上嘴。哭丧得有一个会哭的人领头，相当于合唱团的领唱。领哭的人起了头，其他陪哭的人都和着调子和词儿走。调子不能乱套，词儿不得旁逸。否则，灵堂上就是一堆乱嚎的悲音，到处窜动着含混的意绪。

在神仙湾，论起哭丧的名气，谁也盖不过九英婶。她是当之无愧的领哭。

九英婶哭丧是从做姑娘开始的，是从娘家带来的。先就说过，哭丧不是一门技艺。它无根无派，无从师承，连一样道具都不需要，最多是哭丧人自备一方揩眼泪用的帕子，或一包纸巾，再就是两泡眼泪就足够了。说起哭，自然会让人想到笑。其实，笑比哭难。哭是先天的。先天的东西性质上属于本能，本能的事情做起来简单、容易。所以，人生下来先不会笑，只会哭。“哇哇”一声啼哭，一个新生命就来到了这个世界。佛教说，人来到世上是受苦受难的，是来赎清前世的原罪。所以，人带着哭声走来，也要在哭声里回去——那里应该才是充满笑声的天堂吧！相较而言，笑要比哭难得多，也痛苦得多。笑是后天的。后天的东西需要学习、历练，学会了、练熟了才算本事。要不然，我们在照相时，总是听到摄影师喊："注意啦，笑一笑！"尽管这样，大多数情况下，我们对摄影师指导出的这种笑大都感到不自然、不完美、不明确；要不然，我们又何必千方百计地逗小孩子"笑一个"！尽管这种"逗"出来的笑总有那么一点不由衷、不经久、不实用。但当我们使尽浑身解数把一个新生命逗笑了，被逗笑的孩子带给我们的喜悦仍然是巨大的。我们之所以在乎笑、珍惜笑，就因为它来之不易；我们之所以拒绝哭、讨厌哭，就因为它与生俱来。但是，人如果殁了，无论如何还是得有人哭丧一场，在生的人应该用哭送他（她）一程，让老去的人风风光光地去，热热闹闹地走。

在神仙湾，九英婶哭丧从来不分亲疏，也无论老少。只要孝家请她，她总是有请必到。平日里那些关系处得好的，理所当然地应该上门去送老者一程。人家老去了，活着的人会有许多的不舍和念想，怎么说都得去哭一场，也就这最后一场哭了。至于生前有点嫌隙的人，只要孝家低下架子上门请，九英婶自会抛开前嫌通情达理，真真切切地哭一场。她是这样想，人这一辈子，究竟多大个仇呢？人家都老在自己前面了，再多的计较还有什么意思！

可是，这一次，九英婶的心肠硬了。她不打算上拐子家哭丧。她都想好了，如果拐子上门请她，她就推说老拐子倒床了，须臾离不开人。她甚至把要说的话都打好了腹稿，只等着拐子带回去：拐子，你搞明白没有？老拐子不是别人，他就是你老子！现在，你娘老了，你总不至于盼着老拐子也跟脚赶伴吧。

三

在神仙湾，会哭丧的人越来越少了。包括九英婶在内，稍微出色的剩不下几个。上湾的刘桂娥算一个，再就是下湾二聋子的媳妇梅香和住湾头的张寡妇。这也难怪。现在，日子里天天拌着蜜，人家笑都笑不过来，哪来的心思哭！

一夜之间，老拐子的病情仿佛加重了许多，从早上开始就咳嗽不止，咳得木架床一摇一晃。九英婶明白，是昨夜里报丧的鞭炮声让老拐子成了这样。早饭，九英婶熬的稀粥，加了绿豆和薯块。炒菜是萝卜片和白菜，再就是一碟现成的豆汁拌油渣。老拐子勉强只喝下半碗，就说，外面的日头正好，我想出去晒晒。九英婶把睡椅搬到阶沿上，上面铺了厚厚的棉被，然后搀扶着老拐子躺上去。这是冬日里一个少有的晴天，所有冷缩的事物都抢风头似的，在阳光里挺起精神。墙边的一蓬野菊开得正喷，最长的藤蔓已经爬上墙头。那只家养的紫花猫就蹭在老拐子身上，正在耐心地洗脸。它把一只前爪伸到嘴边，猩红的舌头舔湿毛发，然后把打湿的爪子举到脸上，上上下下一遍一遍擦洗。这是一只来历不明的紫花猫。算起来，它应该有了十四岁，成了一只老猫。九英婶家本来养着一只紫花猫的，可惜它生命不长。其实，村里已经不需要猫了。它的天敌早让人们用"毒鼠强"之类的耗子药收拾干净！再没猫的事了。可这只紫花猫简直就是猫精，爱俏得不得了。每次听到报丧的鞭炮声一响，它就开始洗脸打扮，准备随九英婶出门。尤其是到了哭丧的现场，九英婶哭一声，它也"喵喵"应一声。哭声打住，它并不离开，就在九英婶脚边恹恹卧着，似有悲伤之意。九英婶有时候看不惯，骂咧着用脚踢它，甚至抓起它使劲往地上摔。它倒是不记仇，"喵喵"几声，见空还往身上跳。

九英婶斥猫说，别洗你那张虎脸了，老娘今儿哪里都不去，就是拿轿子抬也不去！九英婶这话多半是说给老拐子听的。老拐子却不理会。他的目光一直在屋门口空荡荡的简易公路上睃巡——那里仿佛埋着一坨金子。九英婶注意到了，也不点破他。赶巧，半空里飞来一只老鸹不识时务地歇落在猪栏屋旁的草擦树上，"哇哇"地叫得瘆人。九英婶拿根竹竿，身子一蹦老高，直往草擦树上戳，嘴里恶声咒着，死鬼，一天不骚情你就过不得吗？

老拐子无可奈何地叹息一声，然后又是一连串咳嗽。

小半个上午，九英婶心里无端地空落，做事也乱了章法。她先是穿反了一条内裤，再是炒萝卜时忘了放盐。吃完早饭，她本来是要先喂猪，结果，却把簸箕内的干辣椒端出来搁在了墙头。怎么会这样有一搭无一搭呢？九英婶自己心里最清楚，她和老拐子一样，也在等一个人，等那个上门请她哭丧的人。

拐子妈是下半夜老去的，算起来，她被冷放了大半天。九英婶想到，拐子妈在去往另一个世界的路上，一个人正孤单地行走，没有歌声相伴的灵魂多么孤寂。可是，拐子的家境太贫弱。拐子父亲年轻的时候只喜欢做两件事情，酗酒和打老婆。这两件事情又总是因果相连，喝酒必醉，醉必打人。拐子的父亲胆小如鼠，畏畏缩缩的一个人物，逞能打人除了老婆也别无选择。兴许是酒精把下体那些虫子闹死了，拐子的父母结婚那么多年，一直没有生养。不知道这是不是拐子父亲嗜酒如命和动辄打老婆的原因。后来，凭空有了拐子，拐子的父亲才勉强收起拳头。明知拐子是女人拐来的野种，拐子父亲也心甘情愿，不做计较——有总比没有强。哪想到一切都是命定，拐子妈刚刚从男人的拳头下解脱出来，可恶的肺病又缠上她。迟了！拐子的父亲就是想把自己身上的肉割给老婆吃，拐子妈也是在算计着日子活。算计着的日子跟钱一样不经花，活着活着，就活到了尽头。

拐子请不起道士做道场，也请不起歌师打丧鼓，最多只能请几个哭丧的人，勉强应付着把丧事办得热闹一些。可是，都大半天了，就是不见他上门来请。他是替他妈记仇呢，还是连哭丧的人都不想请？想到这里，九英婶竟有些怅然起来，旋即又自嘲，人家请不请关你什么事啊！你不是巴不得人家早点老去吗？现在，人家老了，你眼里的那颗沙粒随风吹去，你舒适了，解气了，赢了。难道你还想上门去诅咒一番不成？

说起来，这又怎么怪得上九英婶呢？

拐子的妈叫雪桂。很长一段时间里，神仙湾的人都在暗地里传说，九英婶的男人和雪桂有一腿。这件事情只有九英婶一直被蒙在鼓里。在乡下，男女之间的那点事往往都是旁观者清，最后一个知情者才是受害人。直到有一天，等风声传到九英婶耳朵里，她还不相信。她没有抓到证据，也没看出自己男人和雪桂有什么明显的勾搭。雪桂和九英婶都是从外村嫁到神仙湾来的，她比九英婶小两岁，平日里九英姐九英姐地叫得贴骨粑肉。九英婶信得过她。雪桂就是要偷人，神仙湾男人多的是，绝不会打她男人的主意。自己的耳根子要长牢靠，和雪桂的姐妹情不能毁在别人的舌头上。后来，雪桂这个不要脸的贱骨头居然生下一坨贱肉，取名拐子。小拐子渐长渐大，模样儿终于现出原形，那眉眼，那神态，那腔调，那脾性，活脱脱就是九英婶男人的翻版。原来，雪桂早把一只脚伸进自己的生活里来了，她的腿也真够长的！而九英婶对绿帽子什么时候扣在了头上竟浑然不知！世上有一种惩罚叫因果报应。许多事情摆在那里，你想赖都赖不过去。小拐子就是活证据，他遗传了九英婶男人的全部基因。一切都昭然若揭，回避是徒劳的，解释是苍白的，狡辩是愚蠢的。总之，摊上这种事是倒霉透了！九英婶不把自己的男人改叫老拐子还叫什么！老拐子！老拐子！老拐子！这不是一个称呼，也不是一个名字，而是一句诅咒，一个让坏男人长记性的耻辱！

中午，九英婶一个人吃了碗无滋无味的饭。牵肠挂肚的老拐子口口声声没胃口，拒绝吃。他不是没胃口，而是没心情。他的目光像两根铁丝缠绕在公路上，收都收不回来。上湾里的鞭炮声一响，他的身子就在睡椅上乱动一气。

拐子出现在公路上，是午后三点多的样子。他就是老拐子和九英婶都在暗暗期待的人。准是熬夜操劳，拐子眼圈黑黑的，嘴唇上起了燎泡。他头上扎着孝布，进门后先给九英婶磕头行孝礼，哭哭啼啼说，九英婶啊，我妈老了，我是来请你给老人家哭丧去的，呜呜……

九英婶端坐在木椅上，任由一个大男人哭，脸子沉下去侧向一边，上面素淡得没有任何表情。这样还嫌不够，她又把右腿架在左膝上，双手抱膝，嘴角微微翘起，眉角吊得高高的，像要飞出去一般。

老拐子看不下去了，瓮声嘟哝一句，人家都上门请了，还端个什么架子。说完，又是一阵猛烈咳嗽，差点岔不过气来。

拐子扶着九英婶的双膝，膝盖一直扣在地上，眼泪吧嗒吧嗒流。九英婶啊，你要看在拐子可怜的分上，去送送我妈。她病中一直都在念叨着你，呜呜……

念我？九英婶转过脸，两眼逼着拐子。笑话了，她是盼着我早死吧？她不咒我就算烧了高香。

老拐子说，九英啊，拐子他是晚辈，你要有个做长辈的样子。说完又咳得缩成一团。

九英婶瞟了睡椅上要死不活的老拐子一眼，这才放下脸来。她散开两手扶起拐子，不咸不淡地说，拐子，有些事你不懂。九英婶不是以前的九英婶。九英婶老了，哭不动了。你还是去请别人吧。她再指着睡椅上咳喘不已的老拐子说，拐子，你要搞明白……九英婶本来想把早先预备的那些话说给拐子听，中途想想觉得还是不妥，舌头上赶紧闪一下，把余下的话咽进去。

拐子无助地抹着泪，回头再去给老拐子磕头。老拐子喉咙里卡着痰，咕哝了几下，气息微弱地说，拐子，你妈她解脱了。她是去了好处。人，终归都要到那条路上去的。你不要太伤心，自个儿保重身体，屋里的事全指望你呢。

拐子想起妈妈临终前说给他的话，拐子，你要记着，我哪天老了，一定得去接九英婶来给妈哭丧。

妈，接别人哭吧，九英婶她不见得来。

别人要接，九英婶一定得请。拐子妈从枕头边摸出一封信，递给拐子说，我晓得她不愿来，但你要把这个交给她，来与不来就随她了。

拐子是揣着信来的。

老少拐子说话的当口，九英婶已经进屋，开始装模作样地收拾屋子。拐子犹犹豫豫走近她，把母亲封贴好的信掏出来，捏在手里，也不忙着交给九英婶。只说，九英婶，我来请你的时候，他们都叫我不来……

九英婶看着拐子手里的信封，有些莫名其妙。她没问为什么，只想等拐子把话说完。

人家都说，你不会去的。我来也白来。可是……我还是要来请你。拐子把信递给九英婶，我妈说过，去不去随你。

九英婶把信封捏了捏，里面的纸页并不多。她从头上一寸一寸撕开，就像剥一只煮熟的鸡蛋。信纸抽出来，是拐子女儿的作业本纸，只有短短半页。九英婶的目光落到纸面上。那里，有几行歪歪扭扭的字。许是落笔过重，有两个蹭破的洞眼。拐子踮脚歪过脑袋，想看看上面到底写些什么，九英婶半掩着，终是没有看清。只看出那是碳素墨水留下的字迹，有一块地方明显露出被打湿洇开的痕迹。九英婶的双手像打摆子一样哆嗦不停，指间的信纸也跟着细微耸动。短短几行字，她上上下下看了三遍，然后，整个人就像被刺穿的气球一样瘪软下去，晃晃悠悠地倚着门框，连说话的气息都短了。

她问，拐子，知道你妈在信上说些什么吗？

拐子摇着头。从母亲手里接过来，他就揣进兜内，确实不曾看过。

有别人知道这封信吗？

拐子说，妈叮嘱过，这件事对任何人都不能讲。

你爸也不知道？

应该不知道。拐子停了停，我真不知道。

九英婶“哦”了一声。她瞥了外面睡椅上的老拐子一眼，从灶台上拿来火柴，抽出盒内的签子，哆嗦的手连续划拉数下，居然没有擦着。最后，是拐子帮她点燃了那张薄薄的纸片。纸片捏在九英婶右手的拇指和食指之间，寂寂燃烧的纸页跳完最后一缕火光，然后像死鱼一样闭紧了双眼。燃烧过后的灰烬被窗户里的风吹散，在昏蒙的屋子内默默起舞。

九英婶叹息一声，对拐子说，你先回吧……

四

紫花猫总是抢风头。它吃力翻进拐子家的门槛，替主人传送上门哭丧的消息。

九英婶披着神仙湾的暮色降临到拐子家时，满屋的人都有些吃惊。他们显然都没有准备好。众人的目光都聚焦到九英婶身上。人们发现了九英婶着意打扮的痕迹，她的头发梳得油光水亮，拢到后脑勺上让一个叉式发卡束紧，素淡的脸上应该刚刚洗过，还带着一股什么膏子的香味。脖子上系一根粉白长围巾，短装棉衣是素黑的面料，上面隐隐落满碎花。算起来，九英婶至少十多年没到过拐子家了。这个积贫积弱的家庭还和原先一样，没有半点起色。三柱四棋的三间木房子是祖上的遗留，歪歪垮垮比九英婶原先看到时更显陈旧，发黑发暗的板壁上挂满扬尘，到处布着蛛网。正中的堂屋让一副杉木棺材占去大半。棺材没有刷漆，白底上的木纹清晰可见。棺材头上亮着长明灯，几样供品毫无生气地摆在案头，上面落满灰尘。一张放大的红底彩照当作遗像立在几案上，不甚清晰，应该是从什么证件上翻拍下来的。九英婶只和照片上的雪桂“对视”了半眼，就兀自低眉，不疾不徐地跨过门槛，走向灵柩，目光内空空茫茫，眼圈早已潮潮润润，鼻孔和嘴唇哆嗦着，只是声音还没有发出来。

快让让，九英婶来了。在孝家主事的村长开始招呼。

关于两家的那点过节，大家心里都是有数的。都以为两个女人到死也解不开疙瘩，想不到九英婶还是来了，再大的仇恨也熬不过命啊。

还是九英婶想得开。

神仙湾再没有比九英婶肚量大的人。

是啊，拐子妈也该知足了……

在众人的议论声里，九英婶站着作完三个揖，然后跪下身去开始摆弄起手中的香纸。香纸是从自家带来的，是哭丧人上孝家必持的“礼物”，平日里早就备着。香分三炷，两根白香，一根油香。点燃了，插进香钵，然后烧纸钱、双手拊地磕三个触地头。这套程序，九英婶太熟悉不过。她沉静、从容，每个动作都熟稔、细密、大方、得体，让人挑不出半点瑕疵。九英婶忙活的时候，孝男孝女们跪在两边还礼。领头的是拐子，后面拖着他的老婆和三个儿女，再就是本家孝亲。他老婆是个有点智障的女人，头发像棕蔸，从来都没梳顺过。好歹肯生孩子。要不是最后生了小三，让医生安一个环子进去，恐怕至今还在坐月子。小女儿拖着长长的鼻涕，脸上脏兮得快要分不出鼻眼，看一眼就让人心疼。总的说来，神仙湾在一天天变靓，稍不留神，你就会发现谁家的土砖屋啥时候翻修成了欧式结构的楼房，或者轰隆隆的挖机只在山里打个转，就掏出一条新公路。只有拐子家，越来越破败了，就好比一个迷路的醉汉，歪歪撇撇地一直在朝着反方向走。

灵柩两边坐着梅香她们几个。看起来，她们也是在九英婶前后脚才到，都在等着九英婶开哭。在她们心里，九英婶才是哭丧的主气。

九英婶的情绪早在磕头作揖、焚香烧纸时就酝酿得满满的了。灵堂上终于响起她哭丧的声音：

可怜的姊妹哟，你走得急呀；
你抛下亲人哟，好狠的心呀；
你受的苦难哟，我哭不完呀；
我没来看你哟，悔得心痛呀；
你要原谅姐哟，我对不住呀；
你放心地走哟，我送你去呀；
……

旁人看得出来，九英婶的哭丧是动了真情的。吐出词儿的时候，她把身子仰起来，头无力地歪向一边，右手捏成拳头，捶打着自己憋闷的胸口，让心里悲苦的气韵顺溜出来后，再弯下腰，把上半截身子伏在棺材上。人们也听出来了。九英婶把雪桂称作了姊妹。她的哭词里虽然有一点含混的幽怨，但还不至于让人听不下去。几个老姐妹也跟着哭起来，冷落的孝堂上恸哭声声，拐子家的丧事这才像个丧事了。

九英婶她们的哭丧声一打住，七嘴八舌的议论声就有了。

不是我要当面奉承人，论起哭丧的水平，我们九英婶是这个。起头的是个白胡子老者。他把右手大拇指跷得弯弯的。我活到这把年纪，见过的哭丧不下百场，谁都比不过九英婶。

梅香接过话头，感慨说，只可惜，现在的年轻人都不学哭丧，这习俗怕是要失传了。

人活一辈子，到头来就指望一场哭。要是孝堂上听不到哭声，呃……老者摇着头，没把话说下去。

火嗲，你不担心到时候没人哭你。光几个媳妇都要争着哭。说这话的是二聋子，平时和老者称兄道弟喝酒，玩笑开惯了，说话就不择轻重和场合。火嗲大名张强火，平时没大没小开些出格的玩笑，据说还和媳妇的关系有些不清白。真真假假，谁也没见着。神仙湾一带，把和儿媳妇有染的公爹叫成“烧火佬”，火嗲的名字正暗合了这层意思。可揭人不揭短，打人不打脸。二聋子这话说得不合时宜，弄得一屋人都兀自尴尬，往下不知该怎么说。

正好，进进出出的村长听到了他们的对话，马上解围说，乡政府说了，县里正在想办法，要把哭丧当什么遗产保护起来，传承下去。可能还会有记者要来我们神仙湾采访。九英婶，你要做好准备。

九英婶眼睛红肿着，想要说点什么，终归没有说出。

把雪桂送上山，九英婶回到家里就病了。她喉咙发炎，声带嘶哑，不仅说不出话，喉咙里连吞咽涎水都打挺。人也感冒了。大冷的天，雪桂的丧事办了三天三夜，九英婶一直在哭丧，除了抽空赶回去打点一下老拐子，她没有合过眼。六十多岁的人，不感冒才怪。雪桂的老去把九英婶老两口拖累了。很长的日子里，九英婶和老拐子都病恹恹的，家里了无生气。

季节就像时钟的那根秒针，嘀嗒嘀嗒着，稍不留意就走对了口。进入腊月，天气一层一层地冷。九英婶的病倒是好了，老拐子的病情却在加重。这真不是个好时候。柱子的新房不知装修得怎样了，九英婶不想耽搁后人的大事，让他因为父亲的病分心。最不济的时候，她几次想给柱子打电话，摁出几个数字后，她又消掉了。她附在老拐子耳边，像叮嘱高高那样，你给我争点气，快过年了，好歹都要熬过去。柱子和高高还等着我们去县城过年呢。过了年我们不回家，让柱子送你去县城大医院治病，我专门伺候你。你又没患绝症，一定治得好。老拐子的情绪让九英婶调动起来。他眼里扑闪着亮光，嘴里哼唧着应答，治好了病，我们就住在县城不回来，天天和高高在一起。

可是，尽管九英婶一再保密，老拐子病重的消息，不知还是让谁暗中传给了柱子。柱子赶回来了。他的那辆北京现代在屋门口一停，老拐子就感到浑身轻松了许多，精神也为之大振。他坚持让柱子扶他起来，靠着枕头半卧着，父子俩在床头说话。九英婶刷锅洗碗开始弄饭。从县城到神仙湾百多公里，盘山公路曲里拐弯，儿子想必饿了。九英婶见空进来插几句嘴。柱子的归来，有一种神奇的力量。它像一股风，驱散了笼罩在这个家庭上空的沉闷气息。九英婶又让灶膛内的柴烟熏得咳嗽起来。九英婶哭雪桂那一场，柱子想必是知道了。他心疼地说，妈，往后你再不要给人家哭丧了，自个儿的身体要紧。文化馆那些人，成天没事找事，不要理他。九英婶暗自一惊，柱子居然连县里记者要上山采访的事都知道了。看来，给柱子传信的人准是村长。她忧忧戚戚地说，妈老了，也哭不下几场了，再就只等着别人哭我了。

这个夜晚，母子俩坐在火塘边，说了许多话。

爸的气色看起来很好，到年边我开车接二老进城去，我们一大家子过年。

柱子说的一大家子肯定包括他的岳父母。说起来，当初柱子和水芹是不般配的，不是人才不般配，是两边的家境有悬殊。柱子的岳父当一个科局局长，岳母也在行政单位上班。九英婶从水芹第一次过门就瞧出来了，这个儿媳妇柱子未必能驾驭得住，将来搞不好就是个名誉家长。现在，柱子说要接两老进城过年，九英婶先得探探底。买新房，岳父那边帮你出钱了？

他负责首付。他不出钱，我怎么买得起？城里的房价天贵，穷人买不起。我的家底你又不是不知道。

那我问你，接我们进城过年，是水芹的意思？

妈，我才是一家之主。柱子没有正面回答九英婶的话，高高他随我姓孙，他是孙家的后人。

我只是随便问问，只要你爸身体行，我们就去。我们不去谁去？这么说话的时候，九英婶心里其实已经升起隐忧：老拐子有回光返照的迹象，她真担心他能不能挺过年去。

五

柱子回家探望老人的第二天，村长就登上九英婶家的门来。按村长的说法，他是来报喜的。他接到政府电话，说是县文化馆有从事民俗研究的专家要亲自上山来采访九英婶，还要现场录制哭丧的节目，说是做什么生意（申遗）。

九英婶很纳闷，哭丧有什么生意好做？

我也感到奇怪呢。村长说，上次乡政府打招呼，说是要保护、要传承。他们说话不算话，转脸就变卦了。也罢，做生意都是为了赚钱。村长想当然地给九英婶拿主意，要她当面开价，人家不出钱，你就不哭给他们听，让他们赚不到钱。九英婶说，我哭了大半辈子，从来没收过钱。村长把他的大手在空气里劈了一巴掌，语气不容置疑，以前是以前，现在是现在。以前给乡亲们哭丧，那是邻里情分。这次不一样，他们是做生意，你不能白哭，不能便宜那些城里人。

事实上，九英婶不会白哭。民俗专家一进门，首先就甩给九英婶一个红包，里面是一千块钱。九英婶客套推辞的话还没说完，老专家就打断她的话说，哭丧是宝贵的文化遗产，几近灭绝，急需抢救。您是全县哭丧第一人，出色的哭丧技压群芳，声名远播。知识应该得到尊重，这点钱并不多。听他的意思，九英婶不收下这个红包，就把人家得罪了。陪同来的镇文化站站长也把一大包营养品放在老拐子床头。老拐子卧病在床的消息他们早就知道，显然有备而来。

场子很快摆好。堂屋门前的水泥院子正中置一张北京桌，桌面上有一个录音笔。老专家和九英婶分坐在桌子两边。前面的摄像机卧在三脚架上，镜头正对着桌子和大门，摄像小伙在后面猫腰撅臀地忙乎，忽而让九英婶靠前点，忽而又要她侧点身，支使得九英婶进退不是，左右不是。老专家说，开哭前，他要对九英婶做一个访谈。老专家戴着比酒瓶底还厚的老花镜，稀松的头顶透射出智慧的光芒，皱褶的眉宇间深藏着对文化遗产消失殆尽的忧虑。他不关心哭丧本身，因为后面会有九英婶的现场演示，他是要挖掘与哭丧相关的深刻内涵，比如说，哭丧哭什么内容，什么时候哭，什么时候不哭，有什么讲究没有。如此种种，不一而足。

对老专家提出的这些问题，九英婶从来都没想过。是啊，哭过那么多人，九英婶都哭了些什么，她概不记得了。于是，她的回答难免拉拉杂杂，答非所问。老专家倒是有耐心。他到底是文字整理的高手，按照九英婶词不达意的表述，把哭丧过程归纳成简单的三段论。前一阶段谓之责备，责备老者不该抛弃这个浑噩的世界，撇下一帮后人和亲友，不管不顾地独自去了仙界，过逍遥自在的日子。哭丧者就像是在责备一个不负责任的人。你甚至就可以把他（她）想象成一个做错事情的孩子，躺在棺材里默不作声，听任别人的责骂。这种假意责备的悲哭中，暗含着家常和亲近，两个世界的距离在哭丧中近了。责备完了就是颂唱。颂唱老者平生的功德。颂唱是宽容的，是博大的，是选择的，是无私的。它放大了老者一生的好处，遮蔽了那些微不足道的瑕疵。这样的颂唱，能勾起人们对老者的种种回忆和念想，感叹生命的无常。最后是安慰。安慰老者别无牵挂地走，不要惦记人世间的俗事和亲人。因为有老者在天之灵的神佑，后人都会发达，一切皆有福报。这种对孝家的夸赞和祝福会让孝男孝女暂时走出悲切，感到由衷的踏实和温暖。整个哭丧，听起来是哭，细想起来其实就是一场歌赞，对生命、对死亡至高无上的歌赞！老专家把自己的三段论记在本子上，条分缕析地说给九英婶听，最后征询地问，是不是这样呢？九英婶脑子里云山雾海，塞满糨糊，回答的话自然不得体，哪有你说的那么好啊？不就是个哭嘛。什么事情经你们文化人一弄，就成了大学问。你们了不得呢。老专家点着头，对九英婶朴素的赞美表示接受。

接下来是关于哭丧的时机。这个问题九英婶回答起来不难。她说，哭丧的人在时机上只要把握一点，就是不让灵堂内冷场。有几个时段很关键。夜里，道士一停，丧鼓一歇，又是过更的时候，守灵的人困意很重。他们需要哭丧的歌吟驱赶疲惫和瞌睡。九英婶说，再就是老者入殓和下葬的时候，哭丧是少不得的。棺材的大盖一合，老者的遗体就做了告别。遗容在亲人眼前消失的刹那，灵堂上哭丧的悲音响起，这是丧事的一个小高潮。最后一个时机是棺材下葬的时候。棺材一旦入土，丧事即告终结。就好像一台大戏的谢幕，孝男孝女跪拜在坟前，跟着哭丧的人齐声嚎哭，似乎要把老者从另一个世界拉回来。老专家明白了，哭丧的人不是灵堂上的主角。主角永远由道士和鼓匠担当着。哭丧只是丧葬礼仪中的一个补台和点缀。老专家有个疑问，哭丧的人怎么停下来呢？九英婶说，道士要做功课了，歌师要开鼓了，自然会有人上来劝你。哭丧的人就要知趣地退场，你想当主角，没人给你资格。老专家听出九英婶语气里有失落和哀怨，便看似随意实则安慰地说，总该有歇声的时候，要不，活人也会哭死。九英婶说，有时哭得动情，别人劝我止哭，我还停不住呢，我还不想停呢。老专家说，你那是真哭，是进入了哭丧的上上境界。

最后的环节，是要九英婶现场演示哭丧。这是九英婶始料未及的。

她问，这就哭？

老专家一边退出镜头，一边颔首示意。

九英婶摊开两手，哭谁啊，又没老人。

老专家走过去，拿着桌面上的录音笔晃动一下，你就当它是个死人。

开玩笑啊。九英婶大惑不解，一支笔，我当它是谁呢？哭丧是要看对象的，什么人怎么哭，哭法各不一样。再说，也不是一个人哭，得有人陪。

老专家知道，死脑筋的九英婶把生活和艺术搞混了，当成了一回事。可是，出于对一种民俗和民间艺人的尊重，他除了搓着手在地上踩脚转圈，再毫无办法。

摄像的小年轻看起来是个急性子。他摁掉开关，走下来给九英婶说戏，不必当真，只做做样子，是那么个意思就成。

他这话惹得九英婶很不高兴。什么叫做做样子？哭丧那可是有情感、有场面、字字句句见功夫的。有那么个意思就行，你什么意思啊，不把哭丧当回事情吗？无所谓你们大老远跑来干什么！九英婶把红包拿出来，要退给老专家，这个生意（申遗）我做不来。

老拐子也一肚子怨气。平白无故，好好的家里怎么扯上哭丧呢？这可不是个好兆头！

老专家当然不会收回红包。九英婶坚持哭丧必须是在孝家的灵堂上临场发挥，要她这么无缘无故地哭丧，她哭不出来。她又不是演员！这不是她的过错。最后商量出个妥协的办法，等村里哪天老了人，让九英婶通知老专家一声，他和摄制组再跑一趟。

送客时，九英婶满含愧意。她一辈子不占人便宜，想不到这次把人家的生意搞亏了。她攥着老专家给她的电话纸条，脸上是无措的表情。老专家则表现出无憾，他说，现场录制的效果会更好，我等你电话。

六

柱子再次回神仙湾，是农历腊月二十四，那天过小年。

屋门口的喇叭声惊得九英婶的两只脚像安了弹簧，一蹦一蹦地从屋内迎出来。九英婶第一眼看到了高高，但依然没有水芹。父子俩正躲在掀开的后备箱边，一件一件地往外掏着什么东西，车边摆满一地。九英婶有些分神。神仙湾的空气里塞满了农家炒爆米儿的桐油香味，还有扯白糖的芝麻焦香。九英婶把脖子仰起来。她闻到了空气中浓浓的年味。

妈，还愣着干什么？快来帮着搬东西。在柱子的喊声里，高高正吃力地拎着个纸盒子往这边挪。

九英婶梦游般地回过神来。她步履滞重地走到车边，看到车边摆满的纸箱、塑料袋，心知这些都是年货。一切都在预料之中，儿子没准备兑现接二老进城过年的诺言，把父母的年留给神仙湾了。柱子把两老的年货准备得很足实，从菜肴肉类到果品点心，该有的都有了，就是在城里也不过如此。从常理上来说，这还有什么好责怪的？可是，九英婶心里还是有了芥蒂。过年不光是吃吃喝喝，图的无非是亲人团聚，热闹喜庆。再说，她和老拐子都一把年纪了，撑开肠胃又能吃下多少！年也是过完一个少一个！可摆在眼前的事实是，柱子和高高卸完年货就会转去，只把一份牵挂和孤独留在屋场上。

出乎意外的是高高不想回去，他宣布，他要留在神仙湾陪爷爷奶奶过年。进门后，高高一直没住脚手。他把带来的鞭炮拆开一卷，撅着屁股放着玩。县城过年不准放鞭炮。这孩子压抑得太久了。对小家伙来说，过年的全部喜庆都在鞭炮制造出的那些刺激里。在火药制造的响声里，高高消费着童趣和快乐。他把爆竹插进土里，看着爆竹把土颗粒炸得飞溅起来；他把爆竹装进竹竿顶端，点燃后举起来，爆竹一声爆响，竹竿裂开了半截……这样的玩乐让高高有了重大决定，他要在山里过年！儿子的决定让柱子很为难。柱子当然希望老人身边能有个陪伴，可是水芹那一关他过不去。水芹绝对不会同意高高在山里过年的。这一点无可置疑。可是，高高有对付爸爸的杀手锏。他的杀手锏就是哭。平时，不管遇到什么事情，高高一哭，柱子就只能顺着他的意思来，这是中年得子者的通病，更何况现在高高身边还有保护伞。对于高高的哭，爷爷奶奶不会坐视不管！

无奈之下，柱子只好把电话接通，让高高和妈妈对话。高高可以骑在柱子头上拉屎撒尿，但绝对不敢当着妈妈的面放屁。接通的手机是免提状态，所有的声音都无遮无拦地回旋在屋子内。水芹的话像一只蚊子嗡嗡乱飞。高高，你给我听清楚，不准在爷爷家过年，马上跟你爸回来。她的话生硬、直接、霸气、傲视，令谁听起来都不舒服。高高说，城里过年怪没意思，连鞭炮都不准放。妈妈说，鞭炮很危险，有什么好玩的？妈妈带你去动物园，只要你听话，还可以给你买一只马尔济斯狗回来养。高高还是不同意回城里。对他来说，妈妈的话有太多的欺骗性，买马尔济斯狗，她说过不止十次了，至今连狗毛都没看见。他哪来的耐心信任妈妈。鞭炮的吸引力才是最现实的。要说猫狗，爷爷奶奶家不是还有紫花猫吗？电话那端的水芹光火了，你个小混账东西，翅膀还没长硬，就敢不听妈的话，把电话给你爸。柱子说，我就在旁边听着呢，有话你说。水芹说，高高不懂事，你也一样吗？上次回去住一夜，他身上让麻脚蚊子咬出几个红坨坨，回来用去半瓶花露水才搽好，难道你不心疼？还有，高高他习惯了蹲抽水马桶，待在老家的茅厕板上拉不出来。你记得不？再就是放鞭炮，电视里天天都在播放玩鞭炮出事的消息，高高不弄出点意外你心里过不去是吧？你们是不是存心要害高高？嗯？水芹连珠炮式的追问里，最后用到了“你们”。这不是一个措辞的问题，而是一种可怕的情感分野，是一种骨子里的厌恶和排斥。柱子很不客气地将电话挂掉——九英婶正扭过头去，目光投向门外公路的尽头，脸色跟天上的浓云一样阴郁、灰暗。

吃午饭时，柱子给父亲把饭菜端到床边，没想到老拐子坚持要起来坐在桌边一起吃这顿饭。关于高高的去留，他显然也听明白了，留是留不住的。留住高高，这个年大家都别想过好。于是，他心里有了盘算。小年也是年，他要把这顿饭提前当团年饭吃。本来很随意的一顿饭，让老拐子的提议赋予了很多、很深刻的内容。久病成良医。他对自己的身体心里有底，今年能坐在桌边，祖孙三代一起吃这顿团年饭，明年呢？明年怕是撑不出头了。那么，这顿饭于他来说，就不是一个简单的吃吃而已。高高总是那么乖。他不停地给爷爷碗里搛菜，堆得碗里都冒了尖。这反倒让九英婶心里不是滋味。她并没有把这顿饭当团年饭弄，以致桌面上的菜肴显得少了些。

父子俩吃完饭就走。柱子骗高高说等几天带妈妈一起回爷爷奶奶家过年。爷爷奶奶一旁极力做了印证，让高高深信不疑。引擎发动后，柱子摇下车窗玻璃，似有什么话要对妈说。九英婶知道儿子想解释什么。他对自己为什么突然改变主意一直讳莫如深，当妈的知道他有难处。上湾里曾有老两口随儿子进城过年，结果，老爷子当晚死在儿子的新房里。时隔半年，他的儿子出车祸死了。神仙湾的人都说，是老爷子带去了晦气。九英婶对着车窗说，你爸的病越来越重了。水芹就是答应接我们去，我和你爸也不会去。柱子回应道，水芹说了，正月初二，我们带着高高回来给二老拜年。她……也来。说完后半句，柱子埋下头去，拧着点火钥匙打火，然后呜一声喇叭，车子抖动一下，喷出很浓的尾气，摇摇晃晃地驶向简易公路。

七

腊月二十九日，神仙湾的鞭炮声一夜未曾消停。

相传很久以前，梵净山的土王杨格鲁为了退敌，传令寨人腊月二十九日这天提前过年，年三十那天带领寨人出其不意地击退外族入侵者，守住了家园。这就是“过赶年”的来历。神仙湾的土家人一直沿袭着古老的习俗，他们从二十九日夜里就开始闹年了。

在人家的热闹喜庆里，九英婶的思绪飘到了县城。她和老拐子的年不在神仙湾，在县城，在县城某栋高楼的一套新单元房内，在单元房的宽敞的餐厅，在餐厅的大理石桌边。那里有她的柱子、水芹和高高。他们在帮着自己过年。

天一落黑，九英婶就早早上床躺下了。老拐子瑟缩着身子一直怕冷，她要给他暖身，让他过一个有温度的年。九英婶抱紧老拐子的双腿，左手顺着他的腿杆来回摩挲。另一头的老拐子也不动弹，安静如睡婴，任由九英婶把自己两只腿箍进怀里。九英婶摸到了老拐子松垮垮的肉皮和硬戳戳的骨头。这双曾经粗壮有力、长满体毛的腿，现在瘦得皮吊骨硬，不剩几分温热。过完小年，也就是柱子吃完饭开车离家以后，老拐子的病就有增无减，一日不如一日，九英婶心里一直像吊着个秤砣。在这个闹哄哄的夜晚，九英婶替男人能做的就是把自己身上的温热匀一些给他，让他不至于感到太冷清。温暖，成了他们过年的全部内容。传递，成为温暖抵达的方式。

很长时间，九英婶是睡不着的。她开始想些乱七八糟的事情。由头自然还是怀里的男人。

九英婶在二十岁上，得过一种怪病。这病感觉不出痛痒，身上也不肿不红，就是吃不下饭，怏怏地提不起精神，睡觉也不安神。整个人就像一个吊死鬼。爹领着她去卫生院看病。医生望闻问切一阵，然后笑笑说，这病不要紧。病有离身之日，过段时间自然就好。后来还在一边对九英爹神神道道说，妹子还没许人吧，早点找个婆家嫁了。九英爹品咂着医生的话，终不明白话里的含意，回去说出来一听，九英妈气不打一处来，医生这说的哪是人话！难道女儿是装病吗？她自作主张，到乡场上请有名的“吴半仙”给女儿算了一卦。“吴半仙”按照八字掐算一番说，九英姑娘是让埋在屋边的一个女鬼缠上了，有两支魂魄被勾走。人只有七魂六魄，九英一下少去两支，不病才怪了！母亲马上想到，这个女鬼不是别人，就是埋在屋西头板栗树旁边的马四娘。马四娘的后人不知搬到哪儿去了，坟山多年不整修，歪垮得不成形状，年节也没个人上坟。马四娘成了孤魂野鬼。九英妈看不过去，原来每年过年都给马四娘送亮烧钱，偏偏今年忘了。九英妈心里怨怪道，你马四娘也忒不仗义啦，得罪一回就拿后人出气，再补给你就迟吗？“吴半仙”给九英妈出主意，找个会烧胎的人治治就好了。他还给九英妈推荐了神仙湾的孙有庆。

孙有庆烧胎是跟他过世的爷爷学的。他爷爷是神仙湾有名的草药郎中，兼有些装神弄鬼的本事。孙有庆只学得了一点皮毛。烧胎要在深夜里秘密进行，不能让任何人知道，包括九英的父母——鬼神不是那么容易对付的！吃过晚饭，孙有庆先是和九英一家人扯白话。孙有庆两张嘴皮子薄如蝉翼，说话嗞嗞啦啦像吹口琴，晚饭又和九英爹碰过两杯，话就更多了。这个孙有庆虽说人才一般，可一张寡嘴能说会道，田地里的功夫样样在行，还有烧胎的本事，很让九英的父母欢心。时辰差不多了，孙有庆沐浴净身，焚香祭祀，然后进到九英的闺房，将房门闩上。他在白纸上写下九英的生庚，还画了几道符，然后拿剪子剪下九英右手的几片指甲，另铰了两边一些眉毛，用纸包好，叮嘱九英待在房间内不要乱动，自个儿不声不响地出了门。地点是白天上门时悄悄选定的，就在那棵板栗树下。孙有庆看看四周，除了猫头鹰发出凄厉的叫声，到处都是黑黢黢的。他念叨一阵，然后把纸包用一块石头压住，点燃。直到完全燃尽了，他又折回九英房内……这个夜晚，九英的父母很识趣。他们没有打扰烧胎的孙有庆和女儿。

孙有庆什么时候走的，九英的父母不得而知。等他们早上起来，只发现女儿像换了个人，病情大为好转，脸上现出羞怯的红润。

孙有庆可不简单哪！

孙有庆就是现在被九英婶称作老拐子的。

按旁人说法，九英从坪区嫁给神仙湾的孙有庆，是一朵鲜花插在了牛粪上，是从米箩跳进了糠箩。可九英婶并不后悔。她丢掉的两支魂魄是老拐子帮她寻回来的，有救命之恩。所以，烧胎的那个夜晚，她把自己回报给了孙有庆。孙有庆这双鞋穿着合不合脚，只有实实在在过日子的九英婶最清楚。等到雪桂家的小拐子长出模样，真相暴露出来后，九英婶才感到慌乱无措。想不到生活就像一个淘气的小屁孩，躲在日子的旮旮旯旯，冷不丁地蹦出来吓你一大跳。可是，人不可能回到过去，像磁带一样把生活倒过来从头再过。有一个事理，女人是必须懂得的，那就是男人都属猫，是猫总惦记着偷腥。相比起来，孙有庆还算有些救药，是坏男人堆里挑出的好男人。九英婶这么评价孙有庆的依据是他对自己的“罪行”交代得很彻底，而且性质上只是“偶尔失足”。

九英婶家有一块飞地和雪桂家的责任地连在一起。夏天里一个下午，孙有庆和雪桂不期而遇了。他俩各自在地里做功夫。孙有庆耕地，雪桂薅苞谷草。搭讪几句是必须的。他们都不是哑巴，平时两家也有些来往。

这么大热天，他在哪发财？孙有庆说的他显然是指雪桂家的。也不知他为啥不来薅草，把重活累活都留给女人。

雪桂停下劳作，下颌杵在锄柄上。莫提那死鬼，又不知躲哪儿灌酒去了，干脆喝死了才好。

关于雪桂男人酗酒打人的事，孙有庆早有耳闻。没想到触到了雪桂的痛处，心里便生出一丝怜悯。他赶紧刹住话头，转换题目，看你这苞谷的长势，今年准是个好年成。

那边没有回声。孙有庆望过去，发现雪桂的目光正投向神仙岭的高处，仰望过去，那里离太阳和星星很近，一只孤鹰正翱翔盘旋，散开的翅膀遮蔽了晦暗的天光……

雷阵雨下得没有任何先兆，当头泼下来，跑都来不及。孙有庆和雪桂都不约而同跑到地边那棵大松树下躲雨。闪电把头顶厚厚的云块撕开，天马上要塌下来一样。雪桂生来惧怕炸雷。当一个雷声滚落地面的时候，她扑进孙有庆怀里了。面前只有孙有庆，换成张有庆、李有庆，她一样也会扑。她需要的是踏实和安全。她管不了那么多！

孙有庆抱紧雪桂惊悸不已的身子，胸前是一盆火，是一团棉花，是一只受惊战栗的兔子，是一尾活蹦乱跳的鱼。血液在体内狼奔豕突，蛰伏在人性深处的欲望频频招手。雨还在下着，没有半点减弱的趋势。天地之间，只剩松树底下这么一方小小的舞台。闪电开启大幕，响雷敲打出摇滚的节奏，狂风在撕心裂肺地呐喊，滂沱大雨掀起一个又一个惊天巨浪。舞台的中央，苍松成了唯一的背景，两个湿漉漉的身体在燃烧，在升腾，在碰撞，在撕裂。他们是搏击海浪的水手，是舞动风雨的精灵，是驯服惊马的骑士，是驾驭雷电的怪兽。当闪电的最后一缕追光打亮舞台的时候，大鼓的伴奏落锤，舞者定格在疯狂过后的沉静之中。然后，云散天开，他们看到了天边那道五彩斑斓的彩虹……

孙有庆把事情的经过“交代”完后，竟然咬破左手拇指，跪在九英婶面前发毒誓，言称如果再有重犯，就不得好死。他悔过的诚意无可挑剔，但那是一场及时雨，一个无可救药的孽缘种下了。

九英婶是听到第二遍鸡叫后迷糊睡去的。中途，她醒过一次。老拐子咳得很重，喉咙里像卡着许多痰。连睡在旁边的老猫也不耐烦地“喵”了一声。就是这声猫叫，又让九英婶想到了原先那只死去的紫花猫。

老拐子虽然下了保证，但一个巴掌拍不响，雪桂那只狐狸精还没有一个说话。这是不行的。秃子头上的虱子，事情都摆明了。九英婶不能蒙着被子吃个屁。她得想法子治治那个骚货，再不济也要传个信过去——若要人不知除非己莫为。老虎不发威，总不能让你雪桂把我当成病猫。她想到了家里那只紫花猫。第二天，她用一根绿布带系在猫脖子上，在门口拦住放学的小拐子，说是要把这只紫花猫送给他。小拐子是很喜欢猫的。他高兴地带回家去。再过了一天，雪桂就上九英家来了。她怀里抱着那只紫花猫，只是猫脖子上的绿布带不见了。当时，老拐子并不在家。这样的时机再好不过。

九英姐。雪桂还像平时一样叫了九英婶一声。我给你还猫来了。

不用还，我送给小拐子的礼物。九英婶的脸难看得像一块抹布。

我明白你的用意。

我没别的用意。它就是个偷货。我不喜欢，可是，小拐子喜欢，你——也喜欢。九英婶特地在拐子的名字前面加带一个“小”子，这里面的暗示是不言而喻的。

雪桂听得出来，九英婶还把“你”字咬得很重。九英姐，这紫花猫是你家的，你喂也喂亲了，就算它偷过一回，我也要还给你。不是我的东西，我终归不能占有。雪桂能说出这样的话，算是把脸面彻底放下来了。

你已经占了，还想赖账?

就当借过一回。

不是借。九英婶语气硬了些，你要搞明白，是——偷。

九英姐，妹子聪明一世糊涂一时。不会再有了。说完这句话，她放下怀里的紫花猫，转身朝公路上走去，泪水洒了一路。

两个女人就这样把一件事情说明白了。没几天，那只老态龙钟的紫花猫惨死在九英婶屋门口的公路上，也不知哪个冒失鬼司机瞎了眼。紫花猫连个囫囵身子都没剩下。后来，趁着九英婶家没人，又不知是谁送来一只出生不久的紫花猫，用一只纸盒装着，放在阶沿上，里面铺垫着布片之类的保温物。现在，这只猫也老了。它除了跟着九英婶出门哭丧，没事就腻歪在老拐子身边，情绪跟它的主子一样低落。凭良心说，老拐子和雪桂只有过那一回。九英婶的刀子够锋利的。她一刀下去就把那些牵牵扯扯的藤蔓割干净了。以后的日子里，雪桂的病就冒出了头，一步一步地走到老去。没想到，老拐子也一病不起。

八

最后一次，九英婶是在给老拐子掖紧被子后睡去的。后来，她做了一个梦，梦见自己变成了一只会飞的鸟。她翼展如蝙蝠，身子轻轻的，慢慢升入天际，滑向无边的黑夜。她看到黑暗的尽头有一个白亮的光圈。光圈时而扩大，时而缩小，颜色也在深浅之间不断变化。九英婶飞翔的身子正朝着那团光明奔去，通向黑暗的过程幽深而漫长，耳畔是呼啸而过的风。她感到很冷很冷……她醒来时，天麻麻亮了，窗外仅有一点朦胧的浅白。她激灵一下，找到了冷的源头。她怀里的老拐子不知什么时候变成了一块冰！

老拐子应该是在九英婶的梦里落气的。那时候，九英婶隐约感到老拐子的身子朝上吃力地挺了一下——那是一个生命向这个世界打的最后一声招呼。

老拐子走得真不是时候！

这是什么日子啊。这日子空气里都淌着蜜，到处闻得到鱼肉的香味，人们把所有的好食物、好心情和笑都积攒在这样的日子里消费。这让九英婶如何是好呢？在她的想象里，这时刻，柱子、高高、水芹，还有水芹的父母亲应该聚在新房内正忙乎着准备吃饭团年。老拐子过世的消息是绝对不能传过去的。一年一个吉祥，好歹都要让他们高高兴兴地过完这个春节。柱子说了，正月初二就会回来。等他们回来也不迟。反正人都老了，也不在乎迟一天早一天。天气又这么冷，放两天不会腐臭。至于神仙湾的乡亲们，九英婶就更不敢惊扰他们。一年上头，人家盼着等着，苦着累着，就指望在春节期间把亏欠的身子和心情补偿一下。他们要吃肉喝酒，要拜年打牌，要上坟祭祖。所有忙不完的喜事都堆在一起，哪里会想到给人家办丧事呢？老拐子，你走得有点不近人情。你老去的消息一旦传开，神仙湾的这个年就让你糟蹋了，就没法过了。

九英婶别无选择，她只能独自替老拐子守灵，而且是悄悄地守。夜正在一寸一寸缩，光正在一寸一寸长。趁着天还没有完全亮开，九英婶像平时一样起床，她先烧了一盆热水端到床边，替老拐子抹洗。病痛让老拐子瘦小了大半，轻易就能翻动身子。九英婶一边替男人拾掇一边流泪，泪水无声地淌下来，漫过脸颊，挂在下巴上，滴落进脸盆内，再和着水让毛巾蘸着，又去擦拭身子。擦洗完了，九英婶开始给老拐子妆新。寿衣是早就备好了的，内外五套，一套保暖内衣，两套衬衣，一套棉衣，一套外衣。自从医院内回来，九英婶就着手安排后事。为了不让老拐子看见伤心，九英婶把五套寿衣折叠得整整齐齐，放在衣柜顶层的格子内。现在，她搭着凳子，把寿衣取下来给老拐子穿。老拐子的身子有些僵硬，一个人穿起来很费力。九英婶就对老拐子说，你放软和点就不行吗？你想累死我啊。在她的责骂声里，她感觉老拐子的骨头不及原先硬了，这使她穿起来顺利许多。妆新后的老拐子端端正正躺在床上，看上去那样安详和满足。九英婶拿剪刀铰了一张方方正正的盖脸纸，蒙在老拐子脸上。随后，她找来一只碗，倒上桐油，又从窗台边的柜子内取出一根灯草，把点亮的长明灯放在老拐子脚头。香纸是常年备下的，上谁家哭丧都要用着，就放在床边屉子内。九英婶取出三根，拿一根蘸了清油，一齐点燃后插进临时端来的饭钵，最后烧了一把落气纸。做完这一切，她才长跪在地上，给老拐子磕了三个头。这个哭丧出名的女人，强压住自己内心的伤悲，到头来把一场哭丧默默送给死去的丈夫：

我苦命的哥哥哟，你心肠狠哎，
你抛下妹妹哟，一个人走哎；
你不该得病哟，受尽了苦哎，
你瘦得只剩哟，皮包骨哎；
我心如刀搅哟，没得法哎，
你一走百了哟，求解脱哎；
我留在世上哟，受活罪哎；
我要跟你去哟，你等我哎，
……

九英婶哭丧大半辈子，每次都是在大庭广众之下哭，而且有人陪哭。唯独这一次，她只能独自压着声音哭丧，不能让任何人知道。

外面大亮了。此起彼伏的鞭炮声恨不得要把神仙湾掀翻了才好。九英婶想象得出，各家各户的饭桌上一定堆满了大鱼大肉，围坐在桌边的每一张脸都在尽情地笑。如果不是老拐子不争气，她的年也完全可以过得不比别人差。柱子送回来那么多年货，原封不动地摆放在歇房屋内，用不着了！老拐子迟不走早不走，偏偏选择在最不恰当的时候离九英婶而去，让她孤单得不行、尴尬得不行、痛苦得不行。她甚至连门都不敢开。别人万一闯进来，知道床上的老拐子老去了，那怎么得了！她找出那把锁，从外面把大门锁上，再从预留的后门进去。这几天，她只能守着老拐子过年了。

临近中午时分，第一拨人上门来，是一对打三棒鼓拜年的母女。她们在神仙湾一带名气很大。母女两人不仅嗓子好，唱词也是现编的，尤其是母亲，还有抛刀的功夫。她有本事一边唱一边抛刀，上梯子把人家放在屋檐瓦片上的钱取下来。她俩每年都在正月初一这天上九英婶家送恭喜，今年来得更早。

见大门落着锁，母女俩有些失望。九英婶听到了她们的对话。

母亲说，听说这家有个儿子在县城当局长，想必是把老人接去过年了。

不一定吧，说不定是出门有事，很快就回来。女儿还心有不甘地摇动了几下门锁才走开。

挨到天快黑的时候，有几个上坟的人从九英婶家屋门口经过。见黑灯瞎火关门闭户的，有人说，咦，没听说老两口去县城过年嘛！柱子是几时把九英婶接走的？

还是后人有出息好啊！有人感叹一声。

人可以黑坐着，但长明灯不能熄。九英婶腾出一个纸盒子，把底层扒开，然后罩住长明灯，只让一团微弱的光在盒内扑闪。夜冷得太深，原先一直偎着老拐子取暖的紫花猫先打上九英婶双腿的主意，遭到拒绝后，心烦意乱地满屋乱跳，不时还“喵喵”叫两声，发泄着满肚子怨气。电火炉子有是有，但不敢开，九英婶就拿一床毛毯包住腿脚，抵御浓重的寒意。一夜又这么熬过来了。好在这是一个暖冬，一到白天，温度有些回升。正月初一大清早，九英婶感觉肚子有些饿，想吃东西。她削了一个苹果，结果只吃下一小块。头晌时，有人来给九英婶拜年。九英婶听出动静，来的是刘桂娥和梅香。她俩上下湾住着，不同路，一定是约好了的。见锁着门，梅香就嘀咕，没听说要去县城过年呀，怎么就不说一声？刘桂娥说，不一定吧，可能没出远门。说完，她就喊，九英婶——九英婶——刘桂娥的嗓门高，喊声就像打炸雷，惊得屋内的九英婶心里麻悠悠的。

正月初二，柱子他们没有回来。初三这天，九英婶一直盼到下午，她始终没有听到汽车的引擎声。夜里，她打定主意，明天无论如何得给柱子打电话了。老拐子已经老去四天，九英婶不可能就这么守下去。老拐子是有后人的人，丧事再不能拖了。再拖下去，别人会骂柱子大逆不道。这对儿子的名声不好。

初三夜里，气温骤然下降。到下半夜，九英婶实在受不住了。她听到了雪粒敲击瓦片的声响，叮叮叮，这是大雪降临的前奏。没过多久，等她轻轻推开窗棂朝外望去，到处都是一片朦胧的白，世界已经戴上了重孝。她插上烤火炉，用毛毯覆住炉子和下半截身子，然后，头靠在桌面上沉沉睡去。

火，是后半夜烧起来的。冲天大火照亮了半个下湾。等乡亲们赶到九英婶屋场的时候，大火已经吞噬一切。人们搓着手，喊天叫地，毫无办法。

天亮后，人们在清理火灾现场时，惊异地发现了两具尸体。于是，围绕着火的原因，大家有了种种猜测。电路起火成了最大的可能。有人提出，是不是人为纵火？要不要报案？村长听了颇不高兴。我们神仙湾1949年以来从没发生过杀人放火的事，亏你想得出来！也是啊。人们都说，九英婶一家平时待人都好，又没结下冤仇，谁会烧了她家？说来说去，终没理出个头绪。

这时候，那只紫花猫不知从哪儿溜回来，出现在人们面前。它身上的毛发有几处烧过的痕迹，细心的拐子抱着紫花猫瞧来瞧去，除了发现它的一只前爪上沾着桐油外，并无其他可疑之处……

发表于2016年《北京文学》第4期
《长江文艺·好小说》2016年第7期选载
获常德市原创文学奖

守口如瓶

一

“红太阳歌舞厅”打架闹事的报警转来转去，最后转给了治安大队长钱亮。

“怎么搞的？”老板娘先打110，语气慌乱：“喂喂喂，快死人了，我是‘红太阳’呃……”

在这座小县城，“红太阳”的名气比县长还响。县长干几年就换届，人们记不牢，加上副县长多，普通老百姓打交道少，往往弄混，而“红太阳歌舞厅”开业至今生意一直火爆，深更半夜还闹得整座城市轰轰响，它的名号早已深入人心。

接警妹子多问一句：“谁打架闹事？请你说清楚点。”

老板娘报出两个人的身份后，没忘了把接警妹子臭骂一顿：“死丫头，再啰唆，耽误时间看老娘怎么投诉你！”

处警队带队当班的黄警察比泥鳅还滑，听说打架闹事者是燕山煤矿矿长刘二宝的司机“和尚”和矿上治安队的朴队长，思维发散，马上产生联想，感到有些棘手，抠了一会儿脑袋，直接通知治安大队长钱亮。

按理说，公共娱乐场所出了治安警情，处警队前往处置就得了，不关治安大队长鸟事。可是，燕山煤矿治安队队长朴强是公安局治安大队副大队长朴顺义的公子（哎哟我的妈，这身份介绍起来有点像绕口令）。如此一来，各回各的家，各找各的妈，副大队长的公子惹出事端，治安大队长当然责无旁贷。钱亮二话没说，撂下电话带队出警。

歌舞厅的情况乱七八糟。赶到现场时，警察看到狼藉一幕：从吧台大厅到包厢廊道上，玻璃碴子、啤酒泡沫、还有血迹和毛发到处散落。“和尚”和朴强站在脏兮兮的地毯上，每人手持半截酒瓶，带刺的茬口闪着寒光，像张开的鳄鱼嘴巴。两人嘴里不停骂咧，身子斜歪，摇晃不定，衣服上满是啤酒打湿的污渍，整个人欲坠未坠的稀松样。客厅沙发上窝着个中年男子，两边脸颊糊着血污，声音长长短短，气息微弱哼唧着，没人敢去护理。小姐们一个个早匿得不见踪影，只有歌舞厅老板娘抱着电话座机瑟缩在吧台里边，她身旁挡着忠诚的保安。一把办公椅成为保安手中的防卫武器，他借此和两醉汉近距离对峙，谁都不敢贸然进攻。见警察冲进来，老板娘和小姐们都像雨后的蘑菇纷纷从旮旯里拱出脑袋，开始七嘴八舌地指证和数落。钱大队长一声令下，几名警察拥上去夺下醉汉手里的家伙，利索地给他俩上好铐子，一阵风将两人带走。伤者被抬上另一辆警车，警笛啸叫着送往医院救治。

燕山煤矿是全县最大的私人煤矿。矿老板刘二宝和分管政法口的姜副县长私交甚密，传言他曾醉酒失态，当着外人面不把姜副县长称县长，而是直接叫“老大”。另外，燕山煤矿由集体企业改制成私企，姜副县长没少给力。他因此持有矿上的干股，这已经不算秘密。早赚得盆满钵满的刘二宝靠山大，手腕足，脾气臭，胆儿也肥起来，从不把一般人放眼里，连他的司机“和尚”都跟着狐假虎威，横得不可一世。这次大闹歌舞厅即是典型案例。治安大队长钱亮早有些看不惯了，有意收拾一下，灭灭他们的威风。这次总算逮着机会，偏偏朴强夹在中间，让钱大队长束手束脚，简直气人！

朴强与“和尚”被带走后，钱亮电话朴顺义：“朴大队，告诉你一个坏消息，你儿子长本事了……”咕噜咕噜把朴强参与滋事的情况说完，钱亮提示说：“这件事情既然涉及令公子，我建议你暂时离开队里回避一下，由我来安排处理。”

朴强于去年春上由县劳动局旗下的保安公司安排到刘二宝的燕山煤矿当保安。矿老板刘二宝别出心裁，不仅成立“燕山煤矿治安队”，把队长帽子扣在朴强头上，还在“燕山煤矿治安队”办公室门口加挂一块“蒙城县公安局治安大队警务执勤室”的牌子。牌子虽说只是徒有虚名，但绑架治安大队的意图很明显。朴顺义也不白吃亏，他安排“迟哥”带警察隔三岔五到煤矿走走，象征性地检查一下治安，到年底以管理为由向刘二宝搞点小摊派——那年头，朴顺义所辖的治安三中队创收任务重，找企业揩油实属情不得已。真正的大头好处落到朴强头上，除了保安公司应拿的工资外，矿上还额外开给他一份等额工资，等于是干一份活拿双倍的薪水。刘二宝之所以对朴强如此倚重，不单是欣赏他粗胳膊长腿的强壮身子，更看好他有个在治安大队当副大队长的老子。他盯着朴顺义手中的权力，挖空心思要把朴强牢牢抓在手里。他知道，对燕山煤矿来说，朴强不亚于另一口富矿。

对儿子这份工作，朴顺义一直耿耿于怀。刘二宝是典型的江湖客。他仗着自己兜内有钱，还有姜副县长的铁杆关系，黑白两道通吃，什么坏事干不出来？儿子朴强智慧长不过身体，读书成绩邋遢，勉强混到高中毕业死活再读不下去，属那种四肢发达头脑简单的人，跟着刘二宝这样的老江湖混，太嫩了点，指不定什么时候就会捅出娄子祸及其身，给朴顺义脸上抹黑。凡事预则立，不预则废。朴顺义担心朴强毁在刘二宝手上，思谋着早点把儿子从刘二宝身边拽开，可他心有余而力不足。朴顺义没钱，没门路，更没人脉，找不到好路子，就连眼下这份差强人意的“工作”还是刘二宝为了收买他们父子，拜姜副县长“特殊照顾”才弄到手的。另外，儿子朴强天生就是贱胚子，好像吃了迷魂药，对煤矿这份破工作很着迷，特别是和“和尚”这种人渣玩得死心塌地，铁了心地要跟刘二宝打天下。朴顺义试着和儿子交谈过两次，每次都不欢而散，有始无终。

哪料到，麻烦这么快就来了，这才不到一年时间！

朴顺义愣怔片刻后，在电话里回敬大队长：“该咋办咋办，我没意见。这个不争气的东西，最好让他进去尝尝滋味！”

钱亮没好气：“你真要大义灭亲啊，事到临头了，还唱什么鸡巴高调？先把火灭下去再说！”

朴顺义无可奈何，只好趁着大队长他们尚未归队，摔门下楼。

出办公室时，朴顺义思维出窍，脑袋在门上撞了一下，眼前顿时金星乱窜。他走出电梯口，正想着去哪儿避避“风头”，忽听得大厅左侧信访接待室里传出女人嘤嘤的啜泣，一时兴起，双腿不由自主地踅进去。

二

信访室老曾和朴顺义是战友，他俩当兵时一起在河南某大山旮旯里待过数年，后来一前一后转业，不料又凑到公安局这口锅里吃饭，平时两人喜欢开点玩笑。

见老战友懵懂一头撞进来，老曾如获大赦，他指着朴顺义对哭哭啼啼的女人说：“正好，我们管信访的局领导来了，你把情况说说，我们一起听，光哭有什么用？”

朴顺义心里装着儿子朴强的事，今天没心情跟老曾开玩笑，他犹豫着转过身子刚要出去，双腿却被哭闹的女人箍住：“领导啊，你这么走可不行！我儿子是在你们县里失踪的，警察要帮我找回来才中。”

一个“中”字，让朴顺义听出女人的河南口音。他当兵十多年，河南口音成了他的半个乡音，太熟悉不过了。此刻，他不忍走开——不仅是两腿被抱住，就这么离去，人民警察在老百姓心中的形象也有损害。他剜了老曾一眼，只得硬着头皮恨恨地坐回沙发，把“局领导”正经八百装下去。对老曾这种出格的玩笑，朴顺义虽说不情愿，骨子里表示理解。老曾天天面对那些无聊的信访，听人家唧唧歪歪诉说，一把鼻涕一把泪，甩得满地板都是。他心里哪怕再憋屈还不能拿态度，使性子，只能给人家端茶递水、装孙子、赔笑脸，一句话没说圆就会让人家揪住小辫子，朝他发泄怨怼。好几次，朴顺义上下班从信访接待室旁边过，都听到老曾被信访人骂得狗血淋头。现在，老曾拉老战友帮自己站站台，想借用一个无聊的玩笑缓解一下心理压力，敷衍一下河南女人，本也无可厚非。只可惜老曾的玩笑开得真不是时候——他哪知道朴顺义的儿子正在治安大队戴着手铐接受警察问话呢。

“我比较忙，有什么事情尽快说吧。”朴顺义将身子往靠背上放一放，把右腿跷起来架在左腿膝盖上——俨然端出一副“局领导”架子。

女人抽抽噎噎说了信访事由：她儿子有间歇性精神分裂症，去年上半年最后一次离家出走后一直未归，这在以前从没发生过。女人介绍说，往前，儿子出门最多不超过两月，也从未出过河南省，每次都是精神恢复正常后自己寻回家。这次情况可大不一样，女人预感到儿子已经遇害了。她的理由是儿子最近托梦给她，说他被人害死了，再也回不了家，让母亲把他的骨灰弄回去，他不想在异乡当孤魂野鬼。

女人的话很不靠谱。朴顺义心想，如果所有的梦都能当真，这世界岂不乱套了！他问女人：“你怎么就确定你儿子是在我们这儿失踪的？湖南、河南，两省隔着上千公里，他在梦里告诉你的？”

老曾补充道：“她提供了一个公用电话号码，查出是他儿子通过我们这儿的公用电话打过去的。这还是去年上半年的事情，时间对得上。不过，城市改造时公用电话亭早拆了，无从查起。”老曾凑过来，把电话清单和一张照片递给朴顺义说：“就是这个人。可是，时间过去太久了，人是长腿的动物，天晓得他走到哪儿去了？”

朴顺义看到照片的第一眼不禁一怔，应该在哪儿见过这人。他把照片放下，凝神想了一会儿，记忆里没翻出任何线索。再把照片拿起来，又足足盯了五分钟，朴顺义确信自己千真万确是在什么地方见过这人，最明显的特征是年轻人少了半截左耳垂。可是人上了年纪，记忆力真他妈活见鬼，朴顺义在脑海里百度搜索，半点影儿都想不起来。他沉浸在忘我的回忆中，自言自语说：“嗯，这人好像还真来过……”

这话一出口，把老曾吓一跳：“领导，你是不是认错人了？再说，社会上面相相近的人太多……”

朴顺义马上反应过来，自己出言唐突会让女人纠缠不休，也给老战友制造麻烦。

女人果真抓住救命稻草。她马上跪在朴顺义身边，鸡啄米似的磕头：“恩人啊，你要给俺做主呀，我就说过，我儿子是在这里出事的。”

老曾恼火道：“你在咒你儿子吗？他说不定还活得好好的呢，你现在的任务是继续找，我们都帮你找。”

朴顺义懊悔自己失言，不仅让老曾没法下台，还把火烧到自己身上，无法急于脱身。他歉意地对老曾笑笑，然后还得像模像样地作几条“指示”：第一，信访室要将信访人提交的相关资料收集保管，必要时把照片翻拍出来，下发到各派出所，通知他们在各自辖区协助查找失踪者，有情况及时上报；第二，信访室要认真做好接待记录，然后整理出来，交局领导备案；第三，注意收集相关信息，保持和信访人及时沟通联系。

朴顺义和老曾假戏真做，河南女人的目光在两警察之间睃巡，明显产生疑问。朴顺义注意到老曾一直无动于衷，这显然不像那么回事。他提醒老曾说：“老曾，我刚才说的话，你记录了吗？你是怎么干工作的？”

老曾反应过来，一脸的索然和鄙夷。他盯了女人一眼，无可奈何地从屉子内掏出纸笔，然后煞有介事地唰唰补记，眼睛间或在朴顺义和女人之间瞟来瞟去，心事不在工作状态。朴顺义心里说，老曾，对不住了，你这是自找麻烦，怨不得我。

回头，朴顺义安抚女人几句，离开信访室。

女人千恩万谢，说了一连串“中”。

“和尚”和朴强被带到治安大队还没醒酒。两人都歪垂着脑袋赛着打鼾，涎水从半张的嘴内溢出来，吊起老长。钱大队长着人看住他俩，先安排民警分别问老板娘和保安的材料。

情况很快明了。朴强与“和尚”进县城办事，中午不知在哪里喝高了，两人醉醺醺地闯进“红太阳歌舞厅”，嚷嚷着要老板娘给他们安排漂亮妹子。“和尚”是这里常客，而且从不签单消费，每次现金结账，不用找零，也不要求打折，老板娘不视他为上帝，而是视他是上帝他爹，从不敢得罪。见“和尚”驾到，老板娘将两人朝包房内引，拿大屁股蹭着“和尚”说：“放心吧，你是我们这儿的金牌客户，我们这里的妹子个个顶呱呱，包你和小兄弟满意。”

“和尚”打出一个饱满的酒嗝，指指朴强，然后在女老板大胸上掐一把说：“这是我们矿上治安队朴队长，主要是让他满意。”

“嫖队长？”女老板尖着嗓门发嗲，“哎哟喂，这姓多好，原来我们是一家人。”

朴强听着话不对劲，刹住脚步，对女老板冷冷地说：“怎么说话！黑我呀，谁和你一家人？难听死了。”说完，有转身要走的意思。

“和尚”见朴强生气，冲女老板吼叫：“读书没？人家朴队长可是漂亮的漂，是三点水，不是‘女’字旁。”

老板娘借坡下驴，自圆其说：“可不是嘛！你看人家一表人才，颜值多高啊。”

“和尚”和女老板半斤八两，加起来也就五百的货。朴强刚想给两位扫盲一下，女老板马上道歉：“朴队长别见怪，俺没文化，说错话还请担待。这样好不好，今天我埋单，请二位尽兴。”

“和尚”拍着胸脯：“谁让你埋单？兄弟不缺钱。”

朴强翻了老板娘一眼说：“嗨，可惜老子今天没心情。”

廊道上，正好有男子领着女孩从包房出来。男子搂着女孩的蜂腰，一只手都伸到屁股位置去了。女孩斜靠在男子身边，挽着他的臂膀，腻歪得很。“和尚”色眯眯的双眼直往女孩胸脯上戳，擦肩而过的瞬间，他一把揪住女孩，晃晃脑袋说：“咦，这个不错嘛，就她了，别走，先陪我兄弟玩玩。”说完，就往女孩身上扑腾。女孩一闪身，“和尚”扑冒了，一个趔趄栽倒在地，嘴巴触在地毯上，光亮而不规则的脑袋泛着青光，像一只瘪气的足球，样子难看死了。他磨蹭半天，勉强撑起身子，嘴里放着脏话，一把薅住女孩的头发，挥举拳头就开战。男子英雄救美挺身相助，结果脸上招致两记重拳。男子很不客气地回应了“和尚”几拳。“和尚”其实并不经打，男子一拳捣过去就成了猫眼，一颗门牙有所松动，而且很不争气地流出鼻血。“和尚”可不是好惹的主，他踢了旁边朴强一脚：“妈的×，欺负到老子头上来了，快去找家伙，搞死他！”

旁边的包房门半开半合，里面声嘶力竭的男女对唱像发情的夜猫嗷嗷叫。“和尚”不由分说拉上朴强，扛着半块血脸冲进去，双手各抓过茶几上一只啤酒瓶，“砰”一声磕破了递一只给朴强，嘴里嚷嚷着往外冲，战斗就打响了。唱歌的人见势不妙，纷纷丢下麦克夺门出逃，生怕火星子溅自己身上。混战中，那男子先还占点优势，但终究落单，身旁又有女孩羁绊，一人哪敌二手，最终让两醉汉手里的酒瓶敲破头皮，稀溜下去。保安本打算履行职责，冲上去制止一场斗殴，却被老板娘唬住。老板娘担心保安的介入会把事情复杂化，她认为保安当下最要紧的职责是保护老板娘和小姐们的人身安全，以及店子内的财产不受损失。至于客人双方牛打死马还是马打死牛，不关歌舞厅的事，是他们自己的事！保安眼疾手快，领命后三下五除二将女孩拖开藏起来，然后就手提把椅子做了老板娘的人肉盾牌。等“和尚”他们丢下男子回头寻找女孩时，哪里还有人影？“和尚”和朴强跳到大厅，借酒撒疯砸烂茶几上的玻璃，口口声声要老板娘交人，否则就要抄了这家歌舞厅……

三

钱亮问了医院那边的情况，有喜有忧。受伤男子构成轻微脑震荡，头皮被砸破，缝了五针，暂无大碍，他担心的是怎么应付伤者家属。同时，医院有话，必须马上交费，否则停药。谁交钱？当然是谁送患者谁交钱，医院不问患者，只问公安局治安大队。钱亮吩咐由歌舞厅先垫付医药费，以保证伤者治疗。老板娘不情愿：“咳，凭什么？警察有没有搞错啊，是他们砸我的场子呢，我的损失还没人赔呢，我是受害者呢，公安局讲不讲道理？”

钱亮说：“那好吧，通知‘红太阳歌舞厅’先停业整顿，我们坐下来把道理好好捋清楚了再开门营业。”

“红太阳歌舞厅”有色情服务，路人皆知。老板娘听出大队长这是要查封她的场子，断她的财路，马上降调，乖乖答应垫付医药费。

快下班时，“和尚”和朴强的酒醒得差不多了。钱亮安排“迟哥”负责询问。他俩供述的情况和警察掌握的相差无几，这是一起典型的寻衅滋事案件，朴强父子有麻烦了，治安大队有点被动。

受伤男子的老婆不知怎么得到消息，反应够快，赶在公安局下班之前领着一彪人马来到治安大队兴师问罪。

钱亮早有预见，在他们到达之前，他把“迟哥”叫到办公室做了一番

"沟通"。"迟哥"大名池远国，是名资深治安警，仗着姜副县长是他表姐夫，作风一贯散漫，上下班、开会从不按时，人送外号"迟哥"。朴顺义今年上任副大队长之初，和钱大队长暗度陈仓，借整肃纪律当众给开会迟到的"迟哥"来了个下马威，罚了他五十元钱，这个情况钱亮心里有数。现在，朴强栽在治安大队手里，"迟哥"会不会借题发挥挟嫌报复，钱亮心里没谱。可是，要想把这件事情平息下去，不借助"迟哥"不行。"迟哥"的能力不可小觑，长期以来，他和燕山煤矿老板刘二宝眉来眼去，走得很近。更何况他现在是"燕山煤矿警务执勤室"名正言顺的联系人，如果绕开他处理此事，他在背后随便使出一招，朴顺义父子俩都无招架之力，治安大队更会后患无穷。钱亮只好借力打力，开门见山问："迟组长，你对朴强的事情有什么想法？"

"迟哥"说："我听大队长的。"

钱亮说："错了，这件事情，我想全权交给你处理，我听你的。"

"迟哥"觉得大队长似乎从来没对自己这么重视和客气，他有点受宠若惊："大队长，你是领导，开什么玩笑。"

"我不是在跟你开玩笑，你负责联系'燕山煤矿警务室'，那是你的责任田，煤矿的人惹事，处理非你莫属。"

钱亮这是给"迟哥"戴高帽子。

"迟哥"深意一笑："大队长，按理说，为了不让人家揪住辫子，这件事我和朴队长都应该回避。但我不想让外人看我们治安大队的笑话，这件事你交给我办，请放心。"

钱亮说："我相信你有这能力。"

"大队长，不瞒你说，我平时对老朴是有点意见，但在这节骨眼上，孰轻孰重我心里还拎得清。我不会不顾大局，落井下石。一个轻微伤，没什么大不了的。我有办法搞定他们，看我的。"

在治安大队，"迟哥"因为有表姐夫做靠山，平日也是抬头望天走路的主。尤其是朴顺义提拔为副大队长后，与大队长钱亮一唱一和，第一把火烧的就是他。所以，朴顺义的儿子朴强现在有事，钱亮担心"迟哥"阳奉阴违，节外生枝。听了他刚才这表态，钱亮心想，"迟哥"还算大事不糊涂，他并不是那种骨子里很坏的人，原先对他的看法或许存在偏见，以后还要客观点。

伤者在医院躺着，老婆看过受伤的丈夫。在女人嘴里，丈夫的伤情被无限夸大，好像马上就要死了一样。她也获知确凿消息，“凶手”中，有一个是警察的儿子，而且这警察就在治安大队当副大队长。所以，家属压根儿就不相信治安大队会秉公执法。她带着很大的怨气和仇视，像拿住什么把柄一样，蛊惑亲戚纠缠不休，坚称坐等公安机关的处理结果，不把“犯罪分子”绳之以法誓不收兵。

由治安大队主持，双方坐下来调解。面对伤者的老婆和亲属，钱亮表明态度：“第一，将两名酒后滋事者治安拘留。王子犯法与庶民同罪，尤其对公安民警的子女绝不姑息。第二，坚决保证伤者治疗，直至完全康复，相关费用由治安大队协调落实。第三，有关民事赔偿部分，待伤者出院后由治安大队组织双方调解结案。如任意一方不服，可以走法律程序。”

亲属们对此表示不满。伤者老婆提出：“治安拘留太便宜了，你们应该让凶手去坐牢。”

钱亮说：“就本案而言，治安拘留已经是顶格处理。不管什么人，我们都只能依法办，不可能满足任何一方的无理要求。你们如果对公安机关的执法行为存疑，可以申请行政复议，还可以上法院打官司，我们愿意接受监督。”

人家不吃钱亮那一套。女人开始耍无赖：“你们官官相护包庇罪犯，我要上告。”

钱亮不屑与这种女人争论，宣布：“本案由池组长负责办理，当事人有什么疑问可以直接向他咨询。”

这个夜晚，治安大队一帮人都在熬夜。

第二天，不知“迟哥”使了什么高招，快到中午时，伤者的老婆竟然偃旗息鼓，自愿写下放弃追究两名酒后滋事者法律责任的谅解书，只要求治好她男人的伤就行，赔偿、道歉之类一概免去。结果，朴强与“和尚”并没拘进去，而是由刘二宝开车过来将他俩接走。

事情能这么快刀斩乱麻地解决，大大出乎钱亮意料，二十四小时没合眼，他累得骨头都快散架，好歹尘埃落定，也算了却一桩麻烦。他想，等忙完这一阵，定要把“迟哥”叫到办公室，掏掏他的老底。

刚有机会准备回家补个囫囵觉，钱亮接到通知，让他马上赶到县政府信访局，姜副县长（他还分管全县信访工作）已经等候多时了。

钱亮一进门，发现公安局信访接待室的老曾在座，感到莫名其妙。他猜想，是不是伤者家属走出公安局大门就翻脸变卦，径直到信访局告了治安大队的刁状？

结果不是这样，和钱亮同时受到召见的老曾只比钱亮先到一步。

见人到齐，姜副县长吩咐秘书带进一个女人。老曾见是那位寻找儿子的河南女人，明白是咋回事，咋呼说：“不是给你说得好好的吗？你怎么又跑到这儿来？解决不了问题的。”

姜副县长止住老曾，要他把情况详细说一下。

老曾水平不高，表达能力本来差火，加上有点紧张，一件简单的事情被他说得稀泥淌水。中途，姜副县长不耐烦地插话：“谁说的见过她儿子？”

老曾知道玩笑开大了，他看了钱亮一眼，不敢把朴顺义抬出来，磨叽半天，嗫嚅道：“没人见过他儿子。”

女人指着老曾：“是治安大队一个叫朴顺义的副大队长说的，你还说他是局领导，你们警察说假话像喝白开水那样简单。”

女人既然提到朴顺义，钱亮总算明白自己为什么会受到召见。

女人说得有鼻子有眼，老曾心里咯噔一下，他要赖说：“那是开玩笑的，目的是为了安慰你，你怎么当真呢？”

姜副县长追问一句：“到底有没有人见过他儿子？这种事哪能随便开玩笑。”

老曾说：“真没有。”

女人揪住不放：“你把那个朴领导喊来，我要当面跟他对质。”

老曾耷拉着脑袋，不搭理。

姜副县长坐不住了。他把肥胖身子在椅上挪动一下，直接问：“老曾，你干信访工作时间不短了，怎么还是这个水平？”

老曾睥睨女人一眼，回话说："我工作没干好，请领导批评。"

咚咚咚！姜副县长敲着桌面："现在不是批评，我要的是你实话实说，解决问题。"

老曾把目光从女人身上拽回来，无可奈何地说："这事情有点复杂，我请求单独向县长汇报。"

姜副县长与信访局长交换一个眼神，表示同意。

老曾有话单独向领导汇报，钱亮不知道自己应该怎么办才好。他试探着问："姜县长，我是不是可以走了？"

姜副县长招呼道："你别走，一起听听。"

钱亮隐约感到，这件事恐怕与朴顺义又扯上了。

四

第二天上班后，朴顺义坐在办公桌边又开始回忆照片上那个人。突然间，他脑海里灵光一闪，那个人还真蹦了出来，没错，他在燕山煤矿千真万确见过，最深刻的印象是那人的左耳少了半截耳垂。

当记忆刷新，"半截耳垂"重新浮现在眼前时，朴顺义不禁吓出一身冷汗。

还是去年上半年，朴顺义去煤矿看望上班不久的儿子。当时，儿子正对着一名矿工恶语相向，态度很雷人。朴顺义对儿子的工作方法看不顺眼，问是怎么回事。朴强说，那名外地矿工在井下净说些不吉利的话，什么瓦斯呀，透水呀，冒顶呀，制造紧张气氛，引起人心慌乱。他必须对他提出警告，以示对井下安全负责。儿子说话吞吐，似乎刻意隐瞒真相。朴顺义正要刨根问底，结果是那名矿工自我检讨一番，唯唯诺诺地上工去了。朴顺义清楚记得他操河南口音，左边半截耳垂留下清晰印象。后来，朴顺义只顾着和儿子交谈，把矿工的事给忘了。现在，冷不丁想起那个人，朴顺义无法不把他和在信访接待室见到的河南女人联系起来。他有种不祥预感，怀疑在那名矿工身上可能会发生什么不测。

说得更直截了当点，如果那名矿工真是河南女人失踪的儿子，现在又去向不明，那么，燕山煤矿就摆不脱干系。燕山煤矿一旦与矿工的失踪发生交集，朴强就会有事。这样的逻辑联想让朴顺义坐不住了，他想马上找儿子谈谈。

可是，朴强并没落屋。昨天下午，歌舞厅滋事事件处理结束后，矿长刘二宝亲自开车将他和“和尚”从治安大队直接接走。

朴顺义决定先找“迟哥”了解点外围情况。“燕山煤矿警务执勤室”由“迟哥”联系，他三天两头往矿上跑，朴强的表现应该逃不出他的视线。

敲开“迟哥”办公室，朴顺义兜头撂一句：“‘迟哥’，我欠你一份人情。”

“迟哥”当然明白朴顺义所说的人情，说：“朴队长，你不欠我人情，上次你帮我放了铁哥们儿，让我很有面子，我俩扯平了，这叫你有情我有义。”

朴顺义想起来，上次抓赌时，有个信用社主任现场放高利贷被拘进去。“迟哥”找到朴顺义，说是他朋友，要求网开一面，想提前办出来，朴顺义当时二话没说开绿灯。干公安工作，啥时候都不能下绝手，与人方便自己方便。朴顺义暗自庆幸，幸亏自己当时给“迟哥”赏脸。他说：“一码归一码，这个人情我一定得还你。”

“朴队长，你这样的说法我无法接受。同事之间，什么人情不人情？实话告诉你，这次酒后滋事，动手打人的是‘和尚’，朴强只是打火烧了鼻梁。”

朴顺义当时悄悄看过朴强和“和尚”的口供笔录，他俩对滋事过程都供认不讳，“迟哥”显然是在撒谎、包庇。他不明白“迟哥”为什么会在这件事情上暗里帮他，这个“迟哥”心里到底打着什么如意算盘？

春意阑珊，天气还有些冷，从窗外吹进来的风让朴顺义颤了一下。朴顺义走近窗边，漫不经心地拉上帘子，目光定格在墙上的空调机上。他心里默算一下，这台挂机差不多用了十二年，现在锈迹斑斑成了摆设，既不制冷，更不制热，白耗电。治安大队几乎每天都在捞钱，而且每年都捞不少的钱。可是，这些钱大都拿来上交，用于夯实公安工作的基础，兄弟们的办公条件长期得不到改善。朴顺义找到话题："'迟哥'，今年哪怕手头再紧，你办公室这台老掉牙的空调也要换掉。"

"无所谓，我们享受着组织的温暖，早就习惯了。""迟哥"话藏机锋，牢骚又来了。

朴顺义马上转移话题："我想知道你是怎么摆平受伤男子和家属的。"

"迟哥"说："我用两招收拾他们。先让组上兄弟查伤者的老底。他娘的，这家伙居然还是一个山区乡的乡长。近两年，光我们治安大队就抓过他三次嫖娼，每次都是乡里的财政所长带钱取人，他的屁股很不干净。"

按照"迟哥"的说法，翻出案底后，他直接到医院找到那男子，将复印的历次口供材料出示给他看，然后谈条件，要么"迟哥"把材料交纪委，要么乡长劝亲属让步。男子的仕途一片阳光，据说乡里书记年底另有任用，位子都给他腾了出来。他不想在这节骨眼上鸡飞蛋打，只好忍气吞声打电话劝老婆放弃诉求。

"迟哥"最后发一句感叹："这人啊，就怕有软肋。不管他内心多强大，一旦有尾巴让别人揪住，他就狗屁都不是。"

或许，"迟哥"的议论只是随感而发，可在朴顺义听来，句句都像警钟长鸣，而且指向明确，意味深长。

"你这搞法有点下流。"朴顺义装作没听懂，他对"迟哥"提出批评。

"我这叫用流氓手段对付流氓。"

"可是，乡长老婆会轻易答应？"朴顺义有疑问。

"她当然有条件。""迟哥"做出个数钱的动作，"最终还是毛爷爷面子大，他老人家一正压万邪。"

原来，"迟哥"的第二招是打电话把刘二宝叫来。酒后滋事者都是他的人，他摆不脱干系。从骨子里说，刘二宝未必鸟他"迟哥"。可是，"迟哥"的表姐夫是姜副县长，刘二宝不看僧面看佛面，只好按要求出血买平安。

朴顺义叹一声："'迟哥'，说起来这是我的家丑。朴强这次能侥幸过关，多亏你暗中相助，要不是你有几把刷子，还不知会闹出什么结果。"

"迟哥"说："朴队长，你别把事情想得太悲观，这次打人，朴强并没动手。”

“怎么可能呢？”朴顺义诧异地看着“迟哥”，说，“钱大队长当时就在电话里把现场情况对我说了，材料我也看过，用不着你遮掩，我有承受力。”

“准确地说，是我没让朴强动手。”“迟哥”狡黠地笑笑，拿出屉子内的卷宗，晃晃说，“我都准备好了。就凭这个，法制办批不了朴强的拘留。”

朴顺义从“迟哥”手里接过案卷，飞快地翻动纸页。他看到了老板娘和保安的证人证言。在笔录中，现场目击者几乎同时指证，那名男子是在与“和尚”打斗时不小心自伤，朴强不仅没动手，甚至还冲上去对“和尚”实施劝阻。否则，事情的严重程度可能远比现在糟糕……与此对应的是朴强和“和尚”的口供完全翻盘，“和尚”一个人把事情兜下，朴强摇身一变，几乎成了见义勇为的英雄。

这本案卷与朴顺义先前看到的大相径庭，很明显，这是“迟哥”与歌舞厅老板娘串通一气，形成的假材料。有了它，这案子谁也别想翻过来——“迟哥”徇私舞弊，胆子也太张狂了！

朴顺义摇着头说：“‘迟哥’，你那点小动作忽悠得了别人，但瞒不过我。上面如果真要追问下来，你想过后果没有？”

“放心吧，这件事你不用担心，我不说出去，谁的嘴巴都会闭紧。”

朴顺义释然一笑：“有件事我要拜托兄弟。”

在“迟哥”印象中，朴顺义似乎还从没这样低调过。他等着朴顺义把话说完。

“朴强那小子不争气，我的话现在对他不管用。他现在是你管的人，拜托你多替老兄操点心。”朴顺义说，“我就这么一个儿子，他出不起事啊。”

“迟哥”的表情有些复杂。这一年多来，朴强和刘二宝、“和尚”他们打得火热。这孩子年轻，头脑单纯，不属那种是非分明，而且自控能力很强的人。这一点，“迟哥”已经看出某些端倪。作为父亲，朴顺义对儿子的忧虑一点也不多余。可是，他能告诉朴顺义什么？他说：“放心吧，不管别人挖多大的坑，我都不会睁着眼睛让朴强往坑里跳。”

朴顺义说：“你要给我承诺。”

“迟哥”说：“我担保！”

朴顺义还想借这个话题向“迟哥”探听一点什么，他的电话响了。大队长钱亮在电话里说：“朴队，马上到姜副县长办公室来一趟。”

朴顺义心里一怔，下意识地问：“马上？很急吗？”

钱亮说：“我们都在这儿等着你呢。”

语气低沉，朴顺义感觉肯定出了什么差池。

五

钱亮和老曾进了姜副县长办公室，姜副县长首先问钱亮：“知道为什么叫你来？”

钱亮摇头：“我不知道。”

姜副县长嗔怪道：“关上门就我们内部几个人，你就别装了。”

钱亮说：“我是真不知道，谁借我熊心豹子胆我也不敢欺骗领导。”

姜副县长强调说：“刚才你也见过了。早上一上班，我去信访局转转，就是那个女人，听说我的身份后像蚂蟥一样缠着我，甩不脱。我知道在治安大队，你一向最看好朴顺义。客观地讲，他这个人干工作的确很有一套，但是——”姜副县长指指楼下办公室，继续道：“人家现在就赖在信访局不走，非得要一个结果，这可不是闹着玩的，你要掂量出事情的轻重。”

姜副县长的意思很明了，朴顺义敢冒充局领导，钱亮一定知情，他们之间为达到什么目的肯定有商量——这对钱亮很冤枉。

“姜县长，您这话把我说糊涂了。”钱亮申辩说，“我和朴顺义私交是好，但在原则问题上，我还是有底线的。听您刚才的意思，好像我在包庇他？”

“我并没说你包庇谁。”姜副县长朝老曾努努嘴，“那好吧，就让老曾说说，到底是怎么回事。”

其实，到信访局看见河南女人的第一眼，老曾心里就开始打鼓。他后悔不该开玩笑把朴顺义说成“局领导”，逼他端着架子作那些所谓的“指示”。朴顺义也真是让鬼摸昏了头，平时想找战友叙个旧都找不到他，昨天偏偏不请自来，来了也罢，居然还瞎嚷嚷说在哪儿见过女人的儿子，他这不是没事找事嘛！他到底见没见过？世上面相差不多的人多如牛毛，他能保证不会看走眼？再说了，朴顺义当时并没肯定地说他在何时何地见过照片上的人，那完全是一种似是而非的自说自话，女人怎么能当真？所以，老曾的大脑飞速旋转，他果断决定否认这件事，打死不认账。因为他知道，自己的举证会使朴顺义和治安大队陷入被动，河南女人更会揪住不放。

老曾绕开朴顺义，把上午接待河南女人的过程避重就轻地说了一遍。

姜副县长听得眉头上的皱纹直往上飘，好像要飞出去一样。他呷了一口茶：“说完了？”

老曾点点头。

“嗳，我问你。”姜副县长性子有点急，他指着老曾，“你在接待信访人时，朴顺义进你办公室，冒充局领导，还作过几点指示，有这回事？”

老曾心里顿时垮了。可他毕竟是见过世面的人，他咳一声，正了正身子，故作轻松地回姜副县长：“当时，老朴正好进来，我为了敷衍信访人，拉老战友帮着站站台，也没别的意思，就是开个玩笑，我们平时开玩笑开惯了，今后不敢乱来。”

姜副县长在烟灰缸里狠狠地摁灭烟头，然后说：“老曾啊老曾，不是我要说你们，你和朴顺义两人年纪加起来也有百多岁了，还玩这种小孩过家家的游戏，有意思吗？你说你们这是唱的哪一出啊？我不知怎么说你们才好！”

老曾脑袋低下去，无言以对。

姜副县长进一步点中要害：“我问你，朴顺义说他见过照片上的人没？”

果然来了——这才是要命的问题。

老曾倒打一耙：“谁说的？我没听他说过。”

太蹊跷！老曾感到奇怪，河南女人是怎么弄清朴顺义的真实身份，并直接把状告到信访局来的？

办公室内出现短暂宁静。大家的目光都不约而同聚焦到老曾身上。老曾伸手去摸烟，结果空手而返——临时走得急，烟盒丢在办公室，没带身上。

老曾的慌乱让钱亮看得透彻，他掏一只烟甩过去，自证清白说："老曾，有啥说啥，你不要紧张，也不要有顾虑。"

老曾摊开双手，挺挺胸脯说："我有什么好顾虑的？我君子坦荡荡。"

姜副县长见问不出名堂，朝钱亮摆摆手，指示："给朴顺义打电话，让他马上过来——这事有点邪门了。"

在等待朴顺义的时间里，钱亮和老曾从姜副县长嘴里知道了河南女人是怎么盯上朴顺义的。原来，朴顺义在信访接待室配合老曾演完双簧后刚离开，河南女人就假装上厕所跟到电梯口。她发现电梯上行到三楼停住，随后也上了三楼。三楼是治安大队的办公楼层，过道墙壁上挂着考勤牌，上面照片与姓名对号入座，一目了然。朴顺义一个小小副大队长冒充局领导欺骗信访人的事情暴露无遗。

钱亮听了，打趣道："这个女人，可以调到公安局干警察。"

姜副县长趁机敲打他和老曾说："现在，老百姓的法律意识都上来了，我们干工作出不得半点纰漏。这是教训。"说完，姜副县长看看时间，催促钱亮："朴顺义是怎么搞的？催催，这作风！"

姜副县长的话提醒了老曾，他估摸着朴顺义应该快到了，便捂着肚子，苦着一张脸起身如厕。

姜副县长的办公室在东头，楼层厕所在西头。朴顺义过来必须经过厕所旁边的楼梯，老曾是要打他的伏击。现在，他俩成了一根藤上的蚂蚱，一荣俱荣，一损俱损。老曾唯恐朴顺义心里没底，一头雾水撞进来把话说烂，到时不好收场。朴顺义刚刚踏进楼道，就被守候在厕所门口的老曾一把扯进去。时间紧迫，分秒必争，老曾如是这般三言两语就串好供了。然后，他让朴顺义继续留在厕所待上三五分钟，别把戏演砸。

老曾重新坐到姜副县长办公室不到两分钟，朴顺义敲门进来。

坐定后，姜副县长直接向朴顺义开炮，劈头盖脸砸出一连串问题。从问话的语速和方式分析，他是不想给朴顺义留着回旋余地，让他编造谎言。很可惜，领导慢了半拍，老曾已经和他串通好了。

“朴队长，你昨天去过信访接待室？”

“去过。”

“你在三楼办公，去那儿干什么？”

朴顺义瞟了钱亮一眼：“当时，治安大队正办案子，我需要回避一下，下楼后没什么去处，随便溜达就拐进了老曾办公室。”

“接着讲。”

“老曾没汇报吗？他为了早点打发信访人，随口说我是管信访的局领导，然后，我俩就一唱一和开了个玩笑，我们也没别的意思，只想早点把河南女人打发走，那个女人比杨三姐还难缠。”

这和老曾的说法对上，姜副县长绷紧的脸放松许多，但他的攻击没有停止。

“你看过女人提供的照片？”

“嗯。”朴顺义被送到嘴边的茶水烫了一下。

“你见过照片上的人？”

“没见过。”

姜副县长正色道：“可是，有人听你亲口说你见过。”

“谁呀？”朴顺义故意指着老曾，“你听见的？老曾，你别雷打急了朝树上指啊。”

老曾说：“我没听见，那个女人说她听见了。”

“我就说呢，这不诬陷人嘛！”

办公室内再次复制出那种毫无意义的宁静。

片刻之后，姜副县长追问一句：“请朴队长明确告诉我，你是否见过照片上那个人。”

朴顺义的回答留有余地：“姜副县长，干我们这行的，关注过太多的人，单从照片上看，每个人都似曾相识，这或许出自警察多疑的职业敏感。再说，我现在年纪偏大，记性大不如前，见过的人转过背去就忘掉，指望自己的记忆力真是见鬼了。”

朴顺义的话逻辑缜密，姜副县长挑不出瑕疵。

“很好！”姜副县长说，“既然朴队长和老曾一个没乱说，一个没听说，那就说明信访人有意胡搅蛮缠。这种事情过去不是没发生过，不足为奇。我们应该尊重事实，同时也要相信你们两位受党和政府教育培养多年，起码的觉悟和良知还是有的。”

朴顺义压在心里的石头砰然落地，他迎着姜副县长的脸回应他一个感恩的表情。

“当然，其中的教训是有的。”姜副县长以一个领导者长期形成的辩证法则，一分为二地剖析这件事情，“我们应该从中吸取怎样的教训呢？那就是俗话常说的祸从口出。面对信访人，我们时刻要对自己的身份有清楚定位，我们是在代表党和政府、代表法律说话，而不是随便跟人家吹牛侃大山，千万不能把信访工作当儿戏，尤其面对极个别缠访群众更要谨小慎微，不可信口开河。老曾——”姜副县长开始点将了，“在当今错综复杂的社会矛盾面前，你这份工作太重要，肩上的责任不轻啊！”

平心而论，老曾一直认为，一个单位的信访工作都是应付性的，无非是给单位擦擦屁股，和信访人打打嘴巴仗。他还从没听人像姜副县长这样把信访工作上升到政治高度和理论深度。姜副县长这番话不仅让老曾有醍醐灌顶茅塞顿开的感觉，他甚至为自己和朴顺义刚才合伙欺骗领导的行为感到自责和不安。他进而想，是不是散会后找朴顺义谈谈，看他那里是否真有什么线索，能帮河南女人找到儿子？

钱亮好像猜出老曾的心思，怕他激动过头说出什么不得体的话来，马上接过姜副县长的话头说：“刚才听了领导指示，我深受启发。我想，领导这番话不仅对信访工作高屋建瓴大有裨益，对我们治安大队的工作同样具有指导意义。”

姜副县长很满意。他微微颔首：“我可以负责任地告诉各位，人家现在一口咬定她儿子就在我们辖区失踪，而且不管你朴队长说没说过，她就认定你见过她儿子。我想，这件事情不管是真是假都要给人家一个说法。一个女人，千里迢迢赶来寻找患精神分裂症的亲人不容易，将心比心，我们都要正确面对，我们要时刻牢记宗旨。”

“这样吧。”姜副县长一贯雷厉风行，他提出具体方案，“朴队长和老曾回单位后，迅速写一份情况说明，这件事情由我负责协调，做好信访人的工作，尽可能让人家满意回去。”

一干人走出姜副县长办公室。领头的朴顺义闹笑话，他居然走反了方向。钱亮见他一副心事重重的冒失样，问：“怎么的？找不着北啦。”

朴顺义编造说：“昨夜打麻将睡迟了，到现在脑壳还晕乎乎的。”

钱亮知道朴顺义从来不打麻将，揶揄道：“骗鬼去！我看你是在床上打嫂子那副老麻将打过头了吧。”

钱亮的戏谑引发大家嗤笑。

朴顺义和老曾都上了钱亮的车。钱亮转动脖子见周边无人，把车窗玻璃摇上来，双手搭在方向盘上。他不急于发车，嘘出一口气，无厘头来一句：“好险啦！你俩这事闹的。”

朴顺义从大队长的话里听出弦外之音，老曾却还傻不拉几地问：“钱大队么意思？”

钱亮扭过头，冲老曾说：“你上的什么厕所？手都不冲一下就回来，演技也太差了，你当姜副县长二百五呀。”

老曾想要解释什么，被朴顺义碰了一下。钱亮已经拧开点火钥匙，警车轰着油门，呼啦一阵风飙出政府大院。

六

现在，朴顺义心里揣着一个秘密，这个秘密属于他和燕山煤矿，准确地说，很大程度上属于他和儿子朴强。

作为一名职业警察，朴顺义深信自己和老曾在信访局对姜副县长说的那些话压根经不住推敲，尤其是自己后来把责任推给记忆力衰退，理由更显牵强。姜副县长不是傻瓜，要不然他坐不到副县长位置上去。记得姜副县长曾经在公安局一次纪律作风整顿大会上说过这样的话，“不要以为天底下只有自己最聪明，把人家都当成二百五。这里有一个辩证法，我希望大家要记住，当你低估别人的时候，首先就小瞧了自己！”朴顺义对号入座，感觉姜副县长那番话就像一个预言，是针对自己说的。他和老曾的拙劣表演，一定让姜副县长识破了。姜副县长之所以看破不说破，可能是因为他还没有足够的证据，抑或说还没到非说破不可的时候。在领导者的决策里，多一事不如少一事，往往是一个优先选项。朴顺义和老曾两人既然一口咬定与河南女人的儿子无关，姜副县长当然省心了。但你想想，一个河南女人，风尘仆仆远道而来，她哪儿都不去，偏偏就盯住蒙城，人家是吃饱了撑的？再说，她手里的那份电话清单上，确实有儿子从这里打回去的电话记录。一个连话都说不顺溜的农妇，凭什么要编造谎言嫁祸朴顺义？她怎么就不直接黏上老曾呢？这些疑问的背后其实只有一个简单的答案：河南女人没说假话，朴顺义一定见过她儿子！朴顺义和老曾的那点鬼把戏诓骗别人可以，但政法圈子内人人精得像猴，谁都心明眼亮，就连旁观者钱亮都轻而易举看出破绽来了，更何况姜副县长？想到这一层，朴顺义感觉后背冷飕飕的。他好像把自己脱光了衣服，站在一堵玻璃墙里边，表面是隔开了人们的视线，实际上自己那点阴私纤毫毕现，让人家一览无余。朴顺义坚定地认为，姜副县长之所以揣着明白装糊涂，暂不追究自己和老曾，是因为两人都守口如瓶，一口咬定没见过失踪者，这和领导的期待达成默契，让一件头痛的信访迎刃而解——谁能保证一个精神分裂症患者的母亲没有同样的病史？可是，朴顺义有着另一个考量，那个缺少半截耳垂的男人千真万确在燕山煤矿出现过，而且就落在儿子朴强手里。这个人现在是否还在矿上？如果失踪者哪天突然冒出来揭开真相，朴顺义怎能自圆其说？想来想去，朴顺义觉得自己的当务之急是马上去一趟燕山煤矿，通过儿子查查“半截耳垂”的下落。只有这样，他心里才踏实。

朴顺义本想把儿子叫回来，有话在家里说。这个想法马上被自己否定，理由很简单，老婆的心脏一直不好，她受不起刺激。这件事情已经把父子俩牵连进去，犯不着还要搭上一个心脏病患者。相反，到了燕山煤矿，朴顺义就没啥好顾忌了。如果“半截耳垂”出问题，他刘二宝难辞其咎。

朴顺义去燕山煤矿，是从信访局回来的第二天大清早。他没给任何人打招呼，采取突然袭击。当他把警车停在院坪里走向“燕山煤矿治安队”时，朴强正蹲在办公室门口阶沿上埋头刷牙。他朝牙刷上噗出的最后一口水吐到了朴顺义脚边，抬头发现站在眼前的父亲，笑得有点惊悚："嘿，昨晚上加班巡逻，起迟了。"

这样的解释似乎显得多余。朴顺义没答话，他的目光落在儿子身上，带着莫名其妙的疑问——朴强头发爹开，脸上写满疲沓，裤脚边沾有尚未脱尽的黄泥。

"爸，你来干什么？事先也不通知一声，搞突然袭击呀。"

或许，朴强对自己酒后大闹歌舞厅的事心有余悸，认为父亲是要秋后算账而紧张吧。朴顺义看看手机时间，已经九点多钟。他进屋坐下，直截了当说："我要见一个人。"

朴强心虚地说："刘矿长一早下山了。"

朴顺义说："我要见的人不是他，是那个河南矿工。"

"河南矿工？"朴强假装努力回忆了一阵，然后笃定地说，"我们这儿哪来的河南矿工？爸，你记错了吧？"

朴顺义提醒儿子："去年春末我来过一次。当时，你正在训人家，说他在井下乱嚼舌。"

朴强说："我想不起来，去年的事，太久了。"

"我帮你回忆一下，他的左边耳垂缺了半截。你到底是记性差还是在故意隐瞒什么事情？"

朴强脸上闪过一丝阴郁："哦，你是说那个精神病啊。"瞬间，他脸上换成释然的表情，"他辞工离开煤矿了。"

"什么时候的事？"

"这个，我也说不清楚，要问刘矿长。"

"用不着问他。"朴顺义进逼道，"这件事我不想惊动别人，你去财务那里查一下账，看看他最后领工资是什么时间，快去快回。"

朴强迟疑着没起身，他磨蹭一阵说："实话告诉爸，他只干两个月，连试用期都没满就发病走了，查不到账。"

朴顺义盯着儿子："朴强，你把眼睛看着我说话，不要躲闪回避。"

朴强的目光再不敢游移："爸，你这是什么意思？好像审犯人。"

朴顺义说："你的眼神告诉我，你刚才撒了谎，为什么？"

朴强说："我没撒谎。我只负责矿上治安，矿工不归我管，有话你直接去问刘矿长。"

最后这句话倒让朴顺义稍许宽心和认同。儿子说得对，河南矿工就算在煤矿干过，又关治安队长多大个事呢？天塌下来应该由矿长刘二宝顶着。可是，朴强无论如何不能在煤矿干下去了，从歌舞厅滋事到"半截耳垂"下落不明，朴顺义越来越强烈地感到儿子正在滑向某个未知的深渊。朴顺义干警察，过手的案例太多，直觉和经验也让他充分自信，许多人最后落到不堪收拾的结局，反观他的成长经历，其实早有征象，只是没人及时提醒，放任自流最终才酿成悲剧。朴强不能重蹈这样的覆辙！朴顺义切换话题："你要有思想准备，好好干完这一年，年底结账走人。"

朴强倔劲上来："凭什么，我干得好好的！"

朴顺义说："好不好我比你更清楚，这事没得商量。"

"我哪儿也不去，燕山煤矿存在一天，我就干到底。"

朴顺义心想，你要是真能平安无事地干到底，我倒不用操心了！看来，现在讨论这件事情似乎不太合适，朴顺义决定下山。

离开之前，他特别叮嘱儿子，关于他来煤矿查问河南矿工的事，对任何人只字不要提，尤其是对刘矿长。

"为什么呢？"

朴顺义不耐烦了："没有为什么，你嘴巴闭紧，把这件事情烂在肚子里，不管谁问你，就按刚才的话说，我只是来看看你。"

说完这话，连朴顺义自己都感到莫名地觳觫。他是要给儿子传递什么不祥的信息呢？说出这样的话，儿子会怎样看待自己的警察父亲？

朴强反倒显得平静，他用两字回答父亲："我懂！"

儿子到底懂什么？他究竟懂得了多少？我懂，这样的回答里包含了怎样深刻的意涵？

朴顺义走出儿子办公室，他脚步沉重，落满煤灰的路面上留下一串凹陷的鞋印。

回县城途中，朴顺义居然碰到了刘二宝的车。会车时，刘二宝把车停在路边，主动下来打招呼："朴大队长难得上山一次，不吃饭就走，瞧不起兄弟啊。”

朴顺义说：“我就是看看朴强。不是刚出了点事吗，我怕他背包袱，做做他的思想工作。”

刘二宝笑得像弥勒：“难得朴队长对我们矿上一片关心，年轻人哪有不出点差错的？朴强干工作不错，你尽可放心。我刚才在姜县长面前还表扬这孩子呢。”

朴顺义顺便探他的口风：“我说刘矿长为什么这么早下山，原来是姜县长有召见啊。”

刘二宝明白自己说漏了嘴，马上解释：“我一个挖煤的，谈得上什么召见？也是正巧遇到，嘿嘿，就随便聊几句。”

分手上路后，朴顺义琢磨着，刘二宝一定是被姜副县长叫去的，那么，一大早叫他下山干什么？刘二宝会把朴强醉酒闹事告诉给姜副县长？姜副县长会把自己和老曾演的那出戏说给刘二宝？

妈的，太多疑问了！

七

求见姜副县长之前，朴顺义已经见过两人。可是，他没有找到自己需要的出口。

太沉重了！从燕山煤矿回来，朴顺义的心理压力又加重了一层。朴强没有否认“半截耳垂”在燕山煤矿的出现，他同时也默认了那人的失踪，只不过最后把责任推给了矿长刘二宝。那么，问题就变得复杂起来，甚至有些严重。

据说，河南女人并没离开蒙城。信访局的人给她做工作，希望她去别处找找，不要吊死在一棵树上。可女人很固执，她说，儿子既然不在，活着还有什么意思？她早就想死了，只是没找着树，现在终于找到这棵树，她不在这里吊死还能去哪儿？

周末的上午，老婆买菜回来，气色很不好。朴顺义还没来得及问一句，老婆从菜袋子内掏出一个纸团“啪”地砸在他脸上。展开的纸团上揭露着朴顺义和老曾瞒天过海欺骗信访人的“罪行”，这显然是河南女人的杰作。从上面粘满的糨糊分析，县城各处的墙面上都应该留有这样的单子。

“朴顺义，想不到你一夜成名，我都跟你沾光了。”老婆说完这句挖苦的话，就急忙捂住胸口，手脚哆嗦着找救心丸吞服，然后倒在床上休息。

几乎就在同时，各路类似信息接踵而至。电话里，钱亮的话不无戏谑：“朴队长，你是大器晚成啊！”

朴顺义需要找人倾诉，在倾诉中释放心中的积郁。当然，这是有前提的，倾诉的对象一定是已经知道朴顺义心里的秘密，而且愿意替他保守秘密的人。斟酌半天，合适的人选只有三个：老婆、老曾和钱亮。老婆是最放心的人，却是朴顺义最先排除的人。女人的见识不足以担此大任，顾虑老婆的心理承受力就算了，朴顺义也不想让她多操心。一个家庭，还嫌乱得不够吗？钱亮似乎也不大合适，他显然已经识破了朴顺义和老曾的小伎俩。从信访局出来，他在车上就做了点到为止的暗示。朴顺义对这个合作多年的直接上司是信任的，他坚信钱亮在任何情况下都不会出卖自己。但是，往往在上下级之间，心照不宣是一种游戏规则，也是一种约定俗成的境界，许多时候，有些事情心知肚明的状态最好。

想来想去，朴顺义只有去找老战友聊聊。

无聊的下午，老曾办公室正好安静，朴顺义瞅准时机贼一样溜进去，掩上门，撂出一句话：“老曾，你会把我害死。”

老曾张大着嘴，半天才反应过来。他还击朴顺义：“你放明白点，我才深受其害呢。”

“你不把我说成局领导，我会出那种洋相吗？”

老曾也不示弱：“你不半路上杀出来，还说什么见过照片上的人，人家会跑到信访局告状吗？真是扯淡！”

口水战告一段落，朴顺义转到正题上：“好了好了，我来不是和你吵架的，你帮着出出主意，怎么把火灭下去。”

“不是灭下去了吗？人家姜副县长最后没追究了，你想一泡屎搅起来臭吗？”

“你这个人啦，干工作几十年还是没长进。”朴顺义怒其不争地说，“姜副县长那句话‘一个不乱说，一个没听说’啥意思？你听懂没？你以为人家真的口误啊？他是在拐着弯地揭露我们！你撅着屁股想拉屎，人家早收拾我们啦。”

老曾吓一跳：“可是，事情不都过去了嘛，领导并没说要对我们怎样，你庸人自扰。”

“问题是河南女人会罢休吗？她不仅没离开蒙城，还小字报满天飞，我俩都成明星了！”

老曾怔了片刻，突然冒出一个问题：“老朴，你是不是真见过她儿子？回想起来没有？”

“你问这个干什么？你想翻案啊。”

“你要是在哪儿见过，我们顺着线索查找一下，找着没找着不都有交代吗？”

朴顺义铜铜铁铁地说：“我哪见过？那天是真看花眼了，眼睛该死。”

老曾说：“怎么怪上眼睛了？你应该掌嘴才对，看错不必说错，我看啦，人家出口成章，你是出口成祸。”

“跟你这种人说话没劲。”朴顺义气冲冲地走出信访接待室。

他没去别处，而是直接上三楼，见钱亮办公室开着灯，就犹犹豫豫地敲开门。

钱亮招呼朴顺义坐下：“有事？”

朴顺义结巴说：“没、没事。”

钱亮直视着朴顺义：“你这家伙，一定有事，别瞒我。”

“不知道你怎么看。”朴顺义的语意很跳跃。

钱亮像一位哲人：“当一个人面临抉择时，他必须忠于自己的内心世界，要体现出坚定的意志。”

“我怕有麻烦。”朴顺义神情沮丧。

“你已经有麻烦了。”钱亮说话的同时在写一张字条，然后撕下来，团在手里，“但是，别人帮不了你。我不是老曾，老曾帮你也是白帮，他只会帮倒忙。”

朴顺义告退时，钱亮把纸条递给他，上面一行字："狗掀门帘子——"

这个破折号后面的意思，朴顺义知道。钱亮是在给他支招，让他管好自己的嘴。

朴顺义收好纸条，说了声"谢谢"。

钱亮说："不用谢，我什么都没做。"

朴顺义说："我从来就没给你说过什么。"

两个人打哑谜似的，有点意思。

单独面见姜副县长，朴顺义还是第一次。做出这样的决定，他也是情不得已。当办公室门打开的那一瞬，朴顺义鼓足的勇气好像遭遇针刺，他整个人都泄了。

姜副县长起身给朴顺义沏茶，朴顺义上前抢水杯，要自己来。姜副县长说："到了我这里，你就是客人，不要拘那些礼节，坐吧。"

姜副县长的和蔼让朴顺义显得更不自在。

"专门来，是有什么好事吧？"姜副县长把水杯放在茶几上，"机会蛮好，本来有个会约在上午开，临时推迟，要不……"

朴顺义嗫嚅道："姜县长，那件事情我想来想去，一定要给您汇报一下。"

姜副县长故作讶异："哪件事情？"

"就是……"

姜副县长挥挥手："那件事情已经很清楚了，不要再提它。"

"不是。"朴顺义有点着急，"那天，我没说真话，我和老曾欺骗了领导。"

"朴队长，我怎么越听越糊涂了？你到底要说什么？"

朴顺义看出来，姜副县长是在装糊涂。他反而真糊涂了："您相信我和老曾说的话？"

"哎呀，朴队长，原来你是说那事。"姜副县长恍然大悟似的，"在河南女人和你们之间，你说我该信谁呢？难道我连身边的同志不信任，反而去相信外人？"

"可是——"

姜副县长没再给朴顺义说话的机会，他语焉不详地说："没有'可是'，干我们这项工作，有时候不能太较真，复杂的问题简单化处理不仅是一种工作方法，也是一种生活智慧。"

朴顺义品味着姜副县长的话，他不知道该怎么结束这场面谈。他感到很失败，他的失败不在于自己说出的谎言，而在于连揭开谎言还原真相的机会都没有，就好比开一辆车，明知前面有危险，可因为路窄就是掉不过头来，只能逼着你硬着头皮往前开。他不明白为什么身边所有的人都在竭力维护着他的谎言，作为弥天大谎的始作俑者，他深陷谎言带给自己的困惑之中，不能自拔，无力超脱。

八

就在朴顺义求见姜副县长的第三天，"半截耳垂"的尸体被意外发现。

天快黑了，一个农民去燕山煤矿附近的山沟里收牛，听见水沟边的蒺藜丛中有狺狺吠吠的叫声，走拢去发现几只野狗正争抢一具男尸，便斥退狗群报警。

刑侦大队侦技人员赶到水沟边对现场和尸体进行勘验。很明显，新鲜的黄土被扒开不久，尸体是被人转移至此后草草掩埋的，这里只是第二现场或者第三现场。由于气温不高，加上水沟边空气潮湿，土壤浸润，尸体腐烂程度不太严重，给尸检工作创造了良好条件。结果表明，死者头颅严重损害，系受到外力机械性重击后窒息死亡，死亡时间应在十天前后。另外，死者脸上和衣服上黏糊着黑不溜秋的煤泥，说明他的死和煤矿存在某种因果联系。死者的身份很快得到确认——刑侦大队早就留有由公安局信访室转去的协查照片，上面还留下了河南女人的手机号码。照片上的"半截耳垂"与尸体对号入座——电话打过去，河南女人果然没有离开蒙城，她在城西一条偏僻巷子的某早餐店刷盘子洗碗，白天干活，晚上悄悄溜出去到处张贴寻人启事和检举朴顺义的传单……

通过调查走访，抛尸现场附近的村民谁都没见过"半截耳垂"。于是，侦查人员把目光聚焦到燕山煤矿，煤矿成为侦查工作的重点。鉴于该矿系全县最大的私营企业，矿长刘二宝又是市、县两级政协委员，公安机关行事谨慎，前期侦查工作一直潜水作业。姜副县长亲自调度侦破工作，在专案组会议上，他的话铿锵有力："我们县连续多年没发生过命案，好的社会治安环境来之不易，值得珍惜。所以，大家肩上的责任重大。我们一定要务实工作，克服重重困难尽快侦破此案，给受害者及其家属一个满意的交代，给蒙城的平安稳定再立新功。同时，我们也要严格依法办事，注意工作方法，千万不能急功近利，为破案而破案，造成新的社会矛盾和问题。"

有个人坐不住了。

"半截耳垂"尸体被发现的当天，朴顺义正好在外地出差，三天后回来才听闻消息——前期侦查工作内紧外松，公安局内部除了办案人员，对一个外地人的命案谁都不感兴趣，因而信息不畅。

朴顺义听到消息，脑袋嗡的一下放大好几倍，眼前金星舞动，向不同的方向飞散。那是一个虚幻的世界，有七彩光芒和来自邈远世界的和声……这个虚幻世界呈现的时间不长，倏忽间变得黑暗起来。朴顺义整个人顿觉轻如片羽，就像坐在一片浮云之上随风飘逝，然后坠入无底的黑洞……

醒来的时候，他发现自己趴在办公桌上。在刚刚过去的这段时间里，他没有任何意识，是自己大半生中感觉最轻松惬意的时光，可惜这样的时光太过短暂。当神志清醒，思维归于理性之后，朴顺义脑子里呈现出一个残酷的、清晰地、无奈的、绝望的现实：悲剧在预料中已然发生，儿子玩完了！作为一名职业警察，朴顺义对这起案件最终的发展走势有着清楚的预判。日月昭昭，乾坤朗朗，神圣的法律岂容亵渎！不管遇到多少困难和阻力，过不了多久，案件定然真相大白。刑侦大队那帮兄弟们都不是吃干饭的，朴顺义对他们的能力深信不疑。他同时知道，朴强一定涉案其中，而且刘二宝和"和尚"利用朴强头脑简单，不知会让他扮演什么重要角色。

摆在朴顺义面前的只剩一条路，带儿子投案自首，趁着侦查工作还在秘密进行，主动自首的行为能为儿子从轻判决加分。作为父亲，朴顺义唯一能替儿子所做的工作就是亲手将他抓回来。

当天夜晚，朴顺义通宵未眠。第二天上班后，他叫上“迟哥”跟他一块开车去燕山煤矿。上车之前，朴顺义说：“带副铐子。”

“迟哥”很诧异：“有抓捕任务？”

朴顺义点着头：“去把朴强带回来？交给刑侦大队。”

“迟哥”瞪大眼睛：“你神经啊？”

朴顺义很不耐烦：“叫你干就干，哪来的那么多废话！”

燕山煤矿附近发现不明尸体，刑侦大队全体上案，“迟哥”不仅知情，况且，他还掌握着至关重要的内幕信息。但是，怎么说也轮不到做父亲的亲自上啊？“迟哥”开始抗命了：“朴队长，俗话说‘虎毒不食子’，你让我干别的我没二话，但要我去抓朴强，我下不去手，你更不能这样做！”

“燕山煤矿由你联系，你有职责，你不干谁干？”朴顺义无力地拍着“迟哥”的肩膀，“你现在抓他是在帮他，迟了就来不及了，明白吗？”

看来，朴顺义这回是下了死决心，“迟哥”从他红肿的眼睛里看到了义无反顾的决绝。“迟哥”想，如果不是有所顾忌，自己早就应该建议朴顺义这样做。

可是，他们的动作还是慢了半拍。就在他俩赶到燕山煤矿之前五小时，也就是当天凌晨四点多钟，专案组果断收网，刘二宝、“和尚”和朴强等涉案人员一网打尽。昔日火热的生产场景不复存在，偌大的燕山煤矿出现前所未有的败象。所有工人都没有下井作业，他们像一群失去主帅后从战场上溃败下来的散兵游勇，三三两两地聚在一起，见朴顺义和“迟哥”的警车开进来，空洞的眼神里充满好奇。煤场上留下杂乱的车辙和脚印，让人联想起这里刚刚发生过的一场完美抓捕。一只老鸹歇在煤场旁边那棵高大的泡桐树顶上，呱呱呱地凄厉叫，回声在山谷飘荡。朴顺义像一堆烂泥委顿下去，“迟哥”眼疾手快，好不容易将他撸进车内。

快到县城的时候，“迟哥”听到了朴顺义有气无力的吩咐：“直接开到县政府，我们去见姜副县长。”

“迟哥”知道朴顺义拉着自己去是要向姜副县长表明，他是有意要将朴强抓回来投案自首的，他不是走过场，而是动真格，在大是大非面前，他朴顺义有原则，没糊涂。这一点，"迟哥"可以作证，他们随身携带的手铐可以作证！

姜副县长心情沉重地接待两名警察。很显然，案情进展一直在他掌控之中。他高调地叹息一声："朴队长，我知道你很痛心，我们也都感到很被动。朴强肯定是有问题的，具体情况还在讯问之中。这件事情很敏感，严重程度可能超出我们的想象，你要有足够的思想准备啊！"

"姜县长，上次我来向您单独汇报，本想把我所知道的情况说清楚，可是……"

不等朴顺义把话说完，姜副县长打断他说："朴队长，你不提上次，我还不想批评你。有些情况你其实是知情的，为什么不早说，你一开始如果把事情说清楚，主动权就会掌握在我们手里，哪会造成现在的被动嘛！你这叫搬起石头砸自己的脚。"

朴顺义真恨不得一耳光掴过去。他清楚记得，当时自己几次都想把照片上"半截耳垂"的真相说出来，可是每次话到临头都被姜副县长生硬地堵回去，他明显是在有意怂恿下属守住一个秘密，不把真相说出来。现在倒好，当一切无可挽回时，他居然道貌岸然装正经，把责任推得一干二净，猪鼻子插葱，什么嘴脸啊！

姜副县长或许看出朴顺义的情绪，谆谆告诫说："朴队长，有些话你当初没抓住时机说出来，依我看现在就干脆不要说了。这里也没外人，我说句推心置腹的话，朴强已经和刘二宝他们栽进去，我不想再搭上你，这中间的利害你自己最清楚，用不着我多说。"

想想姜副县长的话并不无道理。这时候朴顺义再把当初在燕山煤矿见过"半截耳垂"的事实端出来，不仅于朴强无益，反而会祸及自身。如果说，这件事情一开始还有回旋空间，那么到现在就别无选择，只能守口如瓶了。

"当然，作为全县分管政法工作的直接责任人，对民警子女涉嫌犯罪，我不会坐视不管，这一点，请朴队长尽管放心。"姜副县长从班椅上走过来，语气里透着关怀和暖意，"等案情有了眉目后，我开会调度一下，尽最大可能为朴强减轻责任，他毕竟年轻，幼吾幼以及人之幼啊。”

朴顺义感激涕零地退出来。整个见面时间很短，“迟哥”几次想插话都被姜副县长拦住。姜副县长的话说得很难听：“没你的事，少掺和好不好？你要管好自己的事。”这态度让朴顺义替“迟哥”感到寒心——外面都传说姜副县长、刘二宝和“迟哥”是“铁三角”关系，其实并不是那么回事，“迟哥”这条边是虚的。

刑事拘留、执行逮捕、移送起诉，案子进展顺利，三个月后到了法院，等待判决。

“半截耳垂”不是被人杀害的，而是死于井下，事故发生在河南女人到这里寻亲的前两天。新掘进的洞子来不及支撑，顶壁上的塌方直接将“半截耳垂”活活砸死。工友扒出“半截耳垂”的尸体背上来。刘二宝听到“汇报”后，借口要外出联系业务，授权治安队长朴强会同司机“和尚”全权处理。“半截耳垂”是在去年春末盗窃煤矿电缆时被朴强他们现场抓获的。当时，在“和尚”的撺掇下，朴强没有将盗贼交给公安局立案处理，而是让“半截耳垂”下井接受“劳动改造”。矿长刘二宝当场承诺，两个月“改造”期满后，“半截耳垂”如果表现不错可以享受矿工同等待遇。可是，当刘二宝他们得知“半截耳垂”系间歇性精神分裂症患者后，萌生一个罪恶的念头，令朴强的治安队严加看守，不准他出矿区和外人接触，长期剥削他的劳动，直到井下矿难事故发生……

在大半年时间里，“半截耳垂”发过两次病，每次病发后都由朴强的治安队单独看管，直至恢复正常后重新下井。“半截耳垂”死去后，朴强和“和尚”按照刘二宝授意，以赔偿到位尸体已经移送家属蒙骗其他矿工，以致燕山煤矿里出了人命关天的大事却没传出任何消息。

九

法院判决之前，姜副县长把朴顺义专门叫到办公室给他通气。事情已经明了，这不是一起简单的矿难事故，而是带着黑社会性质的非法拘禁致人死亡案件，受害者的人身自由长期受到限制，并且酿成严重后果。种种证据表明，在该案中，朴强系首犯，将受到重判。姜副县长说：“这已经超出我的职责权限，只能交由法律判决。朴队长，作为政法工作队伍中的一员，我们共同有维护法律尊严的使命和职责。在这件事情上我无能为力，向你表示歉意，相信你也能理解。”

“我儿子怎么成了首犯？燕山煤矿是他刘二宝的，出了事他应该挑大头。”朴顺义对法院这样的定性不服，请求姜副县长从中斡旋。

姜副县长说：“该做的我都做了。刘二宝向法院出示了书证，证明让盗贼下井‘劳动改造’的处理意见是朴强以‘燕山煤矿治安队’的名义提出来的，刘二宝没有参与策划，他只是默认了这个结果，主观动机相对较轻。刘二宝还说，你曾在煤矿上亲眼见过受害者。”

朴顺义骂了一句娘，气愤地说：“这是什么强盗逻辑！他刘二宝没参与策划，难道他就不能制止吗？受害者一个大活人，天天在他眼皮子底下窜来窜去，他视若无睹，我就见过一面，反倒有罪了？有人一直钻洞子干活，矿上却不发一分钱工资，他刘二宝瞎眼了吗？这些现象的背后难道没有犯罪动机？”

姜副县长说：“人家说了，受害者的那份工资让朴强领取了。”

“放他娘的狗屁！账上有朴强的签字没有？”

姜副县长反问朴顺义：“你儿子朴强是不是一直领两份工资？其中一份由保安公司发，还一份在矿上拿？我问你，这笔钱哪来的？”

原来是这样啊，刘二宝这狗日的！

“我告诉你，朴强多领的那份工资就是受害者的，矿上并没有占受害者的便宜，这是刘二宝的说法。”姜副县长哀其不幸地说，“朴队长，你当下的处境我很同情，这种时候我本来不应该批评你。我还听说朴强不是一次犯浑，他曾经在歌舞厅酗酒滋事，在学校读书时因为打高年级同学还受到过处分。看来，他的堕落不是一朝一夕形成的，有一个量变的过程。我觉得作为父亲，你对儿子疏于管教，是不称职的；作为一名警察，你同样是失败的。”

“干脆把我也抓进去，一块枪毙吧！”说完这句话，朴顺义拂袖而去。

半年之后，法院作出一审判决：朴强犯非法拘禁罪，而且组织他人转移受害者尸体，情节特别恶劣，被判处有期徒刑五年；“和尚”伙同朴强作案，情节严重，判处有期徒刑三年；矿长刘二宝被判处有期徒刑一年，缓期三年执行。判决结果宣布的当天，刘二宝走出监狱，重获自由。他脱掉囚服，依然回到燕山煤矿当他的山寨王。

朴顺义请年休假，半个月后才上班。一天，“迟哥”神神秘秘地敲开他的办公室，掩上门，细溜着嗓门问朴顺义下一步有什么打算。朴顺义说：“好歹把这一年干完，我就辞去这个副大队长，不再没日没夜卖命了，我也没脸再当这个副大队长。身为人父，我欠账太多。这五年时间，我得将心思花在儿子身上，把失去的父子亲情找补回来，让他好好改造，争取减刑早点出来。”

“你就不能有点别的想法吗？”

“我还能想什么？难道我把刘二宝杀了？”

“我不服这个判决。”“迟哥”说，“你应该提出上诉，争取中级法院二审改判。”

“改判？”朴顺义无奈地笑笑，“你说得多轻松啊，别说我没钱，就算有钱，我也送不出手。我的骨头太硬，当了大半辈子警察，腰板挺惯了，社会上的腐败虽然见得多，但要我参与进去，我丢不起警察两块脸。儿子让我已经有辱警察名声，再去为他的事落个行贿的罪名，我还配穿这身警服吗？”

“迟哥”从他的手包里掏出个小玩意儿：“你不必拿钱去贿赂人家，就凭这个翻案。老朴啊，我下面要做的事情，你可能不理解。我之所以选择在这里说，而不是你家里，是因为办公室比哪儿都安全。我不希望今天的事情让第三个人知道，哪怕你家嫂子也不行。这段时间，我把什么都想透了。做人，要有起码的良知，当警察，更要守得住底线。”

接下来，“迟哥”关上门，并上好反锁，然后按下录音机的播放键。于是，朴顺义听到了一场心惊肉跳的谈话——

“老大，我们的煤矿不能垮啊。”

“我说不垮它就不会垮，你急什么？”

“可是，现在死了人……”

"开煤矿哪有不死人的？"

"问题是这个人一直被我们控制着，是非法的，不是说赔钱就了事。"

"当初，我不是建议你让那小子担着吗？落实没有？"

"那倒是落实了，白纸黑字还在我手里。"

"这就很好嘛！"录音里咳嗽一声，接着播放，"那是下面的人干的，你推给他，自己可以摆脱一些责任。"

"这样不好吧？太那个了。"

朴顺义欠起身子问"迟哥"："怎么是你在说话？"

"迟哥"摆手："听下去。"

磁带转动，滋滋有声："有你什么事，别瞎掺和，他朴顺义什么时候把你当过兄弟？这件事不回避你，是看在我们亲戚的分上，要是出了什么差错，对不起，我……"

马上有声音拦下"老大"的话："'迟哥'不是外人，老大你放心。"

"我没什么不放心的，要不是我罩着，你'迟哥'都被清除出队好几回了。"

还是开始那个人的声音："现在，最棘手的事情是死人怎么处理，我想请你帮助拿个主意。"

录音出现短暂停顿，好像留出深谋远虑的空间，然后出了"老大"的声音："矿难事故让那小子全权处理，你给'和尚'授意一下。我想，这个时候，你应该出去走一走才对。"

"我明白老大的意思。只是还有一点疑问，将来万一问起来，我们矿上没给死者开工资，怎么说得过去？"

"不是有人替他领了吗？哪有干一份工作拿两份薪水的道理？这就是答案！"

"原来，老大让我给那小子多开一份工资，是留着后路啊，高！"

……

关掉录音，朴顺义对这份资料的真实性提出质疑。"迟哥"解释说："头天夜里，我和表姐夫几个人在他办公室打跑胡子，战了一通宵。早上刚要上班，刘二宝来了。我这才知道煤矿死了人。当时我并不知道死者的背景，只是想，煤矿由我联系，说不定将来追究事故责任有我一分子，就悄悄用手机录下他们的谈话。”

朴顺义蓦然想起，自己那天从燕山煤矿回来时半途碰到刘二宝，原来事故已经发生，他是去找姜副县长讨主意了。而且，朴顺义还想起儿子朴强裤脚边留着的那些泥迹……

“你把这个录音放给我听是什么意思？不管怎么说，你们之间……”朴顺义把不言而喻的后话掐掉。

“朴队长，你其实误会了。我在他们中间只是个可有可无的小角色，你也听出来了，在表姐夫眼里，我有时候连一只狗都不如，他俩才是真正的利益攸关者，高兴的时候，才会赏我一根骨头。我曾亲口向你保证，不会让朴强跳进坑内，我也有儿子，谁不心疼自己的儿女？我要兑现自己的承诺。再说，做人总得有底线和良心，他们玩得太过了，任其下去，蒙城还哪有公道可言？我看不过去！”

“那么一审时，你为什么不把录音交给法院？”

“你当我是傻瓜啊。”“迟哥”说，“这里是他们的天下，表姐夫一手遮天说了算。到时候，救不出朴强不要紧，如果销毁录音，我岂不成了千古罪人？”

犹豫片刻，“迟哥”继续说：“实话过给你老兄吧，要不要把这份证据拿出来，我的确有过思想斗争。我期待他们能良心发现，有一个稍微公正的判决。可是，结果出来，太让我失望了。他们这是存心要把朴强往死里整啊。”

“如果真能改判，我该怎么感谢你呢？”

“别说那些多余的话。”“迟哥”说，“我之所以这么做，不光是为了救朴强，也是良心上的自我救赎。”

朴顺义有些走神，他对“迟哥”的话似懂非懂。

尾 声

三个月过去，二审结果出来——二审也是终审。除了“和尚”维持原判外，刘二宝刚好和朴强倒过来。毫无疑问，促成终审改判的直接证据就是“迟哥”提供的那个神秘录音！只是在庭审过程中，关于录音的举证秘而不宣，据说上面打了招呼，目的是要给姜副县长留着后路。

刘二宝重新收监，被送往监狱服刑。而且，河南女人的附带民事诉讼部分亦有结果，由燕山煤矿做出赔偿，受害者家属拿到了八十万元。

这起案件也直接影响到姜副县长的仕途，上面给他谈话，要么自动辞去副县长职务，免得树大招风；要么配合组织调查，把问题说清楚，听凭处理。姜副县长还算明智，两害相权取其轻，最终选择提前休息，据说办完手续，他携家眷隐居乡下，县城里很少再见到他的身影。

从看守所接回儿子的次日晚上，朴顺义一家三口上门去向“迟哥”谢恩。门铃摁过很久没开，猫眼里也不见泄光，不知道“迟哥”疯哪儿去了。

第二天在单位听说，“迟哥”已经递了辞职报告，他连警察的身份都不要了，是“裸退”。至于辞职后去哪儿发展，“迟哥”秘而不宣。朴顺义不信，找到管人事的局领导，消息得到证实。对“迟哥”的辞职，治安大队谁都表示费解，替他感到遗憾惋惜。大队长钱亮揭秘：“临走前，‘迟哥’和我做过一次深谈。他说他不配当一名警察，唯有脱下警服才不愧对自己的良心。他还说，与某些人比起来，他能有这样的归宿已经相当满足，往后只想过普通人的平常日子。”

谁都听得出来，“迟哥”所说的某些人有所指摘。

正义已经得到伸张。即使见不到“迟哥”本人，朴顺义无论如何也要打电话劝劝这位仁兄，不要草率做出决定。此外，朴顺义还要向他表达儿子的再造之恩。可是，电话一直无法接通，每次都是一个甜甜的女声，说着同样的普通话：“您拨打的电话已停机。”

发表于2016年《民族文学》第10期头条

获该刊年度奖

看得见的声音

一

半个上午，县文联主席严克己都在弄自己的一个小说。

只是个两万多字的小中篇。严主席改来改去总不满意。他的不满意主要在两点，一是故事读起来显得单调，缺少那种情节一波“N”折、主人公命运绝处逢“绝”的味道。现在的读者都很精明，他们读这等低劣的小说会嗤之以鼻的。最不能容忍的是第二点，他居然连个好标题都想不出来。暂时的标题叫《车祸》，索然得就像一杯白开水。近段时间，严克己总感觉自己的创作在走下坡路，越来越眼高手低了。如果两个问题不解决，这小说彻底完蛋。

剩下的时间，严克己像尊木偶待在办公室内，期待在自己身上发生点什么事情，或许能给他的创作带来某种启迪和暗示。

门就是这时候敲响的。

刚应了声，两个穿制服的警察就威武地走进来。严克己不认识他们。在严克己眼里，警察一旦穿上制服都一个样子，辨不出张三李四。虽说这是在自己办公室内，又虽说严克己也多多少少见过些场面，而且刚有了来点刺激的念头，但两警察的突然造访还是让他的心跳有些提速。一般情况下可以肯定，穿戴整齐的警察找上门来不会是给他送钱。况且现在是工作时间，哪有素不相识的警察慕名串门？准定是有麻烦了！这一点他从大檐帽下面两张脸的表情上也看出了些许迹象。

果然，刚坐下来，甲警察就说，有件事情，我们要向严主席做个调查。他的话刚起头，乙警察就从包内掏出纸笔，看样子是要做记录，全然一副公干的派头。严克己礼节性地起身到饮水机边给两位客人放水。他的心情有点紧张，血压有点升高，他想用这种迎宾的礼仪把身子放松一下。其实，对警察将要调查的事情，严克己心知肚明。他只是吃不准，事情不都过去了吗？老同学覃奉公一再打包票，说不会有事的。现在，警察却找上门来，到底有事没事啊。

问话正式开始。甲警察先从兜内掏出个黑壳本子晃了晃，亮明自己的身份。严克己这才知道，原来是两交警。除了老同学覃奉公，严克己平时不和警察打交道，他也没买车，更不认识眼前二位。甲警察只把证件拿在手里例行公事地晃悠一下就收进兜内。严克己和所有接受问话的人一样，不敢问警察姓甚名谁。对警察这种忽悠人的搞法，他心里颇不满。但不满有什么办法？人家是在行使职权，这时候身份才重要，姓名无所谓。自己兜内不也揣着作协会员证吗？许多时候不也在文学青年面前炫耀一下？

甲警察像审犯人一样，先把严克己的基本情况过了一遍，然后开始交代法律政策，特别强调不能说假话、作伪证，否则是要负法律责任的，说完，还问他听清楚没有。严克己说，我耳朵好使，我也不会说假话。

你最近是否坐过公安局的“1258”号警车？甲警察开始切入正题。

果然还是那件事情！

是的，就在前不久，拜老同学覃奉公所赐，严克己是坐“1258”号警车专程回过一趟老家。活到四十多岁，他还是头一次享受这样高规格的待遇。机会很碰巧，在一场聚会上，严克己和老同学覃奉公同桌喝酒，不知怎么就说到自己准备回老家去。覃奉公马上请严克己帮一个忙。覃奉公说，他有个朋友想在山里买点正宗土漆给父母刷棺材，不知严克己有没有门路。严克己当时就掏电话问老家表哥。表哥说，自己家里恰好就有现成的正宗货。严克己问什么价钱，表哥说，物以稀为贵。如果卖别人，那就是天价。你是表弟，不是别人，你出多少就多少。覃奉公立马打断严克己说，贵贱不是问题，关键是要真货。只要能搞到真家伙，我还可以给你安排专车回去，让你臭美一下。覃奉公在县公安局治安大队当大队长，手下有二十几号人，五辆车，自己坐一辆奥迪，另外四辆弟兄们轮着用，牛×得很。他说安排专车，绝对不是吹牛。严克已心想，自己三年两载才回老家一趟，每次都坐五个多小时长途班车，下了车灰头土脸，浑身骨头架子都散了，等于是受罪。现在，老同学假公济私让他显摆一回，这么有面子的事情何乐而不为？他当即就敬了老同学一满杯酒。

坐警车的事情得到确认后，甲警察说，你用“1258”号警车是干什么去的？

对严克已来说，这个问题回答起来有难度。当下正是抓作风建设的风头，说自己回老家，那就是公车私用，背处分是跑不掉的。买土漆的事更不敢抖出去，抖出去就是出卖老同学，陷自己于不义。人家好心好意帮你，你总不能在背后踢脚、使绊子。严克已纠结一阵，心想，覃奉公说起来和交警都是一家人，自家人应该好说话。他就期期艾艾地说，这个问题能不能绕过去？

这个问题很关键。甲警察的口气不好商量，看样子是绕不过去了。

严克已准备在回老家和买土漆之外编个事由，把警察敷衍过去，可抠了一会儿脑袋、揪了半会儿耳朵仍没想出个好点子。严克已这个人，别看他写小说文思如泉涌下笔如有神，可口头表达能力只是一般般，每次开会轮到他发言，他总是那句现话：我要说的大家都说了，我没什么好说的。加上他人又老实，说假话、编瞎话的水平更是差到极点。现在这种情势下，半点心理准备都没有，你让他说什么好？！

偏偏就在这时候，甲警察又强调一句，你要想清楚了再说，对自己说出的话要负责任。

严克已就更不敢瞎编了。他横了心，说破老天也就公车私用一回，不是什么大罪，怕个卵。他承认说，我用公家的警车回了趟老家。

甲警察和乙警察对视一下。严克已感到奇怪，乙警察竟然没把他的话往材料纸上记。甲警察皱了皱眉头说，你又不是公安局的人，治安大队为什么给你派车？

这个问题不难。覃大队长是我同学，我们关系很铁。

甲警察眉头皱得更紧了，摆摆手说，你们俩什么关系并不重要，我的意思你没听懂。

严克己是真没领会甲警察的意思。他认为警察是在朝事情的深处刨根问底，看样子，不把土漆的事挖掘出来是不会罢休的。他心里叫苦不迭，对不起，老同学，买土漆的事我恐怕替你包不住了，干脆说出来让你们自己“内部消化”。

可他的话一说完，两警察又不约而同地对视了一下。乙警察干脆搁下笔，伸手去衣兜内掏烟。甲警察两只手绞来绞去绞了一阵，目光最后落在吊顶上，严主席，你所说的这些与我们调查掌握的情况有出入，而且出入较大。我们认为，你应该好好回忆一下，要不，我们明天约个时间再谈？

严克己听出，甲警察把“好好回忆”几个字咬得很重。看来，这里面大有文章了！

说完，警察不明不白要走，这让严克己感到事情的复杂程度可能超出了他的想象。他第一个想到的是老同学覃奉公是不是出了什么状况？送客到门口，严克己和甲警察握手，斗胆问了一句，覃大队长是不是摊上什么事情了？

甲警察把严克己从上往下看了一遍，又从下往上看了一遍，然后说，放心吧，他大队长当得好好的，能有什么事呢？他那意思好像是说，你才有事呢，蠢货！

乙警察见严克己还傻呆呆，杵一句，是车能死了！

二

当天晚上，两位老同学坐进“河风楼”茶楼包房。

俩交警一离开，严克己就打电话骂人，你搞些么子鸡巴名堂，人都死了也不招呼一声，交警突然找上门来，害得我丈二和尚摸不着头脑。你是存心要出我的洋相吧。

电话那端的覃奉公说，哎哟，是你不讲朋友交情，把老子出卖了。我不怪你也罢，你还好意思倒打一耙！在你们作家眼里，天下还有没有公道可言？

严克己听出交警早和覃奉公串通，就一个劲地喊冤，我也想当刘胡兰，可是我背不起说假话、作伪证的罪名。交警说明天还要找我……

覃奉公打着哈哈，挖苦严克己说，我也是刚听交警说车能死了。那俩交警简直就是蠢货，他们去找你也不先知会我一声，搞得大家都很被动。交警高估了作家的智慧，想不到你比他们更蠢。

严克己莫名其妙，问一句，你到底什么意思？

覃奉公说，电话里几句话说不清楚，下班后去河风楼谈。

这个名叫“河风楼”的茶楼坐落在城市中心的临河边，从文联过去，坐三站公交就到。它本是个热闹的所在，可窗外一条澧水隔开喧闹的市声，远处桥面上亮开的灯火制造出美轮美奂的夜景，河风挟带着润肤的水汽从窗口涌进来拂过人脸，轻音乐的旋律萦绕耳际……身心累于俗务的人来这儿坐坐多爽！

严克己是第一次来。他以前只坐过别处的茶楼。

覃奉公早在“巴黎厅”候着了。一进门，严克己客气说，有个卡座就行了，搞这么隆重干什么，我俩又不是外人。

你以为是开新闻发布会啊。覃奉公边说边吩咐服务员，再来杯白云银豪。服务员转身刚要离去，又被覃奉公唤住，我和朋友谈点事，记得敲门。

包房的门刚掩上，覃奉公就向严克己开炮。你怎么就蠢得连谎话都不会说呢？要是大革命时期，你就是个标准的叛徒！要是变个女人，你百分百当婊子。

严克己埋怨说，那两交警进门未做任何暗示，还一本正经给老子讲政策，言称说假话、作伪证要负法律责任，我还当真呢。再说，你也打过包票，说车能没事，手术很成功，大不了几个钱，治安大队的车都买过保险，要赔也是保险公司赔，不关你和大队一毛钱的事。你是不是这么说的？我问你，他怎么突然死了呢？

他不死，交警也不会去找你。阎王爷要招他去，谁拦得住？覃奉公撮着嘴在杯口吹了吹，把一口半烫的茶水吞进肚内，然后说了车能的治疗情况。车能被送进医院一检查，医生发现他的肠道有几处挫伤，秽物从破口处流出来污染了脏腑。医生先给他清洗，然后做了肠道缝合，手术很成功，这是医生说的。医生还说，车能体质好，恢复起来会很快，有个十天半月就可以吃东西了，最多一个月就能出院，钱也不会花得太多。医生不给我交底，我敢跟你打包票？我又不是神仙！最后，覃奉公还冒出一句，想不到车能这么不经折腾！

现在车能一死，事情搞大了。这起车祸，怎么说都跟严克己有牵连，他心里不免生出几分后怕。他就不明白，这等人命关天的大事，从覃奉公嘴里说出来，怎么就跟平时说个黄段子一样轻松？难道警察的心理承受能力真就可以超越生死？他问覃奉公，你有什么对付交警的好主意赶快拿出来，老子坐你一回便宜车就惹出一身骚，烦死了。

覃奉公看严克己蔫巴巴的，打气说，虱子大个事，别放心上去。说着，他两指头从包内夹出一沓材料，推到严克己面前。严克己扫了扫茶几上的纸页，内容全是自己老家派出所关于危爆物品管理方面的情况和经验介绍。见他傻呆样，覃奉公说，你们作家应该经常下去体验生活，像身边这样的典型，你作为文联主席，是不是要给予重点关注？县里不是有本内部刊物吗？

严克己顿悟过来。老同学是在告诉他明天怎么应付交警。他说，这是没有的事啊。

覃奉公没好气地说，如果有，还用得着我教你吗？他觉得以这种语气对老同学不好，调子马上软下来，原先是没有，可现在要有了。

可是，买土漆的事，司机小林也知道。

这个不用你担心，我都安排好了，人家比你聪明。

严克己心想，怪不得甲警察说“出入较大”，他们早把笼子安好了。

可是，严克己不想钻这个笼子。他给老同学指出，这是说谎，有点昧良心。

覃奉公说，我也这么认为，我也不想昧良心。但是你想，如果不是公干，保险公司就可以靠边站，许多该赔的钱就得个人掏包。那不是个小数，你赔得起吗？是良心值钱还是谎话值钱，你要把账算清楚了再说。

人家命都丢了，我觉得这么处理还是不太好，应该给人家赔钱。公安局又不差钱，何况还有保险公司挑大头。

覃奉公敲得茶几咚咚咚，我又没说不赔钱，但赔钱可以，赔别的不行。现在死了人就不光是赔钱的问题，死者家属如果知道你是回老家办私事，麻烦就大了。我不想把麻烦惹到公安局，也不想惹给你，更不愿引火自焚。我只想把事情圆过去。

严克己心里很乱，说，让我回去好好想想。

是该想好了说，再不要信口开河。覃奉公跟交警一样的口气。

两同学商量来商量去，把肚子商量饿了。覃奉公说，简单点，吃煲仔饭还是大碗饭？严克己说，我随便，你吃啥我吃啥。覃奉公就叫了煲仔饭。吃完，严克己想还坐“专车”的人情抢着要结账，服务员不敢理他。覃奉公轻轻咳了一声，服务员低眉对严克己说，覃队长请客只记账不付现的。随后，覃奉公提出开车送严克己回家，严克己客气地推辞了。严克己有车，而且是自行的。他每天都骑着上下班。临别，覃奉公还叮嘱道，明天好好配合交警办事，等把事情办完了，抽时间听你好好聊聊文学——听说你最近在写一个中篇？我这里有好多素材！

临河路的大堤上栽着一排整齐的桂花树。每到九月桂花开，香了整个一座城。路灯掩映在桂花树中，入夜后的灯光从枝叶间筛漏出来，落到路面上斑斑驳驳。严克己独自骑行在这条路上，心情也十分驳杂。他不由得想起那个寒冷的夜晚……

从老家回县城，正常情况下，小车满打满算也就四个钟头。严克己把时间都掐算好了，下午两点在表哥家吃完午饭动身，六点左右就能回县城。可人算不如天算，计划赶不上变化。车子在路上老出毛病，先是爆了右边一条后胎，叭的一声像放炮。幸好车上有备用，司机小林从工具箱内翻出液压顶、套筒和螺旋扳手，技术娴熟地换了胎。后来车子爬上坡时凭空熄火。小林踩住刹车，让严克己下车帮助在轮胎下面塞石头。塞稳了，确信不会往后溜，小林才下去掀开引擎盖，蹲在车头撅着屁股搞检查。他鼓捣一阵，再回到驾驶座上发车，居然发动了。车子重新欢快地跑起来，小林嘀咕说是火花塞不来事，前两天才换的，现在的东西质量真是差。严克己发表意见说，要不，在路边找个修车店换了再走。他担心路上再出状况耽搁时间。小林有些为难。小林说，治安大队的车不是随便修的，队里有规定，只能到指定的修配厂修。治安大队的车辆定点维修就是公安局旁边的那家修配厂，老板叫车能。修车也要严格按程序办，先由驾驶员报告修理项目，再经局里装备股确认，然后才能审批修理。否则，修理费不予报销。严克己听明白了，许多司机都和修车行有潜规则，合着伙搞老板或单位的名堂。覃奉公不蠢，他知道里面的猫腻。既然是这样，严克己就不好坚持就地换新了，因为他不想掏腰包给公家修车，司机小林更不会。

如果再坏了呢？

小林说，再坏了也只能通知车能派人来，不管多远的路他都得来，这是合同上约定好了的，除非他就近指派别人来帮忙。小林最后还翻了严克己一个白眼，你说点吉利话好不好？你希望它坏吗？

严克己当然不希望车子坏，心里说，阿弥陀佛，愿佛祖保佑，这一路平平安安再不出故障。

可是，车子偏不争气，沿途停停走走，又熄过几次火，最后离县城只有四十多公里了，它还是没挺住，而且这次小林的运气没先前好，什么招数都使完了，马达空转，就是点不着火。小林也搞烦了，当着严克己的面骂车能不是好东西，说两天前刚换的新火花塞说坏就坏了，发黑财的不知怎么死法！咒完之后，他还是给车能打电话，告诉自己的位置，让他马上派人来修。

车能嘴上答应快，手脚慢慢来。“马上”就过去了两小时，还不见动静。几番折腾，路上耽搁的时间已经不少。严克己看看手机，到了夜里十点多钟，外面除了远处农家扑闪的灯火，到处都是一片浓黑。这几天，一股寒流南下，席卷大半个江南。此时，天上下起了冻雨，严克己身上穿得不太厚实，他只好回到副驾驶座上，抱紧了身子睡觉。车能带着徒弟阿达不知什么时候来的。迷糊中，严克己隐约听到小林在和车能交涉。车能居然没带火花塞来。他主观地认为是小林误判，新换的火花塞不会这么快就坏掉。检查的结果还是火花塞坏了。小林的态度就很不好，说话好高的调子。我在电话里说得清清楚楚，是火花塞坏了，带个新的换下就行。你偏不信，你只相信自己，以为只你才有技术，别人都是蠢货。

车能这个老板并不大，客户面前只能装孙子，甚至就连公安局雇请的司机都得罪不起，加上又是理亏，背着骂并不还嘴，只吩咐徒弟从皮卡车上拿来绳子——警车只能拖到店子内去了。后来，好像是车能喊了阿达一声，让他把皮卡车往后倒一倒，说是距离太远绳子不够长。再后来，严克己感觉警车轻微抖动了一下，就听说出事了。严克己一个激灵跳下车，方知是车能被徒弟阿达开的皮卡车撞了。到底是怎么撞上的他没搞清楚。严克己下车时，只见车能像一堆泥巴矬在地上，他的右手按住腹部，脸上爬满汗珠，眉头皱得很紧。一旁的阿达像做错事的孩子忙紧解释，说是昏天黑地视线不好，他压根就不知道师傅正在车头忙活。事情已然发生，他的话纯属多余。三个人七手八脚将车能弄上皮卡车，赶紧往县医院送。上车时，严克己留意观察了一下，车能看不出什么外伤，身上也不见血。他问车能情况怎样，车能头脑清醒，心里也很明白，他说没事，还让徒弟通知修车店来换火花塞。

后来，严克己和小林让覃奉公派车接回县城，差不多半夜了。

第二天上班后，严克己打电话问车能的治疗情况，覃奉公让他不要担心，言称性命无虞。

可是，车能还是殁了。人的祸福真是说不好啊。

三

还是那俩交警。

程序跟昨天一样，先是例行公事地亮亮身份，然后明知故问严克己的基本情况，再就装模作样地交代政策。

回到正题上，严克己这次的说法令交警很满意。严克己说，我早就注意到了，老家毕兹卡派出所在危爆物品管理方面做得不错，确实值得宣传，就想弄个报告文学。我连题目都拟定了，就叫《聆听大山深处的炮声》。老同学覃奉公也早有这意思，他都说过好多次，要我亲自捉刀。我一直拖着，都到了年底，再推不过去了，这不就去采访了吗？想不到回来的路上出了点小意外。

我要纠正一个认识，这不是个小意外。甲警察满意地吸着烟，乙警察唰唰唰做记录。甲警察让严克已说慢点，说乙警察记不住。

后来，甲警察又穷追猛打，怎么能够证明你是去派出所采访？

严克己想都不用想，我自己给自己证明啊。

乙警察扑哧一笑。甲警察说，笑什么？严肃点！他又转向严克己，你这话听起来有点像耍赖。

严克己说，我自己做的事情用我自己的嘴说出来，我耍得了赖吗？

乙警察拍拍他的记录纸，你们作家写小说，如果都这么漏洞百出，会有人看吗？

严克己回敬道，再好的小说你也不会看。

见两人掐上了，甲警察就摆手打断准备反击的乙警察，对严克己说，就凭你这么说，我们是不会信的，你的采访也肯定不成功。我们重证据，你必须用事实说话，明白吗？

两警察一点拨，严克己还真明白了。他想起覃奉公给的那些材料，他恨死了自己：怎么就不朝那方面想想？常识性错误嘛！他本想当着警察的面就把事情做了。可是，警察的态度有些暧昧。面子上道貌岸然，骨子里又好像在处处暗示，这种矛盾现象让严克己吃不准。出于慎重，他还是不想把事情搞得太离谱。他说，麻烦你们下午再过来一趟，我需要准备一下。

警察当然知道严克己该准备什么，他们原来的想法是严克己早就应该准备好了的。

只等警察一走，严克己就翻出包内的材料，在笔记本上煞有介事地搞出个采访记录。对他来说，这项工作忒简单，分分钟的事。合上本子，他又开始琢磨起那个小说来。他觉得原来的故事的确有些单薄。通过跟警察两个回合的交往，他感到现在的情节有点味道了，哪怕照搬上去，这个作品也会增色不少。是啊，再高明的作家，绞尽脑汁杜撰出来的故事与丰富多彩的现实生活比，都显得拙劣和虚伪！

下午的问话单刀直入。警察把前面那些繁文缛节都免掉，直接问，你说是去毕兹卡派出所采访，有什么证据？

我有采访记录为证。说完，严克己拉开屉子，拿出一个采访本呈上去。甲警察翻看一会儿，然后安排乙警察将采访记录收好，说是回去复印一份，作为证据入卷。甲警察语气肯定地说，严主席工作态度严谨，只有这份采访记录才能印证你刚才所说的话。不然，没有证据支撑，你说去采访就是在撒谎。

严克己心里暗笑，老子本来就在撒谎！是你们要老子撒谎！

撒完这个谎，严克己以为可以送客了。他要等警察离开后，把小说完善一下。他觉得把这两天的情节加进去，这个小说就有点意思了。可是，警察没有要走的意思。甲警察接着又抛出另一个问题：请你把事发当时的情况具体说说？

严克己不想兜圈子了，直截了当问，你是指哪方面的情况？

就是车能被撞击的过程。

严克己就把自己迷糊中知道的情况零碎地说了一遍。甲警察听出他的用词都不确定，所有的表述存在或然性，就追问，车能是怎么被撞上的，你到底看见没有？

严克己当然没看见。他说，我当时在瞌睡。我只是听他们在说话，后来感觉车子震动了一下。

你当时的位置是在副驾驶座，车能就在你眼皮底下遭撞击，你没看见？

严克己很烦。我再说一遍，我当时在睡觉，眼睛是闭着的，闭着眼能看见东西吗？你不行！孙悟空才行！再说，当时外面很黑，就是睁着眼，也不一定看得清楚。要不，阿达怎么把师傅撞了？

乙警察比严克己更烦，他似乎是在提醒严克己，那么冷的天，你睡得着吗？你应该睡不着的。

严克己开窍了。警察的意思是要他别睡着，最好能亲眼看见车能被徒弟开着皮卡车撞击。可是，这样的问题不是有目击证人吗？司机小林当时一直和他们师徒两人在一起，整个过程他最清楚，警察应该去问他！

甲警察可能早把严克己的疑问猜出来了。他拿出一份材料递给严克己，说，人家供述的过程可是这样。

严克己看完材料，说，他都说得很清楚嘛！

问题是到你这儿就不清楚了。甲警察耐心解释，单有司机小林的供述不行，不能形成证据链。我们办案子是有严格规定的，不然到时候法庭不会采信。

甲警察的意思很明白，分明是要逼良为娼。严克己想，我已经撒了一个谎，不能再撒谎了。第一个谎关系到自己和老同学，不撒不行，只好硬着头皮撒。再撒谎就没必要，也不应该。在这件事情上犯两次错误，不光是愚蠢，良心上还会受到谴责。严克己说，我知道什么说什么，我只能说这些，请原谅，我帮不了你们。

甲警察的脸色马上灰暗下来。他对严克己说，你把话说反了，是我们在帮你，还有你那位老同学。这件事情可不是闹着玩儿的，我们的工作不到位，有人就会吃不了兜着走，你信不信？

严克己有点不信邪。他拿出文人的傲骨梗着脖子说，那我就选择吃不了兜着走，你们请回吧。

事情看着砸场了，乙警察赶忙走出去打电话。

他的电话刚挂，严克己的手机就有电话打进来。不等覃奉公说话，严克己故意亮开大嗓门，其他的话都别说了，请你两个交警兄弟回去，别耽误我整小说。

覃奉公没在电话里多说什么，只说马上就来。甲警察很顾面子地说，覃队长来了也好，这件事情我们要商量着办。

覃奉公一来，就把俩交警支出去，他要和严克己单独沟通沟通。覃奉公说，老同学，车能还没有下葬，有人在暗中撺掇家属到公安局闹事，我们全大队这几天都在为这事拿预案，想对策，时刻准备应急，我就像端着一碗油，你怎么就不体谅一下？

我已经按照你的意思，把使用警车的事由都编排好了。我不可能胡话连篇颠覆整个事情。

覃奉公说，车祸现场只有你们几个。车能的徒弟当时在开车，他压根儿就不知道他师傅正在警车前面弯着身子系绳子，要不，他能眼睁睁地朝师傅身上撞？再就只剩你和小林了。小林看得清清楚楚，也说得明明白白，你只要在舌头上打个滚，事情就板上钉钉了，这有多难啊？

可是，我当时的确是在瞌睡，我没看见。

你就当没瞌睡，不就得了？你说看见了就是看见了，谁也不会质疑你是不是在睡觉。再说，当时那么冷的天，你也睡不着啊，很合乎情理的嘛。你们文化人，怎么碰到事情都是一根筋呢？

只有覃奉公才敢这么骂严克己。

覃奉公朝外面努努嘴，这些证据不固定下来，后面可能有麻烦。人家是在帮我们，你却不领情，反倒把人家得罪了。

在这种情况下，严克己多半是没有主见的。他反问一句，我如果不按小林的说呢？

那你前面的假话就等于白说了。我们哥俩就等着吃官司吧。你愿意，我也只好奉陪。

严克己说，他们会拿公安局怎样？

告诉你，不能看老皇历了，警察现在是弱势群体。人家只要抓住把柄，把尸体往公安局门口一摆，我这大队长就当到头了，半辈子的奋斗都将付诸东流。你想看着我落水吧？我落水了对你有什么好处？

严克己这才明白，老同学为什么一直在蛊惑他说假话、作伪证。他当然不希望覃奉公落水。覃奉公这个人他还是了解的，有时候虽说要点特权，说话的口气也大，但工作上很有一套，责任心更没得说。所以，领导对他一直都器重。况且，严克己自己也吃不起官司——他没得选择了。

后面的事情很顺利。严克己按照司机小林的供述把车能遭撞击的过程复述了一遍。乙警察记完后把询问笔录让严克己看。严克己从头至尾将自己的口供过目一遍，自己的确是这样说的，警察的记录没有改变他的本意，许多语气都带着他的个人特征和情感，放在谁身上都不合适。可是，他心里还是感觉很别扭。因为他知道这份笔录看似客观公正，实则谎话连篇。他的目光从那些字面上滑过去，他好像看到了自己的声音，那些声音落在纸页上变成了满纸荒唐言。就是这些荒唐言把一个并不可信的事实说得斩钉截铁，滴水不漏，让人家看不出任何疑点，揪不住半点把柄。是谁让自己背离初衷这么说的？是交警？是覃奉公？是小林？都不是！那个胡言乱语的人就是自己！严克己很清楚，只要自己在这份材料上落笔签字，摁下指印，车能的家属纵有天大的本事也掀不起三尺高的浪来。

这个晚上，严克己心事重重，坐在客厅沙发上闷闷不乐，连电视也不打开看。老婆白雪正在厨房、卫生间洗洗抹抹。白雪是小学老师，刚参加工作那阵，还是个爱好文学的女青年，业余写写诗歌和散文。那阵子，严克己在县文联刊物当编辑，他的文学创作已经小有成果，在县里名气很大，成了白雪当之无愧的偶像。在投稿、改稿的交往中，白雪爱上严克己了。公正地说，严克己在那场爱情中一直是迟钝的、被动的。直到有一天，白雪把一件手织毛衣和两双绣花鞋垫放在严克己办公室的屉子内，他出窍的文学思维才在现实生活里找到注脚。可事实证明，靠诗歌和散文赢得的婚姻经不住柴米油盐的打磨。常言道，仆人眼里无贵人。严克己摘下眼镜、剥掉衣服，所有的斯文一扫而光，肉嘟嘟的身子和大多数男人别无二致，笼罩在头顶的作家光环也让岁月的风雨荡涤得黯然失色。他在白雪心中不再神秘，更为要命的是他和白雪的爱情存在严重的硬伤——他们一直没有孩子。十多年耕耘，白雪扁平的肚子闹不出半点动静。她先不检讨自己，只把责任推给整天沉浸在奇思妙想中的严克己，自信地认为是他体内的虫子成活率低，蔫头巴脑的让小说害惨了。结果到医院一检查，严克己虫子的生命力奇好，如果计划生育政策允许，足以制造出一大堆儿女。然后再去大医院查白雪，问题果然出在她身上。医生说她这块土地比沙漠、盐碱地还难伺候，先天就孕育不了生命！白雪刚开始听到这样的结论，连死的心思都有。后来，是严克己帮她走了出来。现在，白雪的生活与文学渐行渐远，她平时对严克己的事情不太上心。在她的认识里，一个天天沉浸在小说世界里的酸腐文人不会有什么大事。最大的喜事无非就是某个小说被发表、被转载或获奖，最坏的事情也大不了是思维卡住，某个小说写不下去。这样的好坏都和家庭主妇白雪关系不大，小说弄好了又怎样？文学的巅峰时代已经过去，稿费低得离谱，发财指望不上。至于写不下去，白雪更帮不上忙。所以，今晚上明知老公情绪不对，白雪也不过问，只顾干她的家务。

这时候，门铃响了。严克己以为是楼下收电费的老孙头，蹴在沙发上并不起身。白雪听不下去了，从厨房内出来，撩起围兜擦手去开门，来客居然是覃奉公。在严克己夫妇的记忆里，覃奉公好像还是头一次登自家的门。覃奉公手里提着贵重礼物：两瓶茅台酒，两条“和天下”香烟。白雪客气说，哎呀，覃队长，你们同学之间串个门儿还拿东西，不嫌俗气呀。覃奉公见沙发上的严克己反应不冷不热，就故作轻描淡写地说，我呢，大大小小当个狗屁队长，红包不敢收，平时烟酒还是有人孝敬的。我只有一张嘴巴一个胃，再多也吃不下、喝不完，今天过来顺手就带点，哈哈，权当是你家严主席打土豪、分田地啦。

直到覃奉公坐定后把话题聊开，白雪才知道严克己为啥像只闷头鸡。

我是担心老同学想不开，才上门来交流交流。白天当着交警的面，许多话不便说，当时，我的脾气也急躁了点，严主席恐怕接受不住。现在，我自己送肉上砧板，你只管拿刀子剁，想怎么剁就怎么剁。覃奉公话是这么说，可他不是那种随便任人拿捏的主儿。他之所以上门不是真要让人剁，他是担心严克己回家后过不了白雪这一关，然后反悔。他是来拧螺丝、上保险的。

常言道，伸手不打笑脸人，现在，覃奉公既然来了，干脆就当着白雪的面把事情说道说道。严克己在家里的地位和他当主席的身份差得太远。世人都知道，白雪给严克己说过的那句名言，你能骑在我身上，我就可以骑在你头上。这话当玩笑听，严克己感觉蛮有夫妻味。可生活中的白雪一旦翻脸，严克己就感到有一座山压在自己头上，让他喘不出气来。像作伪证这么严重的事件，事先如果不跟老婆商量好，将来万一出点差池，严克己就有倒霉日子过了。

严克己说，尽管那个证言我签了字，但我还是觉得车能死了，我们应该尽可能帮助他的家人，而不是想方设法摆脱责任，你们这个态度不正确。

白雪看看茶几上的烟酒，抢白严克己，你先别管人家的态度，你只管好自己的事情。

其实，我认为两者并不矛盾，是老同学把问题想复杂了。接下来，覃奉公帮助作分析。他是这么说的。你严主席把回老家探亲和帮我买土漆的事瞒下来，说成是去毕兹卡派出所采访，这与车能后来遭撞击没有任何因果联系是不是？只是回老家买土漆说出去影响不好，对你、我都不好。人，总要趋利避害吧！至于后来证明车能被撞的过程，我认为也没什么。车能被撞是司机小林亲眼所见。交警让你严主席给印证一下，无非就是想让真实的事情更显真实。你看见没看见，事情本来就是那样的。所以——覃奉公的结论是：说采访派出所和见证车能被撞击都不触及道德和良心的底线，也不影响保险公司对死者的赔偿，严主席完全用不着背包袱，甚至自责。

白雪一屁股坐到覃奉公这边，开导严克己说，人家是在帮你。人要知好歹，不然，今后谁敢跟你做朋友？都不跟你交往，你就成了孤家寡人。

严克己想想，同学和老婆说得都在理。自己的假话说出去了，指印也摁完了，还能怎样？他告诉覃奉公，你放心，不管怎样，这件事我还是认了。

覃奉公的夜访达到目的，告退时笑容可掬。

四

严克己的生活很规律。这么多年，他一直坚持骑自行车上下班。上班靠右行，正好经过公安局门口，下班还是右行，打从公安局对门过。原先倒也没什么，可自从作了那份伪证，每次看见公安局牌子，他心里都不自在，好像自己干过什么坏事被警察抓过。仔细一想，又有啥过不去的呢？覃奉公的开导虽然以自保为前提，但还是在道理。如果那天回老家不是买土漆，真是搞采访，乱子该出还不照样出？车祸在买土漆和采访这两件事情上不可能有选择，绝对不可能。至于发生车祸的过程，严克己相信司机小林说的一定是真话。因为现场再没有别人，自己大不了把人家的真话复述一遍，车能不会因为自己复述了真话最后不治身亡。退后一步讲，万一就算小林说了假话，那也不关我严克己的事，说假话的人是他小林，而不是我严克己。我背那么重的良心债干吗。这么一想，心里便也释然。

车能的死再次卷入严克己的生活是半个月以后的事情。

这天，严克己上班经过公安局门口，发现那里围着稀拉几个人。他紧了一把车闸，把自行车支立旁边，凑近去看——一个女人躺在睡椅上。睡椅上御寒的棉被宣示着一种坚持下去的决心——她是不是昨晚上就来了？胸前挂着的牌子告白着事由——她果然是车能的老婆。这时候离上班时间还差那么一截，几个围观的好事者正和女人嘁嘁喳喳说话。他们中有个老妪好像和车能老婆熟悉，边听边插话，同情得一忽儿抹眼泪、一忽儿甩鼻涕。

我家车能是个多好的人啊，你们不知道的。他一天到晚钻车底，弄得浑身乌漆麻黑，像钻了煤洞子。我有时候打麻将忘了做饭，他回家都不给我脸色看。女儿长这么大，一直都是他在管。他没过过一天轻松日子就去了，我们母女俩往后的日子怎么过啊……呜呜……呜呜……

老妪搭讪说，是呀，好人命不长。谁撞死的要抵命，不能便宜他！

女人抽抽搭搭说，这不能怪阿达，他是车能徒弟，他那么帅气、聪明，心肠又那么好，怎么会故意撞死师傅？是有的人黑良心……呜呜……

另一个中年人算是听出了道道，马上附和说，公安局应该赔偿，他们赔了吗？

保险公司赔了十万元，公安局一分钱没拿。他们说，现在是法治社会，任何事情只能依法办，如果我要钱，可以到法院去上诉。哎呀……你们听听，他们这么说话，不是摆明了欺负我们孤儿寡母吗？车能要是不死，他们敢这么欺负我？呜呜……车能你这个冤死鬼，你撞车都不睁眼选个好对手，你怎么就撞上公安局的车？你撞谁都比撞公安局强啊，哎呀呀……我心里疼得刀绞啊。车能老婆哭诉着，一只拳头捶着自己的胸口，鼻涕涎水流得一塌糊涂。

一条命只值十万？我就不明白了。老妪愤愤不平，出了这么大的事，公安局难道就没有责任？他们还讲不讲道理？

有人帮腔附和，现在，法律不在穷人手里。你就在这儿闹，我告诉你一个绝招，你不吃东西，不喝水，再饿死一条命，看有没有人管？我就不相信没人管！清官还是有的，历朝历代都有。

我真的鬼蒙了头啊。车能老婆又来了，我怎么就相信交警说的那些鬼话呢？我要是坚持不把死鬼埋了，他们敢这么对付我吗？哎呀——我们娘俩老实啊，又找不到说话的人。要是有人帮我们出出主意，哪能落得这样惨的结局！交警说，这是一场正常的交通事故，他们有证据，作证的人还是个什么鸡巴主席。你们说说，当主席的人还不是和他们穿连腰裤？都当主席，他怎么就不学学毛主席啊！

车能老婆的话像一根针，刺痛了严克已。严克已插嘴说，你该找谁找谁，把人家作证的扯进去干什么？人家又没得罪你！

那也不一定。老妪谴责严克已说，作证的人指不定让人家收买了，拿到好处昧着良心说瞎话，为公安局开脱责任。

严克已心虚地回应老妪，老人家，不要把人家想得太坏了。你看见人家拿了好处？说话可要负责任啦。

严克已的话立刻引来一片讨伐声，围观的人一齐把目光刺向他。老妪说，你说的什么话？你这人还有没有同情心？我怀疑你是公安局哪个的亲戚吧？

见门子不对，严克已马上骑自行车溜走。幸亏这些人都不认识他，包括车能老婆。不然，众怒之下自己有可能挨家伙。一路上，严克已都在想一个问题，车能是在医院手术后死去的，医生说手术很成功，可到头来人还是殁了。医院是不是有问题？车能老婆怎么就不去医院闹一闹呢？比起来，医院既是软柿子，也是肥肉，公安局可是硬骨头呀。

这天下班，严克已老远发现车能老婆还在公安局大门口坚守，心里不免为老同学捏一把汗：女人真的闹下去，你覃奉公扛得住吗？怎么就不想个办法把人家轰走啊，你不是蛮会忽悠人嘛！事实上，真沉不住气的是他严克已。他心里有谱，老同学一旦出事，肯定扯出萝卜带出泥。原先，自己还可以嘴硬，现在白纸黑字铁证如山，他哪怕浑身是嘴也抵赖不过去。众口铄金，想起早上老妪他们一番炮轰，严克已后背上冷汗津津。他没心思回家了，车轱辘一拧，掉头向覃奉公家踩去，一边骑车还一边打电话。

覃奉公早在家里等着了。见严克已一脸忧戚，覃奉公说，天塌下来有高个子撑着，你杞人忧什么天？

我天天从公安局门口过，担心车能老婆哪天认出我来，还不把我生吃了？

她要生吃，先也轮不上你。你身上才几斤几两肉？

严克己求情似的说，公安局就拿点钱出来消灾吧，要不然，你治安大队拿点出来，把人家安慰安慰，车能毕竟死了。

覃奉公高深地笑笑，钱肯定会拿。但拿钱是有学问的，那女人现在狮子大开口，点点钱根本喂不饱她。只有等她闹够了，感到无望了，再给她钱，那时候哪怕钱不多，她也会告饶。而且，我们给钱有条件，一是给钱的理由先得说清楚，是出于人道，不是赔偿；二是一次性买断，再不能上访和找麻烦，这要签协议。我们在等待时机。

严克己感到心里有块石头砰然落地了。他探底问，你们准备给多少钱？

覃奉公说，局长同意拿三万，只要那女人识抬举，我大队还准备出两万，总共五万元。公安局认倒霉，也算对得住死去的车能了。

严克己想想，这样也算差不多。就给老同学戴高帽子，局长都买你的面子，你真牛 × 呢。

覃奉公摇摇头，你只知其一，不知其二。我哪来的面子啊，是你那土漆的面子大。

严克己云里雾里。你怎么又扯到土漆上去了？

覃奉公直言说，老同学啊，这次幸亏是托你买土漆，不然，麻烦真就大了。你知道是谁要土漆吗？

不会是你自己吧？

覃奉公撇撇嘴说，是我们局长！他要给父母漆棺材。

严克己像遭土蜂蜇过似的，身子哆嗦了一下。

第二天上班经过公安局大门口时，严克己发现睡椅上的女人似是睡着了，旁边没有别人。他正打算骑过去，突然听到女人轻轻咳了一声。车能老婆显然没睡，她肯定希望每个路人都能在她身边停下来，听她倾诉自己的不幸。严克己跳下车走向睡椅，他想给女人透一点消息。

大哥，你给评评理……女人果然没有认出严克己。

严克己耐着性子听完女人的絮叨，然后假意声援说，大姐，你的苦日子快要熬到头了。

你这话是什么意思？

我是说公安局会给你赔钱的。公安局是讲道理的地方，他们一定会赔钱。

女人欠了欠身子，目光炯炯的，你是说他们真给我赔钱？什么时候呢？

严克己想了想，你还坚持两三天，就这几天的事吧。

女人表示疑惑，你怎么知道啊。

是啊，严克己怎么先知先觉呢？他马上自圆其说，我……我……我会算命。

真的？师傅，那你帮我算算，他们会给我多少钱？你要不要我报生庚？

不要，不要……严克己假装环顾左右压低声音说，我只看面相就可以了。你五官端庄，脸型圆润丰满，鼻梁高而挺，耳朵软而厚，有大福大贵之相……其实，严克己会算什么命呢？他连自己的命运都把握不住。他只不过在发挥文学想象而已。

女人有点得意，我有办法对付他们，不达到我的要求，过两天我就绝食，饿死在这里，看公安局怎么下台！

严克己急了，马上说，不过，他们不会赔你很多钱，也就三五万吧。大姐，我得劝你一句，人要适可而止，见好就收。你命定只有那么多钱，再多了你也受不住的。再说，公安局是你修配厂的大客户，赚钱的路还长着啦，你把人家太得罪了不好。人不能只图眼前，要看长远。

女人品味着严克己的话，还想问点什么。严克己逃也似的走了——他怕露出马脚。

五

随后的一个周末，严克己散步散到公安局旁边，抬头看见“车能汽车修配厂”的牌子，不知怎么就想进去瞧瞧。他甚至想，如果车能老婆不忙的话，和她聊聊也是可以的。

厂区内一片杂乱。院子中间任意停放着几辆待修的汽车，大车小车都有。最里面是一排平房，有6个修车位。两个穿蓝色工装的年轻人正猫腰撅臀地围着一辆小车敲敲打打；另一间车库内，一个满身油渍的半老头子举着面罩在烧电焊，他手里的焊条一碰，面前立刻滋出一片火花，给人一种刺眼和烧灼的感觉；旁边还有人在割一块钢板……整个厂区内交响着不同的噪音，聒耳嘈杂，也混合着芜杂的气味，柴油的、汽油的、塑料的，刺鼻难闻。严克己正要往内走，突然听得“汪汪”几声狗吠，从大门旁边蹿出一条威猛的狼狗，两只前爪竖起来比严克己还高出半头，幸亏脖颈上套着链子。这时候，门边偏屋内走出一个漂亮女孩，一边呵斥狗一边招呼严克己。严克己听她说话的口音有点侉，就把来意说了。

女孩说，你怎么认得我妈呢？

这个……

女孩马上表现出热情，你是来联系业务的吧？

没有。严克己显得有点紧张，我和她是熟人，我是想和她谈谈，其实也没事，那……那就算了。

女孩打量着严克己，脸上的表情颇为怪异。师傅，你开玩笑吧，我妈在河南老家从没过来，你怎么会熟悉？你以后有事最好还是直接找老板谈，我爸才是这里的老板。

严克己说，那我给你爸提个建议请转达，让他抓紧把门口的招牌换了，不然，还会有人来找你妈的。

……

严克己半天才闹明白，这家汽车修配厂易主了。车能老婆把保险公司和公安局的钱拿到手后，就把厂子盘给了河南老板。严克己想，那女人还算精明。这么个破厂子，原先公安局是大客户，现在闹翻了脸，她一个女人怎么撑得下去！

回到家里，他把这个情况对老婆说了。严克己的没趣是自讨的。他的本意是说车能老婆拿到钱后再不会找公安局闹，这件事情就算过去了，他和老同学覃奉公也不会有什么后顾之忧。白雪却不以为然地爆出一个消息：车能老婆真不是个东西，钱一拿到手据说就和一个小白脸私奔了，撂下正在一中读高中的女儿都不管，连孩子读书的钱也不留下，她的心是比蛇蝎还毒。这样的女人，你还有心思找她谈谈，你有病吧？你是不是看人家新寡，想学雷锋做好事？可惜你慢了半拍。再说，人家看上的是小白脸，你去拿镜子照照，一张褶子脸，快成藏品了，人家看不上的。白雪厉害就厉害在一张嘴。不能生育成了白雪的心病。不顺心的事情搁心里久了，更年期的焦躁来得更快，反应也更强烈。这一点，严克己最懂。所以，白雪的话多不中听，他都当耳边风，而且尽量表示认同。现在，白雪开始谴责车能老婆了，严克己马上表明自己的立场。他大义凛然地说，车能尸骨未寒，他老婆就另寻新欢，这个女人实在是太恶毒了，简直猪狗不如！

接下来的日子，严克己心里又多了个疙瘩。车能老婆跟人家跑得没了踪影，他读书的女儿谁管？听白雪介绍说，车能的女儿车辙读书成绩拔尖，大考小考一直都在年级前五名。如果不出现什么意外，上清华、北大没问题。可是，家里出了这么大的变故，一个女孩子的肩膀扛得起吗？严克己想，明年就要高考，高三是决定性阶段，一棵好苗子毁了！他仿佛听到了大树被伐倒的轰鸣声。本来，车辙的遭遇轮不着严克己瞎操心。以天下之大，该有多少阴晴圆缺悲欢离合啊，你的善良顾得过来吗？问题在于车辙是车能的女儿。她今天所有的不幸都因为父亲的死，而车能的死多多少少都和严克己有着丝丝缕缕的联系。所以，严克己觉得自己欠下了车辙一点什么，不作出偿还这辈子他会感到不安。

第二天上午，严克己到一中去找车辙的班主任。在学校大门口，他从旁边的宣传橱窗内看到了车辙的照片，她胸戴大红花，笑得有些腼腆。严克己极力想从车辙的笑容里找到车能夫妇的影子，可是，这孩子似乎一点也不遗传父母的基因，让严克己感到失望。和班主任见面时，严克己隐瞒了身份，只说自己是一个爱心人士，想了解孩子一些情况。戴着酒瓶底眼镜的班主任面目和善，说起车辙的情况一片叹息。这孩子懂事啊，智力又那么高，现在只靠七十多岁的奶奶种小菜卖钱供她读书，断链子是迟早的事。像她母亲这样的人，我真的就搞不懂，这么有出息的孩子怎么就丢下不管不顾呢？

严克己心里动了一下：我要是有这么个争气的女儿多好啊。老师，我想打听一下，车辙读书一年需要多少钱。

学杂费每学期2200元，生活费每个月300元，一年按10个月算……班主任扳着指头算账，最后把一根大拇指伸出来，加上平时学习资料和零用，一年下来少不得这个数。

严克己沉默了一会儿，然后决断似的说，我想拜托你一件事。严克己从皮包内拿出500元钱，这点钱先存放在你这儿，留作车辙下个月的生活费。另外，请你转告她，让她奶奶再不要上街卖小菜了，怕出车祸。你就说，社会上有好心人会帮助她把书读下去。

你要扶贫助学？班主任拿出笔记本，准备留下严克己的相关信息。严克己拒绝说，这些都不重要。能不能长期帮助孩子，我还没想好。这么多钱，我要和家里商量，我一个人做不了主，等我定下来后再和你谈。不过，就算长期资助，我也要求保密，不能公开我的情况，包括车辙。班主任合上笔记本，表情有些失望。最后，他还是说，我代表学校和车辙本人向你表示敬意和感谢。

从学校出来，严克己开始犯难。他手头上的私房钱是有限的稿费收入。白雪收缴他的工资卡时说过，一个作家，如果不能通过稿费把日子过得滋润，就应该趁早改行。目前，他的小日子只能勉强凑合，有时和朋友玩玩小牌，输赢控制在千把块之内。圈子内谁家有喜事，他还要随礼。两项加一起，有时还捉襟见肘。如果想要长期资助车辙读书，不另辟蹊径不行！

他想到了一条路子——医院或许应该对这件事情负些责任。车能是死在医院内的，记得覃奉公说过手术很成功。如果能抓住医院一点把柄，逼他们拿出一笔钱来，车辙读书的问题就解决了。车能生前的主治医生接待了严克己。这是一个面目清秀的年轻人，高挺的鼻梁上架着深度眼镜，镜片后面藏着一双犀利的眼。他以不容置疑的语气说，车能是死在她老婆手上。

你是说，是他老婆害死了他？他老婆是凶手？

我说了吗？主治医生把眼镜朝上推了推，是你说的吧。接着，医生做了如下解释：肠道手术时，我们使用了麻醉药，患者的胃肠功能暂时不得恢复，吃下食物会滞留在肠道无法下行，引起肠梗阻。这是要死人的！我们一再给病人家属交代，必须要等到车能肛门排气后才能在医生指导下吃少量流质食物，可是，他老婆没管住，给他喂水喝，这就是拿生命当儿戏嘛！我是这个意思。

他老婆是想害死车能，她这是间接杀人！公安局应该立案查办。

理论上是这样，但事实上不一定。你想，她有什么理由害死老公？她都说得很明白了，在交警和治安大队留着口供，是案子人家早办了，公安局也不是吃干饭的。我们早先也有怀疑，就算是车能口渴得不行，他喝下去那口水后，家属只要及时通知医生，车能也不至于死，可是……你还是自己去看材料吧，那上面都交代得很清楚。

严克己真的去了治安大队。他直接找到覃奉公查阅卷宗。

……

问：车能是怎么喝下那口水的？

答：他张大着嘴，问我要水喝。我说，医生说过，不打屁不能喝水。你实在口渴，我可以拿棉签给你蘸水涮涮嘴唇和舌头。

问：可是，他为什么还是喝下了？

答：车能对我说，他心里像火烧，难受得要死。要我让他喝一口，还说只喝一小口。他说，医生的话不能全信，他们许多时候都在忽悠病人。听他这么说，我也心软了。我看见他的嘴唇上都起了燎泡，也很可怜他，就劝他说，那我就喂你一小口水，只能是一小口，多的没有。你涮涮嘴，润润喉咙，然后吐出来。车能点头答应后我才给他喝，没想到他说话不算数，最后把水吞了进去。

问：你采取过措施没有？医生跟你是否交代过？

答：医生是交代过。但当时都到了凌晨三点多钟，医生和病人都睡了，我不想打扰医生休息。关键的是车能只喝下一小口水，我和车能都以为不会有事。没想到，等我睡过去后，车能就死了。我怎么就这么糊涂啊！

……

严克己推开卷宗直摇头。

覃奉公说，有什么疑问吗？

太大意了，这简直是拿性命开玩笑！怪不得车能老婆为什么一直不去医院闹，原来她是哑巴吃黄连——有苦说不出啊。

覃奉公鼻孔里哼一声，我感觉这个女人太不简单了，不能小看。说完这句话，覃奉公的话题突然跳转，哎，我倒有个提议，你和白雪商量一下，把车辙当干女儿认下算了。人家都成年了，这是宗便宜买卖。

算了，我没有那个福分，我和白雪都是丁克的命。

覃奉公说，我是真话，到时候我帮你们做做工作？

就你？严克己看了覃奉公一眼，不以为然地说，那就算了，人家不会听你的。你只当个大队长，又不是一中校长。

覃奉公高深地笑笑，未必吧？

正经地说，占便宜的事我没想过，我倒是真想帮帮车辙这孩子。我不想让她毁在一场车祸中。

你也有这想法？

严克己奇怪地问，什么叫我也有？你这话什么意思？

覃奉公撇清的口气说，我没别的意思。我是说，你就算了。嘿嘿！

嫌我穷，是吧？

恕我直言，你也不富啊。覃奉公说，不是老同学笑话你，就算你有钱，白雪那道门槛你也跨不过去。

提到白雪，严克己真没底气了。他反过来叮嘱覃奉公，我只是有这个想法，多半恐怕做不成。白雪那边你要紧嘴，我可没把你当外人。

覃奉公开玩笑说，老同学啊，组织上真是瞎了眼，像你这么一颗菩萨心肠的善人，怎么不安排你去当民政局局长或到红十字会负责？当什么文联主席！

六

这天活该出事。

早上上班出门时，严克己右眼皮老是跳。他揉了几把不济事，还是跳。他就警告自己，今天可要当心点。

骑到一个岔路口的大樟树下，迎面飞来一只小蠓虫。小蠓虫不偏不倚，正好钻进严克己的右眼。他顿时感觉涩涩的，一双眼睛本能地闭合，眼前倏然一片黑暗。忙乱中，严克己手上忘了带刹，自行车还在盲目地前行。这时候，严克己感觉车头撞着了什么物件，接着，他听到了老人哎哟哎哟的叫声，以及什么东西落地的哐当声。他猛然醒悟过来，是祸躲不脱，躲脱不是祸。自己担心的事情到底来了。

那只小蠓虫还算识趣。胯下的祸事一出，它就趁机溜出右眼皮逃跑了。严克己丢下车赶紧搀扶倒地的老人。还好！老人不是那种难缠的人。她拍打拍打身上的灰土，然后嗔怪严克己说，你这人怎么骑的车，照直撞我，躲都躲不赢。严克己一边忙不迭地道歉，一边帮助老人捡拾地上的菜篮子、秤杆和小板凳，还有散落满地的小菜。严克己心想，这个祸可能闯大了，老人设若把她的后人叫来，自己就有大麻烦。他听说社会上有人专门拿老人当道具碰瓷，开口就是成千上万的钱。这么一个风烛残年的老人，她哪怕不要一分钱，只往医院的病床上一躺，自己就成了人家的孙子。

严克己说，奶奶，刚才是我不小心把你撞倒了，对不起啊。你看这样好不好，我先带你去医院做个检查，看伤着没有，该弄药的弄药，该治疗的治疗。我是县文联的，我姓严。严克己边说边掏身份证。

老人说，你就莫拿证件了，我不认字。我怎么就这么背时呢，大白天走路都遭车撞。幸亏是撞着自行车，你要是开辆汽车照我撞，我就送终了，干脆撞死也好了。你先别……我看看……我走走试试。老人走了几步后对严克己说，年轻人，我的命大，也算你运气好，我没伤着。我还要赶着卖菜去，你走吧。

这个结果太出乎严克己意料。老人这一走就没事了？他觉得不合适，心里也不踏实，怎么着也得领人家去医院检查检查。可老人不耐烦了，你这人，哪来的这么多事！我说没事就没事，我自个儿的身子骨我还不晓得？你别耽误我卖小菜了，我孙女儿等着用钱。

要不这样吧，严克己和老人打商量，你这些小菜值多少钱，你说个数，我全买下，你今天回家休息，我给你放假。

老人定定地看了严克己一阵，然后说，我不要你的钱。看样子你是当干部的，你要是有门路就帮我一个忙。

在老人杂乱的陈述中，她提到了车能和车辙，以及那场意想不到的车祸。严克己心里一阵漠然的悸动。

老人抹着泪说，我的命苦啊，早年死了男人，一根独苗也留不住。我孙女儿可会读书呢，次次考试都是状元。可她再会读书，没钱也是枉然。你要是觉得今天撞了我过意不去，你就做件好事要不要得？

严克己点着头，奶奶，你说吧，我答应你。

你帮我们孙女找个大老板，出钱让她把书读完。等车辙将来考上大学参加工作，捞钱了再还他。我老了，搞不动了，指不定哪天两眼一闭，两脚一蹬，我家车辙没人管就造孽了。

严克己把这些时间发生的事情捋了一遍，自己好像和车能一家人粘上了。先是车能被撞，他无可奈何地作伪证洗白自己和老同学，然后是车能不治身亡后老婆携款与人私奔，自己出于良知有意帮落难的车辙一把又恐难遂愿，现在居然还阴差阳错地撞了车辙的奶奶……他想到了人们平时常说的命运，难道冥冥之中真有一只神灵的手在主宰着每个人的命运吗？如果有，他认定就是那只无形的手把车辙推到了他的面前。车辙啊，我的好女儿，你是上天派给我的天使！你是神灵赐予我的福音！我要把你失去的父爱还给你，哪怕再难，我也要想尽一切办法让你完成学业，过上美好生活……

他哽咽着对老人说，奶奶，你说的这件事我包下了。你再不要上街卖菜，多不安全呀。你要好好保养身体，等到孙女儿参加工作后享清福。

老人眉开眼笑，是呀，享清福！我只怕没那份福气，熬不到那一天了……

回到家里，严克己把撞人的经过告诉白雪，特别还提到了老人拜托的那件事。他想看看老婆是什么态度。白雪先是责怪严克己不小心，差点酿成大祸，继而就坚决反对严克己插手车辙读书的事。白雪说得很严肃，你有条件包下来吗？你没有！就算你有足够的钱，你也不够资格。等人家弄明白帮助她的人是曾经那场车祸的参与者，甚至昧着良心谎话连篇地摆脱过责任，你就不怕麻烦惹上身吗？最后，就算人家原谅你，你所有的付出也无非是为了赎罪，自求安慰。你的爱心到头来会大打折扣，甚至变得一钱不值。这些问题，你想过没有？

严克己知道，白雪这一关他过不去。帮助车辙的事只能自己一个人硬着头皮顶了。

第二次到一中给班主任送钱是一个月后的一天下午。严克己被门卫拦住盘问登记的时候，从里面开出的一辆小车不停地按响喇叭。接着，车窗玻璃摇下来，严克己听到了覃奉公喊他的声音。干什么呢？鬼鬼祟祟的样子。

我……我来借书。严克己不解地问，你呢？

我和你一样，一中的图书馆是全县最大的。

扯卵淡！严克己说，你管好社会治安就行了，哪有闲心看书？我猜你肯定是借检查治安为名到学校搞敲诈。

那也是。覃奉公说上这句没头没脑的话，一溜烟开跑了。

班主任依然那么客气，他给严克己倒了一杯水，然后把上次的500元钱退给严克己说，情况是这样的，有个好心人承诺帮助车辙完成高中和大学学业。

严克己感到受辱，说出的话也就不中听了。怎么，嫌我没钱吗？任何事情讲个先来后到，车辙是我最先扶持的，你们一中也不能这么没原则！

你误会了。班主任解释说，人家不是找的我，而是直接通过学生科签订了一对一的助学协议。车辙成绩优异，是学校重点生，有人站出来解决她的困难，校方当然求之不得。再说，我记得你也说过，这么大笔的长期资助，你做不了主，还得回去和家人商量。我们也不想为难你，也是在替你考虑。请你多多理解。

我不管，反正我负责帮助车辙，谁跟我抢都不行！他有钱，我也不穷，你们都别门缝里瞧人，把人看扁了！

班主任颇有为难地说，这件事真不好办。人家早在上礼拜连协议都签了，那不是闹着玩儿的。

这样吧，严克己给班主任拿主意，你把那个人告诉我，我自己和他协商，我不给你们添麻烦。

班主任犹豫着说，请原谅，我不能告诉你。人家和你一样，也要当无名英雄，学校严格规定，不能把好心人的信息泄露出去。这个人的身份仅限于学校几个人知道，我们尊重当事人的意愿，就连车辙也没有告知。这你就应该没什么话说了。

严克己失落地望着班主任。

我倒有个提议。班主任说，你如果真有心想帮助贫困孩子，我们学校多的是，而且成绩跟车辙不相上下。我可以帮你推荐几个，由你自己挑。不必盯着车辙一个人嘛，反正都不沾亲带故，哪个都一样。

严克己坚定地摇摇头。对不起，要帮我只帮车辙一个人。

班主任费解地摊开双手，摇头说，既然这样，我就爱莫能助了。

晚上，严克己像一只刚刚阉割的公鸡闷闷不乐。白雪开他的玩笑说，谁又惹我们大作家生气啦，是不是你又撞上老人了？这回的运气没上次好吧？是不是破了财？严克己说，白雪，我听说有人长期资助车辙读书呢。好事呀，人家献爱心，你就甭操心了，应该高兴才对。我就说呢，像车辙这么优秀的孩子总会有人站出来帮助她的。白雪的话很随意，有些漫不经心。她不理解严克己在这件事情上受到的伤害有多重。

上班时，又是在那棵大樟树下，严克己骑着自行车大老远就看见车辙的奶奶等在那里。他想绕开已经来不及了，老人的目光好使，早已认出了他，还招手让他停下。严克己心里一个咯噔，担心老人是要找他秋后算账。果然，老人见了他，双膝马上跪下去，趴趴地磕头。恩人啦，我活到这把年纪，上拜天地圣灵，下拜列祖列宗，再没拜过别人。可是，我要拜你啊。你就是我家的天神，你就是我家的活祖宗！我们世世代代不能忘记你的恩德。车能，他要是九泉有知，他也要感谢你、保佑你富贵平安……

严克己闹明白了，车辙的奶奶一定以为是他帮助牵线搭桥联系到了大老板、企业家资助孙女儿读书，老人家甚至会误认为这个不愿公开姓名的好人就是他严克己。

严克己有些尴尬。他不想贪这个功，他要把事情说清楚。他觉得自己本来就对不住人家，现在，却反倒让人家无缘无故地感恩戴德，当菩萨一样地顶礼膜拜，这只会加重他的心理负担，让他做人更加艰难。他说，奶奶，帮助车辙的好人不是我介绍的，我根本就不认识。我是想帮帮孩子，可是……

老人不依不饶地说，还说那么多干什么！我真没想到，现在社会上还有你这样的好人。我要感谢你撞我老婆子一回啊。我要不是让你撞着，车辙哪儿找机会！我说这人哪，什么时候都不能害人。后来，有人听说你撞了我，要我在这里拦住你，不出钱就不让你过。我才不干呢，做事要凭良心，好人自有好报……

严克己想找一个话题把自己的处境化解一下。他突然想起一个问题。奶奶，我一直有个疑问想问你，你要是觉得方便的话就告诉我。不然……

看你说的，你这么好的人，奶奶没什么信不过的，我只要知道的都会告诉你。

车辙她妈妈怎么忍心丢下孩子不管？老大不小的年纪了，还玩起感情来，遭世人唾骂，好笑啊。

老人转着脖子看了一圈，然后神神秘秘地对严克己说，哪有亲娘这么不待见儿女的？车辙这孩子不是她亲生的。她不疼的肉，不痒的疮，有什么割舍不下？她只晓得自己风流！这话我可千万只对你说啊，车辙至今连自己的身世都不知道，她要是晓得了，不知有多伤心。

接下来，老人道出了车辙糟糕的身世。她是别人送到我屋门口的，生下来才只三天……寒冬腊月下半夜，那个冷啊……我听到门口嘤嘤的声音，像小鼠子哼唧……一床旧毛毯包着一团肉和一张字条……造孽的人儿！

听到这里，严克己心中五味杂陈。他匆匆告别老人，把车子骑得飞快……

七

县电视台的演播大厅足以容纳2000人。这台晚会由县委宣传部牵头组织，团县委、县文化局、广电局、教育局、妇联等单位联合筹办，以“弘扬主旋律，传递正能量”为主题，是全县精神文明建设的龙头活动之一。

严克己和白雪都在单位领到了票。他俩的座位本来隔得很远，但白雪表现得非常热心，给邻座说好话，把严克己调到和自己一起。他们刚把座位调整到位，大厅的灯光便暗下去，舞台的大幕随之开启，追光灯打在两名男女主持人身上。

这次活动的主要内容是在全县选出十名受助人物，让他们各自讲述自己在社会各界爱心人士、企业家的关怀帮助下爱岗敬业、奋发有为的励志故事。组织者匠心独运，特地将那些奉献爱心的好心人请到现场，让他们发表爱心感言，和受助者现场互动，力求渲染气氛，达到煽情效果。严克己非常意外，主持人介绍的十名对象中居然有车辙！这下好了，严克己倒要看看，究竟是谁让他帮扶车辙的愿望破灭，这个强烈要从他手里抢走车辙的捐助者到底意欲何为？

十人中，有瘫痪在轮椅上的女青年受到帮助后，用自己学得的法律知识帮助那些弱势群体无偿维权的故事；有残疾青年接受爱心捐助后自主创业，发财致富后又反过来报答社会的经历……他们的故事都感人肺腑，激起现场观众强烈的情感共鸣。每个人讲完故事后，主持人都对号入座把奉献爱心者请上台去。于是，一首《爱的奉献》在大厅内袅袅如缕……

车辙被安排在最后，作为压轴出场。

……

我本有一个幸福的家庭，可一场无情的车祸夺去了父亲的生命。随后，母亲从我的生活里莫名其妙地消失，我只能依靠年过古稀的奶奶卖小菜读书。就在我的学业难以为继的关键时刻，有位好心人向我默默伸出了温暖的双手。可是，不知出于什么原因，我生命中的这位恩人一直不愿透露姓名，尽管我一再要求，他（她）都拒绝和我见面。我，一名高中女生，懂得受人滴水之恩定当涌泉相报的道理。今天，我要在晚会现场向您深深地鞠躬，表达我对您的真诚谢意。

说到这里，车辙的腰弯下去，伸起来，再弯下去，又伸起来，连鞠了三个躬。起落之间，她眼里的泪水一直长流不绝……

恩人啊，感谢您！我知道，您之所以不和我见面，无非就是想给我一种无形的压力，让我时刻感觉到有一股爱的力量推着我前行，不敢停下攀登的脚步。放心吧，恩人，我会努力的。我要骄傲地告诉您，这次全省会考，我不仅是全校年级第一，还是全市文科第三名，全省第五名。我不会辜负您的期望，明年高考，您就等我的好消息吧。我还要对九泉之下的父亲说，放心吧，我现在生活得很好，您的女儿有好心人关照，我一定不会让您失望……

车辙的讲述情深意切，催人落泪。掌声在偌大的演播厅经久不息地回荡。严克己的双手都拍麻了。

在观众的一片唏嘘叹惋中，男主持上来邀车辙一起走上前台。他磁性的男中音再次把观众的情绪带入高潮：现场和电视机前的观众朋友们，我要遗憾和欣慰地告诉大家，帮助车辙的这位好心人是今天唯一没有到达现场的人。这位好心人做出了承诺，他（她）将承担车辙高中和大学期间全部的学习和生活费用。我们为这位好心人的大义之举深深感动的同时，也尊重当事人的要求，在这里不公开他（她）的姓名。但是，按照车辙本人的强烈愿望和我们大家的满怀期待，这位好心人同意留下一段录音。这段录音虽然经过技术处理，使我们无法确切地知道他（她）究竟是谁，但请您相信，他（她）就生活在我们身边，或许就是你、就是他、就是我们每一个人！下面，我们请导播播放这位好心人的录音。

这时，灯光黯淡下去，《感恩的心》的旋律在大厅内回响。在背景音乐里，一个中年男声以它穿越时空的力量直抵人心：孩子，你一直要求见我，我都回绝了。我之所以回绝，不是要故意表现得如何高尚，我只是不想让你背上感恩的包袱。这点爱心不足挂齿，我不帮你，也会有别人帮你。因为这个社会，好人总有很多很多……

孩子，我为你的家庭不幸感到遗憾，更为你的成绩优异感到欣慰。你要学会坚强，相信风雨总会过去，彩虹定会出现。忘掉一个帮助你的人吧，你考上好大学就是对爱心的最好报答。最后，让我叫你一声，我的好女儿……

在好心人的余音里，观众看到的是这样一组慢镜头：柔和的光影里，车辙深情地仰着头，目光举望大厅的穹顶。她舒展双臂，缓步走向前台，就像要去拥抱一个真实存在的人。她接过好心人的呼唤：爸爸……您就是我亲爱的爸爸，我从您的声音里看到了您慈祥的面容，您是那样高大、英俊，您是世界上最伟大的父亲；爸爸，此时此刻，您是不是正坐在电视机前，或者您就坐在演播大厅的某个角落。您看见女儿了吗？我正在走近您，我要投入到您的怀抱，感受父亲给我的温暖……您答应我、答应我啊……

说到这里，车辙泣不成声。雷鸣般的掌声再次回旋在大厅的每个落脚。

我来自偶然　像一颗尘土
有谁看出我的脆弱
我来自何方　我情归何处
谁在下一刻呼唤我
……
我还有多少爱　我还有多少泪
要苍天知道　我不认输
感恩的心　感谢有你
伴我一生让我有勇气做我自己
……

掌声歇下去好久，严克己依然沉浸在歌词的意境中回不过神来。他的幻觉里，出现了那个先天失语的小女孩。她倚在屋门口，望着门前的那条小路。女孩的妈妈从路上蹒跚走来，手里拿着女儿想吃的年糕……晚会开始散场，哪个冒失的家伙把严克己一脚踢了回来。他扭头侧望，只见白雪也纹丝不动，目光里满是空茫，脸上一片水光……她掏出一片纸巾擦拭着，嘴里喃喃自语：我多么蠢啊！

尽管好心人的声音做过技术处理，但严克己还是听出来了。走出大厅，他就给覃奉公打电话。响铃很久，那边才接听。严克己说，你狗日的够水平啊，那么大的事情做得滴水不漏，连我都骗过去了。

覃奉公在电话里开始骂人，你呱唧什么呢，老子听不清楚……老子这么昏天黑地还在广西大山里抓人……妈的，这屙屎不长蛆的鬼地方，手机信号极差，回来再说吧……断断续续地，严克己听到了覃奉公爬山喘气的吭哧声……

喂喂喂，你先别挂，严克己着急问，你什么时候回来？老子有话要问你。

快了，也就两三天吧。鸡巴毛的躲这旮旯，哪来的路嘛……说到这里，再也听不到下文了。

第四天上班时，严克己发现公安局门口围满了人。他刹住自行车问一个中年妇女发生了什么事，妇女说，听说警察抓回两个杀人犯，马上就从广西押回来。妇女的话刚落音，高亢的警笛声就从东头响过来。两辆警车风驰电掣地驶进公安局大院，由覃奉公打头，几名全副武装的警察从车上押下一对男女。严克己凑近去一看，顿时恍惚起来：那女人怎么是车能老婆呀！

他拽住覃奉公想探问究竟。覃奉公抽抽鼻子说，走，去办公室。老子几天没洗澡换衣，馊了！

打开办公室，覃奉公嘴内哼着曲儿，开始沏茶。他对严克己说，老同学，你来的真是时候，我正准备给你电话呢。来，泡杯正宗武夷山大红袍尝尝，妈的，这大半年把老子害的，也值得喝一杯了……

快告诉我真相。严克己急不可耐地说。

覃奉公的关子卖够了，才慢条斯理地道来：车能的死，表面上看不出蹊跷，但职业告诉我们，疑点从一开始就存在。当我们查清楚和他老婆私奔的人是车能徒弟阿达时，我们才决定重新介入调查。妈的，俩家伙口风还蛮紧嘞。技侦跟踪了好长时间，我们才获取了车能老婆和阿达的通话录音。这些声音让我们看清了那起车祸的真相——那是一场精心设计的谋杀！骚娘们儿早就和阿达搞上了。车能在车祸现场没被解决掉，他老婆就在病床上哄他喝下了那杯致命的水……

严克己张大着嘴，这是真的吗？我怎么听着就像是写小说啊！

发表于2015年《四川文学》第10期

《小说月报·增刊》2016年第1期转载

凌晨脱逃

一

副所长孙九名有急事报告所长。

当时，界岭派出所长麻凡正在给镇卫生院的林院长打电话，联系父亲手术的事情。

等麻所长打完电话，孙九名说，麻所，“闪腿”现身了，在家里。不知从什么时候起，民警喊所长、队长、局长，都习惯把“长”字减掉。

麻所长问，消息可靠吗？

我的眼线亲眼看见的，接着就打了电话过来。孙九名用征求意见的口气说，我的意见是今晚上就动手，拖不得。

麻凡本来还想问问眼线是谁，又觉得欠妥，便打住。这次“清网行动”，岩门县公安局是下了死力的，不光完成追逃任务的单位和个人可以呈报立功，还拿出不少的钱发奖金。追捕到位的多少钱、规劝自首的多少钱、提供线索的多少钱等等，一一明码标价，兑现奖惩。所以，每个民警都像打了鸡血，兴奋得很。这时候，你掏孙副所长心里的小秘密合适吗？他不会告诉麻所长，更不会告诉其他人！

所里只留小张值班，其他人都参加晚上的行动。麻所长是职业警察，办事从来不拖沓、不含糊。他还吩咐孙九名，通知厨房，五点半钟开饭。晚上的行动由你具体安排部署。我听你的。

孙九名知道麻所长最后是在开玩笑。他说，那我打电话，让磨刀岭村的卓主任在家里等。

麻凡一挥手，还是那句玩笑，去吧，听你的。

孙九名刚走出所长办公室，麻凡又把他叫回来，孙所长，我看暂时不要给卓主任打电话，不是不信任他。

孙九名明白，对所里来说，抓住“闪腿”这件事太重要了，出不得半点闪失。所长的考虑是对的，为保万无一失，知道相关信息的人越少越好。

界岭派出所把“闪腿”挂成网上逃犯已经八年了。八年前的夏天，因为和邻居争一块地界，“闪腿”持杀猪刀将人家往死里砍了17刀，其中5刀致人重伤，伤者至今还歪着脑袋坐在轮椅上起不来，涎水吊起尺把长。这个穷凶极恶的家伙，派出所肯定要抓。可是，“闪腿”住在磨刀岭半山腰上，每次等民警爬完15公里山路，把他的屋子围起来一搜，发现他早翻过屋后的大山，逃进湖北五峰县去了。

“闪腿”每次都能成功脱逃，得益于他家的地理位置。磨刀岭半山腰以上只居住着他一户人家。居高临下，视野开阔，山下的一举一动都在他的观察范围之内。只要有人上山，山中农家的狗就汪汪乱叫。狗叫声等于是在给“闪腿”报信。所以，别说有人上去，就连飞上山一只鸟都瞒不住“闪腿”。有两次，麻凡在上山路上通过望远镜发现，被狗叫声惊动的“闪腿”慌慌张张地钻进屋后的林子，他不得不招呼弟兄们往回撤。

“闪腿”迟迟没有归案，成了界岭派出所民警的耻辱，成了麻凡所长工作中的败笔。它让界岭派出所民警笑起来不自然，使所长麻凡在局里说话缺底气。要命的是这次“清网行动”把界岭派出所网进去了。局长在动员会上公开说，日本鬼子那么凶恶，在中国也只横行了八年。可是，我们有个派出所的一名逃犯逃了八年多，如今还逍遥法外，过着快活日子。我就不相信，他真有钻天入地的遁身术？局长的话引起会场一片笑声，当时，许多人都扭头东张西望，想知道麻凡坐哪儿。

这么说了还不算。散会后，局长把麻凡和孙九名留下来，又给他俩开另餐。局长说，有个问题不知你俩想过没有，这次“清网行动”，界岭派出所最有希望拿满分，也极有可能交白卷。

麻凡和孙九名都不明白局长说话的意思。

局长说，别的所抓回一两个逃犯，只能按任务算出百分比。你们呢，网上逃犯就只一个“闪腿”，抓住了，百分百；抓不回来，零蛋。局长停了停，然后接着说，当然，我对你俩信心十足。这样吧，我在这里抛开民主，搞回一言堂。麻所长，你不是一直嚷嚷在山里时间待长了吗，把“闪腿”抓回来，年底你就下山，另作安排。九名呢，局党委可以考虑明年给你加点担子，你是局里干得较长的二层副职，应该考虑了。怎么样，表个态吧？

麻凡和孙九名想不到，只有一名网上逃犯的界岭派出所，因为在全局追逃任务最少，反而让局长盯上，成了压力最大的派出所。

麻凡和孙九名除了立军令状，还能说什么！

麻凡和孙九名带民警赶到磨刀岭村是晚上九点多。把警车停在村部后，民警们步行去治调主任卓立群家。“闪腿”的家离村部15公里，虽说上山抓过几回，但没有熟人带路，民警们夜里是摸不上去的。

9月里农事少，山里人节约电费习惯早睡。卓立群是被孙九名从热被窝里喊起来的。他披着衣，见派出所的人倾巢出动站在门口，就知道一定有大任务。

进屋来坐，喝点热茶。卓主任拉亮电灯，把民警往门内让，还埋怨说，怎么不提前打个电话呢？我今晚上本来要出门的，你们差点找不着我。

卓主任，你赶快把衣服穿好，带我们去办点事。麻所长说，我们就不进屋坐了，影响家里人休息不好。

不是搞突然袭击，事情来得紧迫，我们也是接到任务后就动身，来不及通知你。孙九名给卓主任作解释。

这时候，卓主任的老婆于氏起来了。她不是起来招呼民警的，而是出面阻止卓主任的。于氏不支持丈夫的工作，在全乡的治调主任家属中是最突出的。现在大家的日子都好过了，当村干部又不能像早前在老百姓面前要威风，人家根本就不鸟你。再说，治调主任纯粹就是个费力不讨好的差。别人犯了事，该抓由警察抓。你卓立群冲在前面干什么？警察在一个地方干几年，把人得罪了，拍屁股可以走人，卓立群是撑不动的土船，到时候，人家只把账记你头上。于氏这些想法不是没道理，她给丈夫也不知说过多少遍。可卓立群十八岁干村治调主任，二十多年了，心里干治调的情结割舍不下。所以，两口子吵架从来不为别的，于氏总在拖卓立群的后腿。

麻所长，我给你们杀土鸡吃都可以，你能不能放过俺屋内卓立群？

于氏的话说出来蛮不好听，但麻凡所长还得忍着。麻凡说，大嫂，一点小事，只请卓主任带个路，不要紧的。

麻所长，莫骗你嫂子了。只是一点小事，你当所长的不会亲自出马。我没吃过猪肉，还见过猪走路呢。这么大的阵仗，蠢宝也猜得出来，又要让卓立群垫背当恶人。大兄弟，不是大嫂子不给你面子，今晚上卓立群哪儿都不准去。

于氏精明得很。

你越来越混账了，这是工作。正在一旁穿衣服的卓立群感到很没面子，就开始骂老婆。

于氏说，狗屁工作！一年到头没拿回工资，打夜工、种仇恨的事归你包了，没卵用的家伙，只跟我吵架冲狠。老娘今天说不准去就是不准去，看你怎么样！

卓立群为挽回面子，脱一只鞋朝老婆扔去。于氏一偏脑袋，躲过了。

你个短阳寿的，还敢打我，我打死你。说着，于氏就要往男人身上碰。

麻凡递一个眼色，孙九名一把将于氏拉住。

老卓，你要干什么？麻所长怕于氏接招，把事情闹大，就假装吼一声，你当治调主任的，居然敢动手打人，像话吗？

其实，卓立群真的一发火，于氏就软了，就哭。麻所长连忙给她台阶下。麻所长说，嫂子，最多两小时，卓主任就回来，你先休息。

于氏抽抽鼻子，说，大兄弟，我们说好，只准这一回，下次不行。

麻凡想，以后是以后，先把眼前的事糊弄过去再说。他敷衍于氏，好，就这一回。

二

从磨刀岭山脚到“闪腿”家里，至少有7公里朝天路。按鲁迅先生的说法，这里本没有路，但因为山上住了“闪腿”一家人，也就成了路。由于长年失修，路面的杂草能蒙住人的鞋脚，两旁的树枝和丝茅草争着往路中间挤，把仅有的一点弦月的光送了回去。不敢打手电的民警跟在卓主任后面，扒开随时都能抽打人脸的树枝和割破皮肤的茅草，深深浅浅地往前挪。

远处山林里，旮旮旯旯藏着人家，看得见农户低瓦的灯泡萤火一样地忽闪。东山一声狗叫，立刻引出北坡好几只狗的和声。路边林子里偶尔蹿出个什么野物，差点撞了民警的腿，吓得人直打冷噤。手机关掉了，谁都不出声。再绝密的行动也不过如此。麻凡心想，今晚还抓不住“闪腿”，真就没招了。

走出林子，是一望砂坡地。路突然成了挂在天上的云梯，前面的人抬起脚跟，能碰着后面人的鼻子。坡地里收割之后的玉米秆在朦胧的月光下影影绰绰，夜风扇动枯萎的叶子在玉米秆上敲打，发出吱嘎吱嘎的响声。离“闪腿”的屋不远了。麻凡抬头望望天上的弦月，估摸着时间应该过了凌晨三点，正是下手抓捕的好时候。这时，他们到了一个土坪上，麻凡让队伍停下来，轻声说，歇口气，听孙所长再明确一下任务。

“闪腿”的屋是一栋三柱四棋的旧木房子，屋后一堵山墙，光滑如镜，就是猿猴也难得攀援上去。西头有个高坎，至少三丈高，坎下乱世狰狞，犬牙交错，人是不敢往下跳的。那么，抓“闪腿”只要控制三面就行。

孙九名把分工重复一遍。麻所长，你带肖勇控制后门，站好两头就成；东头是赵佳喜，你的任务是策应好前后；正面由我带队，破门后，小马不动，留守警戒，张鹏和黑子随我冲进西屋抓人。

卓主任说，如果缺人手，我参加一个。

不行，麻所长想到了于氏，没同意，你回避一下，不出面的好。人抓住后，我们先走一步，你随后回去。麻凡最后说，我强调两点，“闪腿”这次只要在家，我们下死力都要把他捉住。他最大的优势是速度，所以，如果发现他想跑，大家都不要手软，用警棍照准了腿打，留他的性命就行。另外，分工不是机械的，我们要灵活应变，密切配合。

这些年民警配枪出了些事。局里一朝遭蛇咬，十年怕井绳，干脆把民警的枪收了，统一入库保管。派出所只配一把七七式手枪，平时所长带着。这会儿孙九名要打主力，麻凡就把枪给了他，并交代，注意安全，尽量不开枪。

各就各位，民警摸着黑把“闪腿”的屋围住了。按约定，麻凡掏出打火机给负责正面攻击的孙九名发行动指令。他正要打火，突然感到后背上戳住了一个硬挺挺的家伙。接着，传来一个冷飕飕的低音，不乱动，不然我扣家伙了。凭感觉，麻凡判断出背上抵着的应该是一杆火铳的枪管。这两年，派出所虽然年年缉枪，但山里人因为要和野猪野兔们争庄稼，总是藏着家伙不交。这种火器的威力麻凡是知道的，后面的人只要扣动扳机，他的上半截身子立刻就会变成蜂窝。当然，麻凡不虚，只要身后的家伙不响，他就有绝地反击的机会。他在部队的几年侦察兵不是白当的。麻凡听出身后是一个老者的声音，心里就有底了。他假装把手举起来，说了句“动手！”然后突然蹲下，180 度转体，一个扫堂腿出去，后面的人稍一愣怔，就中了麻凡声东击西的计，像一截锯断的树桩轰然倒下，砸地上啪地一响，与此同时，只听砰的一声，后面枪管里喷出一团火，铅弹成 45 度角打在屋檐上，听得瓦片哗啦哗啦地往下落。情况突变，肖勇和赵佳喜冲过来，把袭击者摁住，上了铐子。

孙九名很有经验，听到枪响，知道事情出了变故，他没有乱套，而是领着张鹏和黑子几脚踹开正门冲进屋去。西头屋内没睡人，摸被子，冷的。再搜东头，“闪腿”的老娘蜷缩成一团，吓得做鬼喊。上楼，快！孙九名拉开枪栓，带头爬上木梯。搜过满楼，邋遢的楼板上除了乱窜的老鼠和扑腾上来的灰尘，鬼影子都没寻着。黑子后来发现西头木扇边有一块吊板，吊板的前端用抓钉拴上绳子，放下去，刚好能搭在屋后的山坎上。狗日的“闪腿”听到响动后果然从这里登山了。孙九名望一望屋后黑黢黢的大山，叹一口气，关上了枪的保险。

麻凡几个摁住的人是“闪腿”的父亲。“闪腿”当天晚上果真落了屋。他对娘老子说自己在湖北做生意，送些钱回来让大人过年，住一夜就走。可是，半夜里山下的狗叫声让“闪腿”一家人感到不妙。狗的叫声里是有学问的，只有长住山里的人才听得出来。“闪腿”的父亲说，听到狗不歇声地碰着叫，他就猜出肯定是有人上山来了。这么黑的夜，走山路还敢不照亮，只有两种人，不是抓他儿子的警察，就是强盗。“闪腿”登山以后，他的父亲就拖出挂在板壁上的火铳，拉上火，躲在西头山墙边的一口大水缸后面，不声不响地把麻凡“胡虏”了。

事情既然摆明了，麻凡也不藏着掖着，他给“闪腿”的父亲交代一番政策，然后收缴了火铳，收队下山。

卓主任依然走前头。出发时，麻所长只准带一杆强光手电，孙九名拿着，现在用上了，一柱光前前后后地甩。“闪腿”没捞着，往回走的路上大家都没话说，恁长的一段山路在民警脚下走得凝重寂然，只有四面山上的狗叫声比上来时热闹多了。

意外的事情发生得没有任何前兆。

大约离简易公路不到10米远的地方，走前面的卓主任突然哎哟一声叫，然后蹲下身去，把裤管撸起来。孙九名的手电光射在卓主任左脚脖子上。麻所长发现，那里有两个细小的牙孔，红红的血正慢慢冒出来。卓主任听到了左前方草丛里窸窸窣窣的响声，他松开捂脚的手指向那里，声音恐怖得有些变调：天啦！蛇！

9月天，不是毒蛇不拦夜路。

麻凡所长从孙九名手里抢过电筒，按卓主任手指的方向朝草丛里一阵乱扫，果真发现一蓬草正由近及远地耸动，浑身顿时一个激灵。麻凡在农村长大，军转入警后又一直在山区派出所干，处理这类事情颇有经验。他让卓主任卷了裤管，两手扣住他的脚脖子，用力排挤出毒液。卓主任受不住，疼得龇牙咧嘴，嗷嗷乱叫。麻凡就俯下身去，用嘴吸出毒血后，一口口吐出来，然后吩咐黑子在路边草丛里扯来一截野葛藤，把卓主任的膝关节捆紧，以阻止蛇毒迅速向体内渗透。

离停车的村部大约还有两公里。麻凡说，黑子，你先来。我们轮流背卓主任走。

卓主任忸怩着，死活不让民警背他。他说，只当是蚂蚁咬一口，我自己能走。一个大男人，让别人背着，好笑的。

剧烈运动只会加快体内血液循环，蛇毒会随着血液钻。卓主任的忸怩让麻凡有些来火，不要命啦，你想害谁啊。

弄上吉普车的时候，卓主任没有声息，状态看起来很糟糕。左脚肿成了棒槌，嘴唇青紫，眼睛紧闭，吐出的气息短促而细弱。吉普车顾不得差到极点的路况和车况，风驰电掣地驱赶着沿路夜色。凌晨五点多钟，卓主任总算躺在了镇卫生院的病床上。

病人都成了这个样子，我也没有好大的把握，只能尽力而为。卫生院的林院长有一手治疗蛇伤的祖传绝活，麻凡是知道的。可他看了卓主任的情况，直摇头。

林院长凝重的表情让麻凡心里像打鼓，你会有办法的。我就坐在病房门口等，需要我做什么，你吩咐，我照办。说完，麻凡真的搬把椅子靠门坐下了。孙九名几个劝麻所长回所里休息，说有什么紧急情况马上报告。麻凡闭上眼没理会。麻凡的脾气大家都知道，他不想理你，你就最好莫惹他。

闭上眼睛的麻凡在想很多问题。

“闪腿”没抓着不说，把配合行动的治调主任让蛇咬了，别说向上面交代，向卓主任的老婆于氏都不好交代。所里弟兄们的绩效工资连打了两个月欠条，现在又摊上了卓主任的医药费，这窟窿大得没法填了。当然，卓主任保得住性命，还只是钱的问题，万一出个好歹，就是天大的麻烦。

上午八点钟的时候，忙出一身汗的林院长长长地出了口气。他告诉麻凡，卓主任的命总算保住了。

麻凡看着林院长，我说过，你有办法的。

林院长发现，走出医院大门的麻所长身子有些摇。

三

“闪腿”天降神仙似的出现在所长办公室，似站非站，似坐非坐。

麻所长都有些吃惊了。“闪腿”，老子到处抓你，寻不着你的人。你敢送上门来，真吃了豹子胆？

“闪腿”阴险地笑着，我来投案自首。我不想逃了，在外面躲猫猫的日子不好过。我把事情讲完后，你按政策放我回去，我还在磨刀岭上当山大王，哈哈。

“清网行动”是有宽大政策的，对那些有小过、无大碍的投案自首者，可以取保候审，不关人，但绝不是针对“闪腿”这种恶物。所以，麻凡拍了桌子，“闪腿”，放你娘的屁。你都把人砍成了半死，还想回家，你以为法律真就宽得没边啦？做梦去吧！

坐牢，我不干。“闪腿”无所谓的样子，起身往外走。

麻凡喊，这里不是你家菜园门，来了还想跑？孙所长，抓住他，抓住他……

麻所长是被自己的喊声惊醒的，他刚才只是做了个梦。他看看手机，只到九点一刻，从医院回到办公室，才眯了个把小时。

这时候，姐姐麻莲领着镇卫生院的林院长来敲门。麻凡差点忘了，昨天约好的，姐姐和林院长今天来商量父亲手术的事情。

父亲退休前是镇政府干部，常年在山区农村跋山涉水练就了一身钢筋铁骨，虽然年届花甲，却从来不病不恹，平时连喷嚏都少打。可上个月，父亲突然得了个腰疼的病，针打过，药也吃过，撞了鬼似的硬是不见好，到县人民医院做 CT 扫描，诊断为椎间盘突出，医生说非得搞切除手术。

姐姐麻莲在镇卫生院当药剂师。林院长听了麻莲父亲的情况，建议手术在镇卫生院做。当着姐弟俩的面，林院长给出了几个理由。县公费医疗办对患者的医疗费用实行划块包干，界岭镇辖区的公费医疗费用原则上只能到镇卫生院报销。当然，你爸的事情我们不会卡，只是在外地手术，报销费用的手续转来转去太麻烦。

这不是主要的。我替你们考虑得最多的还是护理问题。林院长说，这样的手术做过之后，患者有蛮长时间下不了床，躺在床上需要两个人同时用力帮助翻身，才能保证身体平衡。那么，离家远了，护理是有困难的。麻莲自己在院里，我们可以提供些方便，让你照顾父亲。

当然，关键是要做好这台手术。林院长最后也不瞒着说，一个镇卫生院要做这么高难度的手术，风险是有的，我们准备从市人民医院请来主刀医师。

林院长拉拉杂杂说了这么多话，主意还得麻凡姐弟俩拿。麻凡对医疗方面的事不在行，但他从林院长的话里听出了好多意思。如果父亲的手术在镇卫生院做，那笔公费医疗费用就“肥水没流外人田”。况且，一个镇卫生院能把这么高难度的手术做成，定然名声大噪，在行业间激烈的竞争中，父亲有可能成为界岭镇卫生院的活广告，为院里带来可观的经济效益和社会效益。对此，麻凡半点不介意。姐姐所在的单位效益好了，他只会高兴。麻凡还有自己的小算盘，卫生院的病床上还躺着卓主任，需要林院长尽快治好。派出所结账时，更需要林院长买面子，掐些钱下来。况且，“闪腿”没抓住，一有什么消息，他得亲自上。父亲住院住远了，到时候怕误事。

所以，手术的事最终定了，就在镇卫生院做，父亲也同意。麻凡想，既然是市里的医师主刀，手术应该相当于市级水平。父亲下半辈子的命运就堵在这一刀上了，愿他平安无事——阿弥陀佛。

麻凡前脚刚把林院长送走，卓主任的老婆于氏后脚就跟了进来。

人呢？麻所长，你说两小时老卓就回家，害俺一夜等到大天亮，眼皮都不敢眨。于氏直截了当问，现在人哪儿去了？你们当干部的，说话不是放屁吧。

麻凡给于氏倒了茶水，扶她坐下，嫂子，情况发生了一点变化，我们安排卓主任去执行一项任务，结果没有预料的那么顺利，可能还需要两三天。我保证，最多三天，我亲自开车把卓主任送回家。

三天？于氏拍一个巴掌，你说得几多轻松。这日子，农村人一天忙得两头黑，屋里要挖红薯、捡茶籽、栽油菜，他躲懒，我一个人干？莫把脑壳想偏了。我只问你要人。

你看能不能这样，实在忙不过来，就先请工，我们只耽误卓主任几天。

请工？你以为请工不要钱的？于氏朝地上吐一口痰，而今的小工不算伙食，工钱都上百啦。

麻凡听出道道来了，他出去打了内勤小张的电话。小张进了所长室，请于氏在一张领条上签字，然后把500元钱给了她。麻凡说，嫂子，这是卓主任的工资。

于氏右手食指沾点涎水，数着钱，只问，你告诉我，俺老卓到底在哪儿？

麻凡说，这个事暂时还要保密，如果有人问起，你就说他出远门走亲戚，过几天回来。

湖北五峰县有他一个老表，我就说他去了五峰。于氏把钱收好，补充说，麻所长，我只等三天，你记住，三天后我只要人，不要钱。

于氏扑踏扑踏走后，麻凡马上给林院长打电话，问卓主任的情况。林院长说，院里一直用最好的药，病人恢复得很快，三天后出院没问题。麻凡说，林院长，感谢你帮了我们。卓主任的事暂时不宜对外人说，我的意思，除了派出所的人，别人不探视为好，另外，拜托你给院里的医生护士也交代一声，尽量不要对外散布消息。

林院长开玩笑说，我们这里是医院，又不是保密局。瞒几天可以，时间长了肯定不行。

麻凡说，瞒几天是几天。

林院长最后说，派出所还没交钱呢。

麻凡说，你这话千万别让卓主任听见，实话对你说，派出所现在成了青皮，没钱。

刚收了电话，内勤小张又跑来报告，说局办公室催“清网行动”的战果，局长点名问界岭派出所抓住“闪腿”没有。小张请示如何给办公室汇报。麻凡心里乱着一肚子事，就不耐烦，你又不是才当内勤的，汇报还用我教你？实话实说，就说“闪腿”闪了。

小张还是没走，说，孙所长让我请示你，是不是暂时不提卓主任的事。

瞒不住的。麻凡说，以后报医药费还是要过局财务室那一关，迟痛不如早痛，长痛不如短痛。孙所长怕挨批，我不怕。

四

卓主任住院的第二天，麻凡和姐姐把父亲送上了镇卫生院的手术台。

主刀的医师姓郭，市人民医院的，人称“郭一刀”。林院长给他做助手。“郭一刀”不是公派上山来做这例手术的，所以，手术所需的器材只能在沿途医院借用。等到了界岭镇卫生院一检查，还是发现缺一块用于隔离神经的挡板，只好到镇街上“周二铁匠铺”里临时加工赶制。周二是个浑身长肉的家伙，壮得像一头腊月里待宰的年猪。林院长和“郭一刀”走进铁匠铺的时候，他赤着半截身子，脖颈上翻吊一块羊皮，正用风箱把炭火拉得噗噗噗乱窜。林院长只说打一块铁板，周二就接了活。林院长取铁板的时候，周二问清铁板是做手术器材用的，就说了句很不吉利的话，搞出事来不怪我。

整台手术进行了4个小时。麻凡所长无法亲眼目睹“郭一刀”怎样将父亲的腰部肌肉切开，把那些压迫神经的赘骨剔除干净。他静静地坐在旁边休息室内，听到医生碰到神经引起父亲发出的撕心裂肺的叫喊，想象着六十二岁的老人正承受着怎样难忍的疼痛，汗水就从捏紧的手心里冒出来……

“郭一刀”做完手术的当天下午就回了市里。他说手术非常成功，把后期治疗的事撂给了卫生院。

第二天早晨，麻凡发现父亲的腿、脚和脚趾都不能正常屈伸，喊来林院长咨询，林院长怀疑是血肿压迫所致。他给病人注射麻醉药后，拆开手术缝合线，扒开伤口进行了半小时挤压，排出的血水不足5毫升。按常识，血肿压迫的可能性被排除。可此时的“郭一刀”远在数百公里外的市里，林院长除了重新缝合伤口，拿不出任何办法。

麻凡闹不明白，父亲原本体格健壮，肌肉结实，能打死山中的老虎。可一个腰椎手术，怎么就把好好的腿脚弄坏了？姐姐说，先观察几天，不行的话再转院。林院长也安慰麻凡，手术刚完，病情的疗效有一个过程，再说，马上转来转去，对病人的恢复治疗不利。

麻凡也不可能就考虑父亲转院的事。“清网行动”去他娘的算了，“闪腿”该逃先逃吧，病床上的卓主任不治好送回去，他心里悬着的石头不会落地。

第三天晚上刚吃过晚饭，孙九名打电话给麻凡说，卓主任嚷着要出院回家。麻凡给家里交代一声，独自去了卫生院。这几天，为父亲手术的事，他一直没有好好地陪陪卓主任。所里的弟兄们天天轮流着守护，也该歇歇了。

陪在病房内的是孙副所长和黑子。麻凡进去时，他俩正和卓主任聊得火热。见麻所长来，卓主任忙着递烟。麻凡早掏出自己的了，抽我的，你是客。卓主任一根精白沙都抠出来了，看见麻所长递过来的是芙蓉王，就不好意思道，我这个跟你比不得，拿不出手。麻所长看出卓主任的尴尬，连忙解释，我平时和你抽一样的，这是前天招待医师专买的，剩下几支，打牙祭吧。说完，他抛给孙九名、黑子每人一支。

麻所长，我明天回去，待在这里，心里急。

麻凡说，家里的事我们都帮嫂子做了安排，你的任务是治好伤。

卓主任在床边来回地走，你看，我好了，真没事了。

好没好，你我说的都不算。麻凡吩咐黑子，去把林院长叫来，我们听他的。

林院长一进门，卓主任抢着说，林院长，你说的，我好得差不多了，可以回家休息，你是这样说的啵。

林院长心知卓主任回家心切，他更知道麻凡眼下正焦头烂额，就依着卓主任的意思说，再休养几天当然更好，但我看卓主任在这儿行坐不安，不如干脆让你回去，我给你开点药带着，不会有太大的问题。

卓主任很高兴，俺农村人，命硬，身子骨没那么娇贵。

出院的事成了定局。麻凡看看时间不早了，就让孙所长和黑子回所里休息。病房内只剩两个人以后，麻凡和卓主任说了许多掏心窝子的话。

卓主任，这次把你害了。我心里过意不去。

麻所长，你这话就说偏了。人吃五谷杂粮，哪有不得病灾的？那么多人都没咬，偏偏只咬着我，这是运气，该我倒霉，怪不得你们。

本来呢，再多住几天，会恢复得更好，可嫂子她催得急。

她到所里找你啦？这个混账东西，我回去揍她。

麻凡知道这是卓主任顾面子的话，他回家不挨老婆一顿臭骂就烧高香了。麻凡说，我们对嫂子说派你出去执行任务了，你回家后要统一口径。

我对她说卵，工作上的事装在我肚子内，她用尖锄挖都挖不出来。

另外，所里给了她一点钱，是当你的工资领的。一点补偿，不多，派出所经费困难，你晓得。

卓主任有些慌神，麻所长，我老婆惯不得的，工作就是工作，我从来不提钱的事，你给钱先没和我商量，我要她退。

麻凡看着眼前的卓主任，再想想他老婆，心里就生了感慨，这人啊，真就说不清白。一口锅里吃饭，一张床上睡觉，照范伟的说法，差别咋就这样大呢？

卓主任，还有个话我都不知道怎么开口。你是知道的，为抓住“闪腿”，我们费的精力不少，花的代价也太大了。可是……

我明白你的意思，卓主任骂了一句娘，我回去，别的事都不干，就派人盯他，有动静马上报告你。要是撞上他，就把他捆了送到派出所。

这回没捞着，“闪腿”一时半刻不会露头，你盯紧点，要作长远打算。

卓主任说，“闪腿”是个孝子，他不会丢开娘老子不管，肯定有机会。

我代表所内的弟兄感谢你，也拜托你。只是嫂子那里，你的口风要紧，怕给你惹麻烦。

卓主任捏紧拳头，她要多嘴多舌，我揍她。

卓主任打了一个哈欠。哈欠蜇人，麻凡也跟着打一个。麻凡说，我明天早晨来接你吃早餐，再送你回去。怕卓主任拒绝，麻凡说，我答应过嫂子，亲自送你的。

扯上房门出来，麻凡有一种轻松的感觉。卓主任有惊无险，明天回了家，也算了却一桩事。等把父亲手术的事处理好后，再一心一意与“闪腿”做计较。

“闪腿”的快活日子长不了的！

五

一晃，麻凡把父亲耽搁了半个多月。

都这么久了，父亲仍不见半点好转，腿脚依然不能动弹，而且双足下垂，双踝关节和脚趾无法屈伸，两腿肌肉明显有萎缩的迹象，大小便失禁，马鞍区与大腿后部、膝关节以下部位完全失去知觉，腰、臀、腿、脚等部位伴有间歇性的神经疼痛，离开止痛药，父亲受不住就喊，一个大男人的喊声撕扯得麻凡的心一阵阵生疼。

父亲最终躺在省医院的病床上接受检查治疗。省里的脊椎专家马教授看了原来的片子，脑壳摇得像陀螺。我搞了几十年，是不敢这么做手术的。他的话让麻凡姐弟俩心里陡然一惊：父亲惨在“郭一刀”手上了。

通过磁共振扫描，父亲的椎间盘突出部位在腰 3 腰 4，而“郭一刀”当初是按腰 4 腰 5 部位做的。手术明显做错了位，马教授说，幸好没有将神经弄断，只是造成了牵拉伤。马教授不无遗憾地说，本来，这个做错了的手术是完全可以矫正过来的，可惜错过了挽救时机。

马教授这话一出口，麻凡心里就好像刀切一样疼。看来，断送父亲身体的不是只有“郭一刀”，还有他麻凡！

马教授主刀，父亲做了第二次手术。马教授对腰 3 腰 4 的中央型椎间盘突出正确切除，并在打开原来的手术部位进行检查后，对麻凡叹一声，你父亲重新站起来的希望太渺茫了。

啊！麻凡张大的嘴，好久都合不拢去。

有句话说，钱不是问题，问题是没钱。麻凡现在最大的问题也是没钱给父亲治病。卫生院一番折腾，加上省城的治疗，前后花去了 13 万多元，能公费报销的只有 8 万多，而且还有两万多元没有到位，麻凡只好先垫着。家里能贴的钱都拿出来了，仍填不满越来越大的窟窿。父亲的病再不能耽搁，麻凡只剩了借钱一条路。背着父亲，他把亲戚都排了一遍，觉得没几个比他的条件更好些，能借出钱的有是有，但不多。他们都很小气，你要借他们的命都可以，借钱恐怕不行。麻凡骨子里也丢不起派出所长的面子。在亲友中，他堂堂一个派出所长，不算官也是官，兜里总该落几个钱，遇上这么点病灾都对付不过去，只会让人笑话。

他不想找亲戚借了，要借只能找银行。

麻凡找到镇农村信用社工作人员，以自己的公务员身份申请贷款5万元。表都填好了，办事的工作人员说，2万元以上的贷款必须主任签字。镇信用社主任姓吴，年纪一大把了，在县信用联社的主任中算资历最老的。麻凡把申请贷款的表递给他，讲了父亲现在住院急需用钱的实际困难。吴主任搁在茶几上的腿始终没有放下来。他哼哼哈哈说，现在的贷款，上面卡得严，信用贷款呢，基本上关闸。这如今，讲信用、给面子的人死完了，免谈。那么，贷款的途径就只有两条，财产抵押和个人担保，你选一条。

那就房屋抵押吧。麻凡说，我父亲在村里有一连4间平房。

4间平房就算了，你还是额外想办法。吴主任马上否定，据我所知，农村建房都只在国土站办了个集体土地使用证，根本就没办产权。你父亲百分之百拿不出房产证来的。

金融部门的具体规定我不知道，你看能不能变通一下。麻凡是在求吴主任，反正有一套房子摆在那里，假不了。

呔，蛮稀罕呢，你是在让我弄虚作假吧，亏你还是个执法的警察，这么出格的话也说得出口。这是掉饭碗的，你敢不敢？吴主任似乎还没说够，你抓赌罚了款，我让你把款子吐出来，你敢不敢？你不敢，哪个都不敢。

麻凡从吴主任的话里听出了一些弦外之音。他感觉得到吴主任是在恶毒地记恨他，但一时想不起到底是什么事把他得罪过。

麻凡把近两年的执法活动和信用社联系起来捋了一遍，终于想出了一件事。前年冬天里，孙九名接到群众报警，说信用社的工作人员和社会闲散人员在信用社聚赌。孙九名带人去抓了现场，参赌的人果然有信用社的会计和出纳。社会上的两个人打和手，会计和出纳输得一塌糊涂。后来，两个不知天高地厚的家伙居然打开保险柜，拿公款扳本。第二天上午，麻凡正要签字呈报治安裁决的时候，吴主任找上门来说情。麻凡给足了吴主任面子，把裁决治安拘留和罚款的事撂在一边，答应放人。可吴主任要求退还当场收缴的2万多元赌资，麻凡没有同意。麻凡认为，赌资是从打和手的两个职业赌徒手里收缴的，与会计和出纳无关，你吴主任说自己的情可以，连社会上赌徒的情也搅和着说，纯粹就是得尺进丈。再说，派出所也确实需要钱，如果就这么退了，孙所长和弟兄们不就白忙活了一夜？往后还要不要大家干事？

麻凡给吴主任说了不同意退还赌资的理由。金融重地，外人不得随意进入，一旦出了什么乱子，派出所麻烦，信用社麻烦更大。会计和出纳开始动了公款，这是一个很不好的信号。这样的事情如果不发现得早，处理得及时，将来会害了他们。麻凡本来还想说说财务纪律和信用社管理混乱的问题，但碍着吴主任的面子，只字没提。吴主任当时听得鸡啄米似的点头，唯唯诺诺地退了出去，没看出有气的样子。

可是，事情后来还是传到了县联社。社会上那两个打和手的家伙没捞着油水，心里不服，故意把消息散布出去。县联社知道后插手调查此事，派出所包不住，不得已给联社提供了材料。会计和出纳背了处分，扣了奖金，镇信用社摘了年度先进。其中，出纳是吴主任的小舅子。

吴主任怪人不知理，他今天逮住机会了。

麻凡说，吴主任，从工作角度上讲，我们部门之间的配合都还说得过去，我感觉问心无愧。我今天是有私事求你帮忙，希望你抱着公心。

吴主任有些不耐烦了。我是在跟你说真话，就算你有房产证，房产部门要给你评估，手续跑下来，黄花菜都要凉。况且，4间平房评估值不了几个钱，你要贷5万，差远了。你还是找两个公务员来，让他们签个担保。你手下几个兄弟，这点忙还不帮你？

找人担保的事，麻凡想都不会去想。手下几个兄弟的家底他清楚得很，卡上千把多块钱的工资，一月算计不到一月。

正要离开信用社出来，吴主任给麻凡出点子，其实，你父亲治病的钱有地方要的。卫生院不是搞错了手术吗？这是医疗事故，要赔的。不过……吴主任犹豫了片刻，不过，你姐在卫生院，跟卫生院撕破脸，那就要大义灭亲。

麻凡没回他，心里骂道：老子灭你祖宗！

六

一个周末，麻凡把所里的事情安排好后，到省城看望住院治疗的父亲。按约定，他应该送钱了。

父亲大个子，生活不能自理后，光靠做过乳腺癌手术的母亲根本无能为力。卫生院准了麻莲的长假，一直和妈妈一道陪护父亲。

麻凡支开了妈妈和姐姐，他要单独和父亲商量钱的事情。

爸，我这次没带钱来。

我知道。父亲从麻凡的表情里已经看出了一切。

信用社吴主任不是东西，他公报私仇。麻凡把自己怎样在信用社碰壁、吴主任是因为什么事记恨自己都一股脑儿吐了。

这种小人，不能跟他计较。我们另想办法，天不灭无路之人。

可是，医院里都催好几遍了，再不交钱就要停药。

小凡，在别人想来，像借钱这种小事，一个派出所长没有办不成的。可是，他们哪知道，一个警察真要把大檐帽戴正了，办起事来其实很难。但就算再难，你都要记住，私人的事为点难不要紧，你只莫把公家的事办砸了，人一生名誉要紧。父亲在用他的人生感悟和儿子交谈。

麻凡想起吴主任最后那句话，说，爸，我想和卫生院打一场医患官司，只有这样，才能保证你的治疗。

你疯啦。父亲坚决不同意，我和老林几十年的交情，他的心是好的，他并不想把我弄成这样。

爸，你现在成了这个样子，卫生院难辞其咎，不是我们不讲情面，这是没有办法的办法。

小凡，你和你姐小的时候，我在外乡工作，你妈要教书，又要带你和你姐。有什么病病灾灾，我赶不回来，只要一个电话，老林不管落雪下雨，都亲自登门看病送药，钱的事给多给少从来不计较，人家的好处我们不能忘啊！

麻凡想到了自己小时候，他和姐每每挨了父母的打骂或有点什么委屈都跑去告诉林叔叔，只有到了林叔叔家，他们幼小的心灵才得到安慰。后来，林叔叔当了卫生院院长，麻凡和姐姐也成了年，他们除了在称呼上把林叔叔改口为林院长外，心里的那份尊重没有任何改变。现在，为父亲的病要去翻脸，麻凡其实也狠不下心。

父亲全看出来了。小凡，你姐的单位现在不容易，你带头一告，别人都跟着起哄，把卫生院告垮了，全镇那么多老百姓上哪儿看病去？你姐他们二十多个人靠什么吃饭？

父亲正说得有些激动的时候，麻莲敲门进来，同时带进来林院长。林院长是专门从卫生院来省城看望麻凡父亲的。

林院长握住病人的手，对不住啊，老哥，是我把你害成这样了。说完，他就从背包内掏出一包东西，这是两万块钱，暂时只凑到这么多，你先用着，差的我们慢慢想办法。

讲些怪话。麻凡的父亲故作幽默，我工作三十几年，天天都在大山里跑路，老天是要我好好坐下来休息，就听它的，坐着歇息吧。

麻凡听着父亲的话，心里酸酸的，眼里也潮潮的。

你体质好，站得起来的，只是恢复要一些时间。林院长说，省城的医疗条件好，你安心治病，我跟院里的人都说过，就是把卫生院卖了，也要给你治病。

扭过头来，林院长又对麻莲说，院里的事你暂时不要想，我会另作安排。你现在的主要任务是照顾父亲，不仅仅是女儿伺候父亲，更是医生在护理病人，要尽心，更要尽职。

麻凡的父亲这时候显得不安起来。他说，老林，卫生院本来就差人手，麻莲为了我又一直没上班，担子大家分担着，我已经很感激了。你今天能来和我说说话，最好。我跟你说实话，麻凡借钱受了怄气，眼下我正缺钱，今天这两万块，先当我借你卫生院的。钱的事到此为止，再给我提钱，我就翻脸不认你了。

林院长和父亲谈得如此真诚，麻凡再看看站在旁边的姐姐，心中把什么想法都放下了。

卫生院被人围住了。

有个一岁多的女孩肺部发炎到卫生院打针，回家后不适，便有二十多名亲友跑到卫生院来闹事，要求卫生院赔钱，张口就是十万元。

电话是孙副所长接的。孙九名早就替麻凡感到不服，这回逮着了机会。我说你们卫生院到底会不会治病？今天把人搞残，明天乱打针，人家的命不是命啊？派出所管不着，你们自己处理吧！

孙九名的大嗓门传到了麻凡的办公室。麻凡换上警服，招呼孙九名、黑子和肖勇赶紧出警。上了车，麻凡批评孙九名，人家报警，你那个态度，像话吗？

孙九名说，我帮你出气，闹，闹，就是要让他们闹，看那帮庸医还害不害人。

都听我的，麻凡不管孙九名说什么，照常下命令，到了现场，一定要控制好群众的情绪，保证卫生院的秩序不乱，财产不受到损失。如果有人不信邪，敢动手，搞硬的，坚决拿下。

说话间，麻凡他们就到了卫生院。闹事的人堵在卫生院大门口，嚷嚷着要林院长交出那个打针的医生。一个手膀子上纹着“忍”字的年轻人恶声恶气地吼叫，不交出凶手，就不客气。林院长孙子一样地赔笑脸，作解释，可他说得越多，那个年轻人蹦得越高。麻凡看准了解决问题的关键，他把孙九名和黑子喊到一边，分别作了交代。

没多久，麻凡看到孙所长领着一个年轻人穿着他的警服从医院的后门出去，然后响起警车发动的声音。与此同时，黑子和肖勇假装着维持现场秩序，慢慢靠近了鬼喊大叫的年轻人。麻凡站上卫生院大门口的台阶，做了一个手势，年轻人就被黑子和肖勇像小鸡一样拎了出去。麻凡大声宣布：卫生院是治病救人的文明场所，有什么问题可以坐下来商量解决，公安机关绝不允许少数人借机闹事，干扰卫生院的正常秩序，影响病人的休息和治疗。

挑头的人让警察掐了尖，闹事的人再也闹不起来。事情本来就不大，林院长亲自给孩子看过后，弄了药，孩子的家长和亲戚都恹恹地回去了。

一个多月以后，麻凡把父亲从省城接回来。为了方便治病，他在镇街上给父母亲临时租了两间房子。

父亲要赶麻莲回单位上班，遭到林院长断然拒绝。最后，两人达成妥协，麻莲每天只上半天班，半天时间伺候父亲。

麻凡只要有空，就往父母的租房内跑。去了，人不闲着，有脏衣服洗衣服，该吃饭了弄饭吃。麻凡的烹饪技术太差劲，该咸的淡着，该淡的咸着，不是米饭没煮熟，就是萝卜烧成了煳锅巴。但只要端上桌子，父母亲都有滋有味地吃，嘴巴咂得吧嗒吧嗒响，故意装馋相吃给麻凡看。

有一天，麻凡到租房内看父亲时，父亲把5万块钱交给他。父亲背着麻凡把村里的房子卖了。村上的毛麻子早就想买那栋房子，出过四万五的价，麻凡的父亲一直没松口。现在治病要钱，麻凡的父亲就主动打电话约毛麻子，答应卖给他。毛麻子也讲良心，主动加了五千元。父亲要麻凡把卫生院的两万元还给林院长，其余的留下治病。

父亲原先一直坚持不卖房子，退休后要和母亲住到乡下去，他说过，乡下空气好，水也甜，自己种的小菜不必花钱买，也不打农药，人吃着长寿。现在成了这样，父亲住乡下的希望破灭了，房子留着还有什么用呢？

一天夜里，麻凡和父亲聊得很晚。十一点多钟的时候，他伸了懒腰，起身回所。在楼梯中间，他听到有人上来踩出的脚步声，心里疑惑，这么晚了，谁还往这栋私房内钻？楼梯间没有灯，朝上移动的只是一团模糊的黑影。麻凡有着某种预感，他左手掏了打火机，右手伸向腰际的枪套——这已成为他的习惯动作。快要碰面时，他啪地打燃一团火，照着了眼前那张模糊的脸。这一看，麻凡都不敢相信自己的眼睛，来者竟然是狗日的“闪腿”。麻凡心里一紧，“闪腿”这时候出现在这里，目的再明白不过，绝对是报复——二楼单元内住着他的父母亲。

麻凡是训练有素的警察。他知道不能往下走，只有占据制高位置，才能保持制服“闪腿”的绝对优势。“闪腿”显然也认出了麻凡。这个下手不计后果的家伙从袖孔内抽出一把杀猪刀，劈面就朝麻凡剁下。麻凡只感到有一道白光正挟裹着夜色和冷气劈下，他本能地侧身躲过袭击的同时，抬腿当胸一脚，将“闪腿”踹下楼梯——这次再不能让他跑了。

“闪腿”，你敢跑半步，老子就打死你。麻凡拔出腋下的手枪，上膛、出枪、喝令，一连串动作干净利落。

“闪腿”的身子被麻凡单腿压住后，麻凡收了枪，先从背后翻过“闪腿”的夹克，将他的头包裹了，然后解下自己的鞋带，从后背捆住“闪腿”的双手，将他提起来。

现在，“闪腿”的脑门被枪管顶住，不敢有丝毫动弹。他真的冤家路窄，没想到会这么轻而易举栽倒在麻凡手里，只好僵硬着身子乖乖地朝楼梯口外面的灯光里走。逃亡的日子肯定过得不如意，“闪腿”现在瘦成了一只皮猴，身手大不如前了。麻凡和他一对一，半点不在话下。“闪腿”自己也知道和对手有悬殊，彻底放弃了反抗的念头。

租房离派出所不过两百米。孙九名和黑子接到电话后很快就开车赶了过来。押上车后，麻凡揭开“闪腿”头上蒙着的衣服。“闪腿”摆动着脑袋，对麻凡颇不服气：今天栽到你手里了，算你狠。老子坐牢回来，不剁你的脑袋不是人养的。

麻凡坦然一笑，好啊，不过我要告诉你，要我脑袋的人不止你一个。你去了监狱抓紧改造，争取减刑早点出来，不然，我这脑袋就轮不到你取了。

七

局长得知“闪腿”被抓的消息，电话里连说了五个好。他特别对麻凡说，你的活干得漂亮，我说过的话也一定兑现。这样吧，让内勤写两个材料，界岭派出所报集体三等功，你麻凡报个人二等功，二等功是要省里批的，省厅的工作我去做。

麻凡说，局长，二等功我不要，请局里考虑给我们所里解决一点经费，磨刀岭村卓主任住院的费用还欠着，他是为抓“闪腿”被蛇咬伤的。

电话那端的局长沉吟了片刻，道，这样吧，钱是钱，功是功。卫生院欠多少钱，你打个报告交来。

局长还说，麻所长啊，只要钱不要功的话，我不想再听。传出去，别人还以为公安局真的不通人情，我这个局长是个一毛不拔的铁公鸡。

“闪腿”这样挂号的逃犯不宜在派出所留置。麻凡和孙九名商量，决定连夜将他送往县局刑事拘留。案子由孙九名牵头办，黑子主卷做笔录，问完材料，相关的法律手续也都办好，时间就到了第二天凌晨两点。麻凡天亮后还要照顾病床上的父亲，押送“闪腿”执行刑事拘留的任务就落到了孙九名和黑子头上。界岭镇距县城119公里，全是坑坑洼洼的山路，主干道正在打水泥路，实行单边放行，就是不塞车，跑到县城也要五个多小时。警车开出派出所院子后，麻凡算了一下，刚好天亮到局里，等法制室上班后办手续。

都有些困了，上车后，孙九名叮嘱司机注意安全，自己把头靠在椅背上休息。“闪腿”锁在后面囚笼内，两只手都上了铐子，不会有什么闪失，他听到后面的“闪腿”响起了鼾声，就眯上眼睛，不知不觉间也睡着了。

大约开出40公里，孙九名被路面的一个大坑颠簸醒了。他让司机开了车内的灯，转过头去瞟了瞟囚笼。这一瞟，他就看出了不正常。“闪腿”面色惨白，额头上黄豆大的汗珠在不停地滚落。“闪腿”强忍着不哼一声，但看得出来，他正在承受着非同寻常的痛苦。孙九名说，“闪腿”，你是不是哪里不舒服？“闪腿”咬着牙，不答话。孙九名是有经验的人，“闪腿”不回话，只能说明自己的判断是对的。他又说，法律是法律，人道归人道。你如果有什么病就讲，沿途到处都有医院，该看病弄药的还是看病弄药。“闪腿”这才说，别送了，我不会活的。

听他这么一说，孙九名赶紧叫停警车，和黑子一同下去对“闪腿”做检查。囚笼门打开，孙九名不觉倒吸两口冷气：“闪腿”的脚边掉下一根表带！

哪来的表带呢？孙九名心里一个咯噔，在所里忘了对“闪腿”搜身。

“闪腿”有气无力地说，表我吞了。

孙九名撸开“闪腿”的膀子，果然发现长袖蒙着的左臂上有戴表留下的痕迹。他和黑子都忽视了一个细节，“闪腿”铐在囚笼两侧钢筋栏杆上的手是能够滑动的。性子倔的“闪腿”知道自己的罪孽有多重，就不惜搞苦肉计，咬断表链将手表吞进胃内。

事发突然，孙九名始料未及。他只好催司机发动车，拼了命地往县城赶。“闪腿”明摆着要紧急手术，路边的卫生院干不了这样的活。

孙九名马上打电话，联系了县人民医院急诊科。车子开到门口，医生早等着了。见从车上抬下来的人戴着手铐，急诊科的主任就把手术帽揭了，交代一名年轻人说，这个手术简单，你做，瞧准了，把胃内的东西拿出来。“闪腿”推进手术室两个小时后还不见出来，等在外面的孙九名就有些急。八点钟上班以后，他拉住急诊科主任问，主任才说，做手术的是一名学校刚毕业的实习医生。年轻人下刀的位置不对，表没取出来。主任不得不亲自主刀，在“闪腿”的肚皮上割开第二道口子，将那块西铁城手表取出来。接连两刀，换了别人是受不住的，“闪腿”挺住了，他躺在床上，尽管虚弱到极点，就是不哼一声。

麻凡是在手术结束后才知道的。孙九名不敢告诉他，也不想告诉他，就算死了人，他也准备自己顶，不把麻凡扯进来。不是怕挨批评，也不全是因为麻凡的父亲还躺在病床上，不想再给他添堵。搭档几年，孙九名对麻所越来越有了发自内心的佩服。麻凡没有所长架子，只有兄弟感情。好处总让着他，麻烦自己兜着，许多时候吃了哑巴亏都不说出来。这样的兄弟，打着灯笼火把哪儿找去？

麻凡可是发火了，他不是责怪出事，而是怨孙九名胆大包天，没在第一时间报告给他。孙所长，你信不信，只要我嘴巴一歪，局长那里告出你的稀屎。

少损些，你是那种人，弟兄们早不鸟你了。孙九名顶嘴说，医院的事有我，你把局里对付过去。

麻凡把“闪腿”的事报告给局长。局长骂了他一饱餐。局长说，你的警察是越当越回头了。抓了嫌疑人，第一件事就是搜身检查，收缴可能用来自伤自残和对抗袭警的物品，起码的常识嘛，你却忘到九霄云外，鬼摸了你的头吗？那么大的一块表，又没藏着掖着，你居然都让他吞了，纯粹是扯鸡巴蛋。我告诉你，孤胆擒凶，算你有功，“闪腿”自残，在责难逃。功过两抵，报功的事暂时放一放，你把该处理好的事处理好了再说。

局长确实来脾气了，电话里都听得出来他噗噗出气的声音。骂了麻凡，他又转过来骂孙九名。孙九名，简直就是成事不足败事有余！你跟他讲，从现在起，他就待在医院好好地守着“闪腿”，当亲娘老子一样伺候。“闪腿”要是出个三长两短，他自己扒了警服回家种地去。

局长，这件事责任不在孙所长。麻凡说，他当时忙着问材料、办手续，其他的事由我处理，是我太大意了。

局长说，麻凡，你不要往自己身上揽责任。你们两个长期一唱一和演双簧，工作上协调配合默契，队伍团结有战斗力，我很喜欢。但在原则问题上你要知轻重，这次，组织的板子是要打人的，你准备脱了裤子撅屁股吧。

麻凡说，是我把事情搞砸了，局长批评得对。请放心，我知道该怎么做。

收了电话，麻凡就往父亲的租房内跑。

什么事这么急？母亲听说麻凡临时有事要去县城，看着床上的老伴问。

麻凡没有把昨晚上自己抓住“闪腿”的事告诉他们，他不想给亲人的心里投上阴影，只说，是点急事，得亲自去处理。

要很多天吧？病床上的父亲话一出口就感觉不对，马上说，去几天不要紧，有你姐和你妈，放心办你的事去。

八

“闪腿”从医院里跑了。

手术第四天夜里，孙九名和黑子值的班。

麻凡把前前后后的事情想了一遍，“闪腿”这狗杂种用假象骗过了所有的人，从吞表到手术，都落入他精心设计的局，完全是一场蓄谋已久的脱逃。

“闪腿”手术的当天下午，麻凡就赶到了医院。麻凡看到的是一张寡白的脸，“闪腿”的眼睛始终没有睁开，如果不是床单的起伏证明着一个生命的存在，你绝对只能把眼前的“闪腿”当成死人。刚刚手术的“闪腿”不能进食，营养全靠打点滴维持。

狗日的急诊科，见送进来的病人戴铐子，知道油水不足，没什么来头，就安排实习生动刀子，拿“闪腿”当靶子，简直不把人当人。孙九名见女护士进来换药，就故意发牢骚。

女护士的脸顿时红了，争辩道，别说那么难听的话好不好？有本事直接对主任说去。

麻凡知道女护士也是冤枉挨骂，跟她骂没意思，就制止孙九名，实习生总得拿人开刀，不是“闪腿”，就会换成另外的人。怪只怪“闪腿”门子痞，冤里冤枉多挨了一刀。

黑子接话说，说不定多开一刀才制得住“闪腿”，不然，他还不蹦起八丈高？

病床上的“闪腿”动了一下，似乎对黑子的话颇不服气。但等麻凡他们伸手去摸的时候，“闪腿”依然显得平静。

女护士在给“闪腿”的伤口换药。麻凡问，护士，病人现在有没有生命危险？护士说，按说，这个手术不算什么，但这人动了两刀，身体抵抗力不是蛮好，就不好说。闯过一星期，才能说不会有事。

正说着，有白大褂敲门进来，问，哪位是派出所负责人？麻凡说，我是所长，有什么事你讲。

白大褂说，能不能给病人打开铐子？

黑子说，你搞明白没？他是逃犯呢。

白大褂说，年轻人，你少跟我要警察威风，医生眼里只有病人。

他是很坏的病人，你知道吗？他说不定就是装病？

这算装病？白大褂感到很惊讶，你装个试试？

他故意吞的表，不是装是什么？

白大褂一甩袖子，很不耐烦地说，我只和负责的说话，如果你不是所长，请你一边凉快去。

麻凡见话不投机，把黑子扒开，问白大褂，你是什么意思？

76 床的病人成了这个样子，你现在就是要他跑，他也不会的，除非他不要命了。白大褂还说，你们 24 小时有人守着，他根本就跑不了。

麻凡递一支烟过去，白大褂指指墙上“病房禁止吸烟”的提示，没接。麻凡说，不光是怕他跑，他性子烈，怕他自残。我们有纪律，像他这样的逃犯出不得半点闪失，请你理解。

其实，我也是在替你们考虑，白大褂说，话我得说清楚，真出了大事，我们是不负任何责任的。

白大褂最后这句话，让麻凡觉得有必要搞明白。他拉住准备转身的白大褂，有那么严重吗？

你想，白大褂指着“闪腿”，做过手术的人最怕什么？咳嗽！他一咳嗽，就会引起刀口开裂。伤口一旦崩开，会是什么后果？白大褂对麻凡翻一个白眼，意思是说，那就是个死。

他要咳嗽，我们也没办法呀。麻凡有些不明白。

哼！你们铐了他两只手和一只脚，露在外面最容易感冒，感冒了能不咳嗽？

白大褂的话让麻凡感到了后怕。刀口崩开是什么情景？肠子和脏器溜出来，保不住命了。“闪腿”有罪，但罪不至死。如果警察手里死了人，麻烦就大大的了。

麻凡马上对孙九名说，从现在起，给“闪腿”打开铐子，等他稍有恢复后再铐上。两个人一班轮流值守，要打起十二分的精神，不能出差错。

“闪腿”逃跑的机会就是这么得来的。

也怪不得孙九名和黑子。所里 6 个人，张鹏兼着内勤，要在窗口给老百姓办证，接电话，写那些乱七八糟的没完没了的材料。赵佳喜留在所里应急，哪里起火了，赶哪儿扑打扑打。其余 4 个人分成两班，孙九名带黑子，麻凡和肖勇一组，黑白轮流倒班。

几天下来，医院里花了 1 万多。到第三天晚上交班时，医院通知说，76 床该交钱了，如果不交，病房内就要停药。派出所的账上一分钱都没有了，为了抢救“闪腿”，内勤把下个月应交给户政的几千块户口本工本费都挪了出来。麻凡拉上孙九名找医生协商，愿意用警察的身份担保，保证出院结账时不差钱，希望医生不停药，保证正常治疗。医生说，他们也无能为力。院里收费与治病分开，药房内有钱就发药，医生有药才能治病。这么简单的道理，麻凡他们不至于听不懂。

我看这样吧，孙九名提议说，所里每人想办法筹措2000元，先渡过这道难关。

麻凡想了想，最后没同意。他说，所里几个年轻人的家底我清楚，包内一年四季瘪着。这些日子，我们几个值夜后，白天需要休息，上哪儿弄钱？我想办法吧。

“闪腿”逃跑的那天晚上，也真是出鬼。孙九名吃坏了肚子，拉稀，老往厕所跑。蹲下去，拉不出什么，坐着又感到腹胀疼痛。本来，他和黑子约定轮着打盹，两小时一换。凌晨三点多钟，黑子刚打盹，孙九名又来事了，他按着肚子想喊醒黑子，发现黑子起了鼾声，就忍住没有喊。“闪腿”从天黑到现在一直都没有醒过，孙九名被“闪腿”的假象麻痹了。孙九名这回的洋相出得太大，人都到了厕所门边，可屁眼把持不住，居然让稀稀的秽物喷到了内裤上。他解了裤带，拿纸在内裤上揩揩擦擦，耽误了一些时间，返回病房内顿时傻了眼，病床上没有了“闪腿”，吊针的水瓶还在悬空无声地摇摆，针头流出的药液弄湿了白色的床单。孙九名摇醒鼾声如雷的黑子，黑子呆若木鸡。他俩看着窗外茫茫夜色，茫然不知所措，连打电话的勇气都没有。

换成别人，不愿住院走了便走了，大不了医院背时，收不着钱。现在是“闪腿”，情况就大不一样。闪腿逃跑的时候，肚皮上还缝合着两条刀口。按起码的医学要求，病人拆线后还得消炎、休息一个礼拜时间，才能保证手术不出问题。现在，“闪腿”就这么不顾性命地跑了，万一出个好歹，麻凡他们向“闪腿”的家人、向社会、向法律都没法交代。

麻凡打电话给局长，说自己在值夜时疏忽大意，放跑了“闪腿”。

他打电话的时候，孙九名就在面前。孙九名不能让麻凡给自己背黑锅，他要抢麻凡的手机，麻凡说，你狗屁都不懂，争什么争！界岭派出所还得有人干，你明白吗？

局长接到麻凡的报告，也感到事情严重，通知全局所有警力发疯似的寻找“闪腿”的下落。按常理，“闪腿”应该跑不到哪儿去，可警察把全县周边的大小医院、诊所、公共场所、车站码头都翻了个底朝天，没有发现“闪腿”半点踪迹。

麻凡在电话里请求处分。局长说，煮熟的鸭子都飞了，你还好意思请罪。这样吧，先把账记着，到年底“清网行动”结束前，“闪腿”抓得回来，我们一笔勾销。否则……局长没有往下说，电话就扣了。

九

“闪腿”的父亲，就是上次用火铳差点要了麻所长命的那个人，带着二十多名亲戚闹到派出所来了。

当初追问“闪腿”的去向，他一问三不知，“闪腿”现在一跑，他消息灵通就带了人来。

孙九名和民警先顶了一阵，可那帮人不依不饶，坚决问派出所要人。“闪腿”的父亲还放话威胁，儿子如果有什么不测，他就要买瓶农药喝死在派出所。

正在卫生院伺候父亲的麻凡接到孙九名的电话后赶回所里。“闪腿”的父亲见所长出面，闹得更凶。他把袖子挽起来，伸出的指头只差戳到麻凡脸上。派出所院子里的喧闹声引来墟场上许多居民赶来看热闹，现场围观的群众已经不下 200 人。

麻所长抢上一步，站在水泥台阶的高处，向大家解释，“闪腿”是负案在逃的犯罪嫌疑人，他寻衅滋事致人重伤、暴力袭警而且图谋报复杀人，证据确凿，公安机关正在全力组织追捕。在这里，我提醒“闪腿”的家人和亲友，如果发现他的行踪，请及时报告派出所，配合公安机关将他抓获归案。知情不报者、通风报信者和窝藏包庇者，我们查证后将依法追究法律责任。我特别要严正警告极少数别有用心的人，不要借机煽动闹事，无理冲击公安机关。请围观的群众擦亮眼睛，自觉站稳立场，维护正义，千万不要跟着起哄闹事。大家如果没事，该干什么干什么去吧。

麻凡的话刚落音，“闪腿”的父亲就蹦上台阶，站得和麻凡班班齐。他伸腿捋手，唾沫乱飞。刚才他说的都是假话。我儿子是被派出所打伤的，身上都砍了两刀，警察打伤了人，就送到医院，还天天派人在病床上折磨他。我儿子是在受不住的情况下才跑。他现在生死不明，我不问派出所要人，问谁呢？你们也都是养儿养女的，谁个不心疼自己的儿女？

警察打人不对嘛，那不成了知法犯法？

人家都躺在病床上了，还整人，太不像话。

问派出所要人，对，只能问派出所要人。

不明真相的人群里，有人七嘴八舌地帮腔。

孙九名见“闪腿”的父亲说得离了大谱，赶紧站出来引导舆论。大家听着，我是“闪腿”案子的主办人，对案情最有发言权。“闪腿”在被押往县城的途中吞表自残，然后，他在人民医院救治的过程中寻机脱逃。我们的工作经得起检验，有什么法律责任，我们敢于承担。

我现在就要找你算账。“闪腿”的父亲一把揪住孙九名胸前的衣服，我儿子就是被你打伤的，你就是凶手，今天不把我儿子好好地交出来，老子跟你拼命。

黑子捏了拳头冲上前去，放开孙所长，这里是公安机关，由不得你撒野。黑子的拳头晃了晃，你放不放？

警察打人啦，你们快来看啊。“闪腿”的一个亲戚瞅准时机鬼叫鬼喊，刚刚散去的人群又像潮水一样涌过来。

事情顿时变得复杂。有人冲上来扭住麻凡，一见这阵势，孙九名和黑子不敢袖手，各自和对手扭打在一起。麻凡极力想控制混乱的局面，可是他无能为力。所里那把77式手枪就别在他的腰上，此时，他最担心的问题是怕有人趁机抢了他的枪，拿去伤害别人。所以，面对雨点般的拳头，他腾不出护枪的手来有效地保护自己，只能尽力避闪，躲过一下是一下。孙九名和黑子的情况并不比麻凡好。黑子年轻气盛，平时就天不怕地不怕，派出所碰到硬仗，都是他抢着先上。这样的场面，他更是丢不起警察的面子。他看见孙所长鼻孔内流出了殷红的血，还看见孙所长的一只眼睛有好大一块青紫。他吼叫着扑过去，撂翻了两个为首的，结果，火都烧到了他的身上，几个人攻上来，扯腿的扯腿，摁手的摁手，把他按在地上动弹不得。尽管如此，黑子横了心，他想到的是就算拼了命也绝不能放过“闪腿”的父亲，他是为首袭警的人。黑子使出老力，从裤带上解下铐子，脱下一只袜子，三两下缠在铐子上，悄悄铐上自己的一只手，然后，瞅准时机，将手铐的另一端扣在“闪腿”父亲的手上。手上突然套上一个冷硬的钢圈，“闪腿”的父亲才感到不妙。他用力拉扯，以为可以摆脱，结果是越拉越紧，直到钢圈儿扣进肉里去，不仅拉脱了皮肉，钢圈还咬得他的手开始发肿。他拼了命地喊，老子没犯法，给老子解铐子！黑子发狠地笑了。黑子说，今天就是死，老子都陪你陪到底。黑子因为有袜子套着，铐子的压力明显小得多。“闪腿”的父亲一向要横，但今天横的遇上不要命的主儿了，他心里开始崩溃。

袭警的同时，有人踹开门窗，闯进派出所办公室，开始砸东西，哐当，窗子的玻璃掉了下来；啪嗒，办公椅成了两截；咔嚓，柜子的门掰破了。

黑子的举动提醒了孙九名。在这场寡不敌众的恶战中，要想最后赢得主动，就必须像黑子一样控制住带头闹事的人。他也把腋下的铐子掏出来，瞧个空当一把铐住了拿砖头砸玻璃的独眼，然后使劲拖过去铐在水管上。

这时候，出警的肖勇、赵佳喜和张鹏三个人回来了。为了保护所里财产，他们听到消息后，把警车停在外面，跑步冲进院子。两个还在埋头砸东西的家伙被大个子赵佳喜揪住，张鹏和肖勇也抓一个在手里，死也不松开。见警察逐渐占了上风，其他人袭警的疯狂劲儿大大减弱。一直被抵在墙角给拳头当靶子的麻凡始终护住枪，弹夹退出来藏在了他的裤兜内，他胸前的警服被撕破，警号也不知什么时候扯掉了。

等镇政府组织干部赶到时，袭警的浪潮已经退去。

“闪腿”的父亲和那几个为首闹事的亲戚本来可以从重处罚的。鉴于“闪腿”没有归案的特殊情况，麻凡只报了行政处罚，送进拘留所关了15天。

“闪腿”父亲他们从拘留所放了回去，为防止他们反弹，麻凡又采取